Ce bébé dont tu ne sais rien

*

Un médecin si séduisant

AMY RUTTAN

Ce bébé dont tu ne sais rien

Traduction française de
EVELINE CHARLÈS

BLANCHE

HARLEQUIN

Collection : Blanche

Titre original :
THE SURGEON KING'S SECRET BABY

Ce roman a déjà été publié en 2018

HARPERCOLLINS FRANCE
83-85, boulevard Vincent-Auriol, 75646 PARIS CEDEX 13
Service Lectrices — Tél. : 01 45 82 47 47 - www.harlequin.fr
ISBN 978-2-2804-9795-4 — ISSN 0223-5056

Composé et édité par HarperCollins France.
Imprimé en septembre 2023 par CPI Black Print (Barcelone)
en utilisant 100% d'électricité renouvelable.
Dépôt légal : octobre 2023.

FSC www.fsc.org MIXTE Papier issu de sources responsables FSC® C159065

Pour limiter l'empreinte environnementale de ses livres, HarperCollins France s'engage à n'utiliser que du papier fabriqué à partir de bois provenant de forêts gérées durablement et de manière responsable.

Prologue

Île Hermosa, zone de guerre

— J'ai besoin d'une unité de globules rouges. Tout de suite ! cria Reagan Cote par-dessus son épaule.

Au même moment, une nouvelle explosion secoua le poste médical avancé.

Instinctivement, elle se jeta sur son patient pour le recouvrir de son corps et empêcher la poussière et les débris de contaminer ses plaies.

Depuis un an qu'elle travaillait en zone de guerre, la protection des patients était devenue une seconde nature.

L'île Hermosa avait été une contrée paisible, un paradis pour touristes situé dans l'Atlantique. Découverte sept siècles auparavant par les Grecs et les Espagnols, elle fourmillait de plages idylliques bordées de palmiers. Mais pour l'instant, la plage sur laquelle ils se trouvaient était jonchée d'arbres morts, et le ciel bleu était assombri par la fumée qui montait de la capitale. L'air chaud était chargé d'une poussière qui gênait la respiration. Opérer dans ces conditions n'était pas idéal, et l'humidité qui régnait dans les tentes ne valait guère mieux. L'accès aux hôpitaux était impossible, car les rebelles s'étaient emparés de la plus grande partie de l'île. Les casques bleus canadiens et les habitants d'Hermosa demeurés fidèles au roi défaillant Aleksander avaient été expulsés de la ville et repoussés jusqu'à la mer.

En tant que médecin des forces armées canadiennes, Reagan

s'était souvent retrouvée dans des zones de guerre. Dès qu'elle avait obtenu son diplôme, elle avait voulu servir son pays et faire ses preuves.

Pour qui ?

Comme le tir de mortiers cessait, elle chassa cette pensée de son esprit et se remit au travail pour tenter de sauver la vie de ce soldat hermosien.

Bientôt, cela n'aurait plus d'importance, car sa mission s'achevait. Le congé accordé par l'hôpital de Toronto prenait fin en même temps que son engagement envers l'armée canadienne. Elle rentrerait à Toronto prendre le poste qui l'y attendait.

Elle connaissait bien cette ville où elle était née, mais s'y sentirait-elle chez elle ? Ses parents avaient pris leur retraite et s'étaient installés pendant son absence dans des contrées plus chaudes. Ils n'avaient pas pris la peine de la prévenir qu'ils vendaient la maison de son enfance. Elle ne l'avait su que lorsque la dernière lettre qu'elle leur avait adressée lui était revenue avec la mention « retour à l'expéditeur ».

Elle quitterait l'équipe médicale qui était devenue sa famille. Les amis qu'elle s'était faits sur l'île l'oublieraient. À Toronto, elle serait seule. De nouveau.

Allons, c'était bien ainsi ! Cette solitude ne l'avait pas vraiment dérangée, jusqu'à maintenant. Elle était habituée à ne dépendre de personne. Ses parents lui avaient assez dit et répété qu'elle devrait construire sa propre vie et ne pas compter sur eux.

— Voilà l'unité de globules rouges que vous avez demandée, fit une voix grave derrière elle.

Immédiatement, elle eut la chair de poule.

En présence du Dr Kainan Laskaris, le principal chirurgien traumatologue de l'île, elle se sentait toujours vulnérable, comme s'il devinait le chagrin qu'elle dissimulait. Comme s'il connaissait ses craintes et ses doutes. Cela faisait longtemps qu'un homme ne l'avait troublée à ce point.

— Merci, dit-elle en prenant la poche de globules rouges sans le regarder.

Lorsqu'elle était arrivée sur l'île, elle s'était efforcée de se tenir à distance de lui, mais ça n'avait pas marché. Il s'était frayé un chemin dans son cœur, et bien qu'ils ne se soient pas fait de confidences, elle appréciait sa compagnie. Il parvenait par sa seule présence à lui faire oublier le chaos de la guerre. Il avait le pouvoir de la distraire de tout ce qui se passait autour d'eux.

Sans compter que c'était un excellent chirurgien !

La première fois qu'ils avaient travaillé ensemble pendant un tir de mortiers, elle lui avait demandé comment il réussissait à rester aussi calme.

— Je m'abstrais de la réalité, je l'ignore. Je me dis que c'est un orage ou n'importe quoi d'autre, et je me concentre sur mon patient. J'essaie d'imaginer sa vie, je me dis que je vais le rendre à ceux qui l'aiment. Videz votre esprit et représentez-vous l'existence que vous sauvez.

Elle avait suivi son conseil, et cette stratégie l'avait aidée à se focaliser sur le blessé qu'elle traitait.

— Vous avez besoin d'aide, docteur Cote ? demanda-t-il.

Déjà, il enfilait une paire de gants.

S'il s'était agi d'un autre médecin, elle l'aurait rembarré, car presque tous les membres de l'unité étaient d'un grade inférieur au sien. Mais il y avait quelque chose en Kainan Laskaris qui imposait le respect.

Elle n'aurait pas pu refuser son aide, et d'ailleurs, elle n'en avait pas envie. Il savait ce qu'elle voulait sans qu'elle ait à le lui demander. Avec lui, c'était comme si elle avait eu quatre mains.

— Merci, dit-elle seulement. Il n'y a pas d'autres blessés ?

— Non. Le combat est fini. D'après ce qu'on m'a dit, les rebelles ont été repoussés.

Sur ces mots, Kainan se mit au travail et l'aida à traiter le soldat.

— Nous n'aurions jamais dû nous retrouver dans cette situation, remarqua-t-il en secouant la tête.

— Je suis d'accord avec vous.

Elle ignorait les causes exactes de la révolution qui avait semé le chaos dans cette île paisible, mais elle savait que les événements étaient liés à l'avènement du roi Aleksander à la mort de son père.

Le précédent roi, Mateo, avait eu la sagesse de s'allier avec le Canada. Les deux pays entretenaient de bonnes relations et avaient conclu un accord de libre-échange. Mateo avait été un grand roi pendant plus de cinquante ans, mais son fils Aleksander était loin d'avoir sa valeur. L'île Hermosa avait rompu ses liens avec l'Espagne plusieurs siècles auparavant, aussi quand la révolution avait éclaté, le Canada avait répondu à l'appel et accordé son aide au souverain.

C'était pour cette raison qu'elle était là.

— J'espère que ce sera bientôt fini, dit-elle quand elle eut achevé de recoudre la rate de leur patient. J'ai appris cette nuit que j'étais rappelée au Canada. Je repars demain.

— Déjà ?

Kainan semblait si déçu qu'elle sentit son cœur faire un bond dans sa poitrine.

Mais sans doute déplorait-il seulement la perte d'une bonne chirurgienne...

Le tir de mortiers s'était éloigné, et les soldats qui protégeaient l'hôpital de campagne commencèrent à bouger. Des tanks passèrent près d'eux, soulevant un nuage de poussière. Jurant sourdement, elle protégea de nouveau le patient de son corps, imitée par Kainan.

— Je pensais que vous resteriez jusqu'à la fin, dit-il quand les tanks se furent éloignés.

Dès que la poussière fut retombée, ils se remirent à travailler.

— Une autre unité vient nous relever. Elle restera jusqu'à ce que la paix soit rétablie sur l'île.

— Ça risque de prendre du temps, grommela Kainan. Je me demande si l'île pourra jamais se remettre de ce carnage.

— Je l'espère. Le sang a suffisamment coulé dans votre pays.

— C'est vrai, répliqua tristement Kainan.

Avait-il perdu des êtres chers ?

Ils étaient liés par une sorte de camaraderie. Ils avaient fait ensemble l'expérience de la guerre, ils avaient soigné côte à côte des soldats et des civils. Ils étaient devenus amis, et il allait lui manquer. Pourtant, elle savait peu de chose sur lui.

Dans le fond, mieux valait maintenir une certaine distance entre eux si elle ne voulait pas faire quelque chose qu'elle regretterait ensuite.

— Je m'étais habitué à travailler avec vous, murmura-t-il.

L'espace d'un instant, les yeux sombres la retinrent captive. Ce type parvenait à l'exciter et à la troubler en même temps.

Elle sourit derrière son masque.

— J'aime travailler avec vous, moi aussi, mais on dirait que notre collaboration touche à sa fin.

— J'en ai bien peur.

Ayant terminé son travail sur la rate, elle entreprit de refermer. Ils n'échangèrent plus un mot pendant qu'ils préparaient le blessé pour le transport puis l'installaient dans l'hélicoptère qui allait l'emmener sur un porte-avions américain. Ensuite, on l'emmenait en Espagne où se trouvait l'hôpital le plus proche, puis il serait transféré dans un établissement militaire.

Quand elle ôta ses gants et son masque chirurgical, elle laissa échapper un soupir d'épuisement.

Elle avait travaillé non-stop pendant vingt-quatre heures. En cette fin d'après-midi, la chaleur était encore étouffante, et elle aurait aimé courir vers l'océan pour se rafraîchir... Sauf que la plage était jonchée de débris de toutes sortes.

Les sourcils froncés, Kainan fixait la colline où se trouvaient les anciennes portes de la ville. De la fumée s'élevait au-dessus de la cité.

— Je suis désolée, dit-elle.

Elle aurait voulu lui dire qu'elle savait ce qu'il éprouvait, mais elle aurait menti. Elle ignorait ce que c'était que de perdre le pays où on était né, de le voir déchiré et détruit. En réalité, elle ne pouvait même pas imaginer l'épreuve qu'il traversait.

— Ça va ? lui demanda-t-il.

Fermant les yeux une seconde, elle secoua la tête.

— Ne vous inquiétez pas pour moi. Je suis juste crevée.

Le regard sombre la transperça jusqu'au cœur, et l'espace d'un instant, elle brûla d'envie d'enfoncer ses doigts dans les épaisses boucles châtaines de Kainan.

— Je crois qu'il y a autre chose, dit-il. Vous semblez submergée par la tristesse.

— Je pensais à mon départ imminent, et je me disais...

La gorge nouée par l'émotion, elle se tut.

Comment lui dire qu'elle était triste de quitter des gens qu'elle considérait comme des amis pour retrouver son existence solitaire à Toronto ?

— Je déteste partir alors qu'il y a encore tellement de travail, ici.

Kainan soupira.

— Oui, il y a énormément de choses à reconstruire, mais Hermosa se relèvera. Nous avons connu d'autres conflits internes, d'autres guerres, et nous avons toujours résisté à l'épreuve du temps.

Elle lui sourit, et ils gagnèrent la tente en silence.

Il n'y avait plus de patients dans un état critique. Il ne restait que des blessés légers dont on préparait le départ.

— Capitaine Cote, vous êtes officiellement en congé, annonça le commandant Smart lorsqu'elle pénétra sous la tente. Vous avez effectué un merveilleux travail, mais nous n'allons pas tarder à partir.

Elle savait ce que ça voulait dire : son unité quitterait l'île Hermosa pour gagner Petawawa, où elle serait officiellement libérée de ses obligations envers les forces armées canadiennes.

— Quand suis-je censée quitter l'île, commandant ?

— À 1 heure du matin. La relève est arrivée, et vous avez besoin de repos. Allez vous reposer, c'est un ordre.

Après avoir salué son supérieur, elle demeura sous la tente quelques instants de plus.

— Vous avez faim ? lui demanda Kainan.

— Oui... Mais vous ne devez pas gagner le front avec l'armée hermosienne ?

L'espace d'une seconde, Kainan arbora une expression étrange.

— Pas encore. J'ai le temps. Pourquoi pensez-vous que je suis resté ici à vous aider à soigner vos blessés, quand ma propre unité médicale mobile se trouve plus loin, sur la ligne des combats ?

— Je ne me suis pas posé la question. En fait, je m'étais habituée à vous voir dans le coin, ces derniers mois — et le plus souvent dans mes jambes, répliqua-t-elle en souriant.

Kainan eut cette mimique malicieuse qui lui faisait battre le cœur plus vite.

S'ils ne s'étaient pas rencontrés au beau milieu d'une guerre... Mais c'était le cas, et il était inaccessible. Elle partait dans quelques heures et n'était même pas certaine de le revoir un jour.

— Vous avez un très joli sourire, Reagan.

— Quoi ? fit-elle en rougissant.

— Je vous ai toujours vue si sérieuse !

— Ces combats n'incitent pas vraiment à la joie.

Tandis qu'ils sortaient ensemble de la tente, Kainan s'arrêta, puis il lui prit la main et la regarda fixement.

Elle rougit de plus belle, peu habituée à ce qu'on lui accorde autant d'attention.

— Vous avez l'air fatigué, Reagan. Vous avez besoin de manger et de dormir.

— Je vais bien.

— Venez.

Ce n'était pas une proposition mais un ordre.

Théoriquement, le grade de Kainan Laskaris était supérieur au sien. Il lui posa la main sur les reins et la guida jusqu'au mess. Elle était tellement épuisée qu'elle le laissa faire.

Il prit de la nourriture pour deux et une thermos de café, mais au lieu de la faire asseoir, il l'entraîna à l'extérieur.

— Où allons-nous ? demanda-t-elle d'une voix lasse.

— Sous ma tente. Elle est dans un coin ombragé, et nous y serons en sécurité.

— Pourtant, il y avait des tirs de mortiers il n'y a pas si longtemps, dit-elle en lui emboîtant le pas.

Kainan soupira.

— Les rebelles ont laissé tomber, il y a un cessez-le-feu. Nous devrions être tranquilles pendant un moment.

La tente de Kainan se trouvait à l'extrémité du camp hermosien, tout près du campement des forces armées canadiennes. Elle était vraiment dans un coin ombragé, et dissimulée sous un filet de camouflage. Lorsqu'ils se furent assis sur le sable, sous l'auvent, elle ferma les yeux pour mieux sentir la brise de l'océan lui caresser le visage.

— Buvez ça ! dit Kainan en lui tendant une tasse de café.

— Je suis censée me reposer...

Elle avala avec reconnaissance une gorgée de café hermosien noir et doux.

Elle ne se rappelait pas la dernière fois qu'elle avait pu savourer ce breuvage. D'habitude, elle l'avalait très vite en se brûlant la langue au passage avant de retourner auprès des blessés.

— Si vous vous couchez maintenant, vous serez encore plus fatiguée au moment du départ parce que vous n'aurez pas réussi à dormir, dans votre état de stress. Détendez-vous et décompressez.

— C'est sympa, admit-elle.

— Vous allez me manquer, déclara-t-il de but en blanc. Vous avez été une amie formidable, et vous êtes une merveilleuse chirurgienne. J'ai adoré travailler avec vous, ajouta-t-il en lui souriant tristement.

— Idem pour moi.

— Vraiment ?

— Bien sûr.

— Je ne m'en serais pas douté... Vous êtes fermée comme une huître, quelquefois.

— En ce cas, pourquoi vais-je vous manquer ?

— Parce que vous êtes courageuse, compatissante...

— Et fermée comme une huître, plaisanta-t-elle.

— Envers moi, oui, mais emplie de compassion envers les patients. Vous avez un grand cœur.

— Merci, répondit-elle en rougissant.

— Et je vous trouve aussi très belle...

Il prit ses doigts entre les siens.

Ce contact apaisa et excita Reagan en même temps.

Ses mains étaient calleuses mais fortes, et c'étaient celles d'un chirurgien talentueux.

— En fait, vous êtes le plus joli soldat que j'aie jamais vu, précisa Kainan.

Ses yeux pétillaient, et lorsqu'il lui sourit, une fossette se creusa dans sa joue sous la barbe de plusieurs jours.

Le compliment la fit rougir, elle ne savait pas trop comment le prendre. Elle en avait si peu l'habitude...

Les mots de sa mère lui résonnèrent dans la tête :

« Pourquoi as-tu toujours besoin d'approbation, Reagan ? Pour l'amour du ciel, fiche-moi la paix ! Tu n'as pas besoin de mon accord pour quelque chose d'aussi banal. »

Elle se mit à trembler en pensant à son enfance dépourvue d'amour.

— Vous frissonnez, remarqua Kainan. Pourquoi ?

— Je suis fatiguée, c'est tout.

Lorsqu'il l'attira contre lui, elle posa sa tête sur sa poitrine et s'imprégna de son odeur. Ce contact l'apaisa immédiatement.

— Où irez-vous après mon départ ? demanda-t-elle.

— Sur la ligne de front... Dès ce soir.

L'espace d'une seconde, son cœur cessa de battre.

Même si un cessez-le-feu avait été déclaré, Helicia, la capitale de l'île, était truffée d'engins explosifs et de mines. L'idée qu'il puisse être blessé la terrorisait.

— Vous frissonnez encore, dit-il.

— Je m'inquiète pour vous. La zone est toujours dangereuse.

— Tout va bien se passer, affirma Kainan en souriant. Moi aussi, je vais me faire du souci pour vous, vous savez.

— Je serai en transport militaire.

— Tout peut arriver. Le Canada est loin. Un océan nous sépare.

Il caressa sa joue humide de larmes, et sans qu'elle sache comment c'était arrivé, il se mit à l'embrasser. Tendrement, d'abord, puis passionnément.

C'était si bon qu'elle lui rendit son baiser, agrippée au col de sa chemise comme si sa vie en dépendait.

— Je suis désolé, murmura-t-il enfin contre sa bouche. Je ne sais pas ce qu'il m'a pris. J'étais tellement habitué à vous voir tous les jours. À la pensée que c'était fini, je...

Elle aurait dû mettre un terme à cette étreinte, mais elle décida de céder au désir qui pulsait en elle. Pour une fois. Une seule fois !

— Inutile de vous excuser... Continuez.

— Reagan, nous devons arrêter.

— Pourquoi ?

— Je vais sur le front, et vous partez. Quel avenir avons-nous ?

— Pour l'instant, aucun. Mais ce n'est pas ce que je vous demande, Kainan. Je veux juste jouir de l'instant présent. Depuis le premier jour, je lutte contre mon attirance pour vous.

— Moi aussi.

— Alors, c'est le moment d'y céder, dit-elle avant de l'embrasser sur la bouche.

Au bout d'un instant, Kainan se leva et l'aida à en faire autant.

— Allez, viens.

Elle crut qu'il allait la ramener au camp, mais il la fit entrer sous sa tente et la prit dans ses bras.

— J'ai tellement envie de toi, Reagan ! Mais je ne peux pas te faire de promesses que je ne pourrai pas tenir.

— J'éprouve la même chose, et je n'ai pas besoin de promesse. Je ne veux que toi.

— Tes désirs sont des ordres, dit-il avant de pencher la tête pour explorer son cou de ses lèvres.

Elle fondit dans ses bras.

Dehors, il faisait nuit. Reagan entendit les troupes qui pliaient bagage pour gagner la ligne de front. Jetant un coup d'œil à sa montre, elle constata qu'il était minuit. Dans une heure, elle partirait avec son unité. Elle devait encore faire son sac et se rendre au point de rendez-vous.

Kainan était déjà debout et vêtu d'un uniforme qu'il portait rarement lorsqu'il travaillait dans leur hôpital de campagne. La scène était surréaliste, et à l'idée qu'il allait être en danger, elle sentit son estomac se nouer.

— J'allais te réveiller, lui dit-il doucement.

— Désolée d'avoir dormi aussi longtemps.

— Pas de problème, répliqua-t-il en se penchant pour l'embrasser. Il y a encore des combats en ville. On a besoin de moi pour soigner les blessés.

— Je croyais qu'il y avait un cessez-le-feu.

— C'était le cas, mais certains rebelles se cachaient encore, et on doit s'en occuper.

Kainan s'exprimait avec une telle détermination qu'elle frissonna.

Lorsqu'elle se fut rhabillée et qu'il la prit dans ses bras, elle se serra contre lui et s'abreuva de son odeur.

Elle voulait graver dans sa mémoire tous les instants qu'elle avait passés avec lui et adressa au ciel une prière rapide pour qu'il sorte de cette guerre sain et sauf.

— Je t'en prie, souffla-t-elle, fais attention à toi.

— Toi aussi, Reagan, ma belle Reagan. Je ne t'oublierai jamais. Allons-y, maintenant.

Lorsqu'ils sortirent de la tente, le campement hermosien bourdonnait d'activité. L'unité canadienne fraîchement arrivée s'apprêtait à rejoindre les forces hermosiennes.

Kainan accompagna Reagan le plus loin possible. Puis, lui prenant la main, il la porta à ses lèvres avant de se diriger vers le gros camion qui l'attendait. Il grimpa à l'arrière et lui adressa un dernier signe alors que le véhicule démarrait.

Elle gagna la tente qu'elle partageait avec un autre chirurgien, puis elle rassembla ses affaires et attendit le moment du départ.

Il était un peu plus de 1 heure du matin, quand la radio du mess se mit à grésiller :

« Explosion à Helicia. Transport médical hermosien attaqué. Pas de survivants. »

S'agissait-il du camion dans lequel se trouvait Kainan ?

Elle aurait voulu rester pour obtenir des informations, mais l'hélicoptère attendait. Elle fut emmenée par les airs sur le vaisseau canadien qui devait la ramener chez elle.

Dès qu'elle eut posé son sac, elle rejoignit le chef de son unité.

— Général Travis, est-ce que vous avez la liste des victimes de la dernière explosion ?

— Je devine à qui vous pensez, et je suis désolé, capitaine Cote. Je sais que vous travailliez avec le Dr Laskaris. Son nom est en effet sur la liste des personnes décédées. On a retrouvé sa plaque militaire... C'est un engin explosif placé près du palais qui a causé ce désastre.

Ce fut comme si elle avait été percutée par un boulet de canon. Se cramponnant à la rambarde, elle vomit le peu de nourriture qu'elle avait absorbé après avoir quitté Kainan.

Le général lui tapota le dos.

— Je suis navré, mon petit.

Hochant la tête, elle refoula ses larmes.

C'était pour cette raison qu'elle maintenait ses distances avec ses collègues. Parce que les gens qu'on aime peuvent vous être arrachés ou mourir.

À présent, elle était seule. Totalement seule.

1

Un an plus tard, à Toronto.

Reagan traversa le hall de l'hôpital dans un brouillard.

Il n'y avait sûrement pas assez de café dans le monde entier pour la réveiller.

Après de longues heures de travail, elle avait veillé son bébé qui avait passé une très mauvaise nuit. Les lits d'appoint du service de pédiatrie étaient plutôt inconfortables, et elle aurait eu bien besoin de passer chez elle pour prendre une douche.

Le problème, c'était qu'il n'était pas prévu qu'elle prenne une pause ou qu'elle soit remplacée...

Peter et elle étaient seuls au monde.

Un an auparavant, elle avait passé une nuit inoubliable dans les bras de Kainan Laskaris, puis il était parti sur la ligne de front et il était mort pour son pays.

Elle avait repris le cours de sa vie au Canada... Sauf qu'elle n'était pas vraiment seule puisqu'elle était enceinte. C'était le plus beau cadeau que la vie puisse lui accorder : un enfant de Kainan, une part de lui. Quelqu'un à aimer !

Elle ferait en sorte que Peter n'ait jamais le sentiment d'être une erreur, comme ses propres parents le lui avaient fait sentir.

Dès que son père avait appris la grossesse de sa femme, il s'était éloigné de celle-ci. Même s'il ne l'avait pas quittée, la mère de Reagan en avait voulu à sa fille d'être la cause de cette mésentente, et elle lui avait très rarement témoigné le peu de tendresse dont elle était capable. Ses parents ne l'avaient jamais aimée, ils n'avaient pris soin d'elle que parce qu'ils étaient légalement obligés de le faire :

« J'ai toujours assumé mes erreurs, lui avait dit sa mère un jour. À mon époque, l'avortement n'était pas envisageable. »

Elle avait espéré que la perspective d'être grands-parents adoucirait le cœur de ses parents, mais elle s'était trompée. Quand elle avait annoncé à sa mère qu'elle était enceinte et que le père était mort, la réponse avait été sans appel :

— Débarrasse-toi de ce problème, Reagan. Tu ne peux pas élever un enfant toute seule.

— Je n'ai pas l'intention d'avorter, maman.

— En ce cas, qu'est-ce que tu attends de nous ?

Honnêtement, elle n'en savait rien.

Sans doute avait-elle espéré que sa mère aurait changé, mais c'était une erreur. Une fois de plus, elle avait déçu ses parents en revenant enceinte de sa mission. Pire encore, en décidant de garder l'enfant.

L'idée qu'elle n'était qu'une erreur à leurs yeux lui faisait encore mal, parfois. C'est pourquoi elle s'était juré de protéger Peter et de lui donner tout l'amour qu'elle n'avait pas reçu.

Mais ce qui aurait dû être pour elle le plus beau jour de sa vie s'était mué en cauchemar.

— Laissez-moi le voir ! avait-elle crié, soulagée que l'accouchement soit terminé.

Mais on ne lui avait pas répondu, et Marisa, l'obstétricienne, avait détourné le regard.

À cet instant, elle avait pris conscience que son bébé ne criait pas.

— Qu'est-ce qui ne va pas ? avait-elle demandé en tendant le cou pour voir.

Le bébé que le pédiatre tenait dans ses mains était bleu-gris et bougeait à peine. Deux heures plus tard, elle avait appris qu'il souffrait de cardiomyopathie et qu'il devrait rester à l'hôpital jusqu'à ce qu'on lui trouve un nouveau cœur.

La chambre qu'elle s'était donné tant de mal à préparer dans son petit appartement était toujours inhabitée, et les rares fois où elle rentrait chez elle, elle n'avait pas le courage d'y pénétrer.

Elle ne devait pas y penser… Et, surtout, éviter d'évoquer Kainan. Mais c'était difficile, parce que Peter lui ressemblait beaucoup, et elle ne pouvait s'empêcher de se demander ce qu'aurait été leur vie si Kainan avait appris qu'il était père.

— Reagan, vous avez la tête de quelqu'un qui manque de sommeil.

Elle frotta ses yeux fatigués et vit le chef de la chirurgie debout devant la station centrale, en train d'étudier un dossier.

Le Dr McNeil avait été son mentor pendant son internat. C'était lui qui l'avait encouragée à s'engager dans les forces armées canadiennes pour élargir ses compétences. Au retour, quand elle lui avait annoncé sa grossesse puis la naissance prochaine de Peter, il s'était montré compréhensif et accommodant, sachant qu'elle avait besoin de travailler.

Pour l'instant, Michael McNeil la regardait avec compassion.

— Vous sentez-vous capable de travailler avec ce médecin muet ? lui demanda-t-il.

Elle hocha la tête.

Elle détestait la pitié qu'elle inspirait à la plupart des gens, mais elle avait besoin de ce job supplémentaire qui impliquait une meilleure paye, d'autant qu'elle n'avait guère le temps d'effectuer des interventions chirurgicales. À tout instant, on pouvait la prévenir qu'un cœur était disponible, et il lui fallait rester près de Peter.

Son bébé était tout ce qu'elle avait.

Elle aurait vraiment eu besoin de dormir, mais actuellement, elle voulait surtout se noyer dans le travail pour ne pas devenir folle. Et cette nouvelle fonction incluait des horaires plus flexibles.

— Je suis en pleine forme, affirma-t-elle.

Se rapprochant de la station centrale, elle se servit du café dans une tasse de plastique.

— Tant mieux. Je sais que vous avez traversé de durs moments et…

Elle leva la main pour interrompre le chirurgien.

— Je vais bien, Michael. J'ai besoin de ce job, j'*aime* ce job, et Peter n'est pas loin. D'ailleurs, je suis le seul membre de l'équipe à connaître le langage des signes.

— Et la seule à avoir travaillé sur l'île Hermosa.

Le cœur de Reagan battit la chamade.

— Le nouveau spécialiste est originaire de l'île ? murmura-t-elle après avoir avalé une gorgée de café.

— Oui. Le gouvernement canadien lui a accordé un droit d'asile. Son travail est important, c'est tout ce que je sais. Et c'est aussi un brillant enseignant, qui apportera beaucoup à nos étudiants. J'ai hâte qu'il fasse partie de notre équipe.

— Et moi de faire sa connaissance ! Devenir chirurgien consultant quand on est muet, c'est assez impressionnant.

— En fait, il n'est pas muet de naissance. Il a été blessé pendant les affrontements, et une sonde trachéale mal placée a gravement endommagé ses cordes vocales. On m'a dit qu'il pouvait prononcer quelques mots, mais pas souvent et pas longtemps. Il devrait être opéré ici avant le nouvel an, mais pour l'instant, vous allez pouvoir l'aider.

Bien sûr, il y avait bien d'autres médecins hermosiens que Kainan, mais aucun ne lui parvenait à la cheville. Se pourrait-il que...

Non, elle ne voulait pas penser à lui maintenant !

— Bien sûr. Est-ce qu'il est au courant, pour mon fils ? Il sait que j'ai besoin d'horaires flexibles ?

— Il ignore que vous avez un enfant, mais je lui ai parlé des aménagements de votre emploi du temps. J'ai pensé que si vous vouliez lui parler de Peter, il vous appartenait de le faire.

Elle laissa échapper un soupir de soulagement.

— Merci.

C'était épuisant de devoir constamment expliquer sa situation aux gens. Le nouveau chirurgien n'avait pas besoin de connaître l'existence de Peter.

Elle suivit Michael jusqu'à son bureau, où elle devait rencontrer le médecin hermosien. Ensuite, ils pourraient se mettre au travail.

— Donc, ma mission consistera à traduire le langage des signes pour les étudiants, de façon à ce qu'il ne fatigue pas sa voix ?

— C'est cela. Vous pouvez utiliser mon bureau pour établir

votre programme. Les premiers étudiants en médecine se présenteront à 13 heures, après le déjeuner.

— Parfait, patron.

— Vous savez que nous sommes tous là pour vous, Reagan, dit Michael avec un sourire. S'il y a quelque chose que nous puissions faire...

Elle hocha brièvement la tête.

Elle appréciait cette sollicitude, mais elle refusait d'être prise en pitié ou aidée. Elle était toujours Reagan Cote, une excellente chirurgienne.

— Je vais bien, assura-t-elle.

— Vous en êtes certaine ?

De nouveau Michael la fixait avec cette compassion insupportable.

Elle ne pouvait pas le rabrouer comme elle le faisait avec les autres. Il avait été son mentor pendant son internat, et il lui avait appris à témoigner de l'empathie à ses patients, elle qui n'en avait jamais reçu de la part de ses parents.

— Vous savez combien j'apprécie votre sollicitude, Michael, mais tout va bien. Le travail m'aide à tenir le coup.

Michael lui sourit.

— Peter va s'en sortir, murmura-t-il.

Elle acquiesça, refoulant les larmes qui lui montaient aux yeux comme chaque fois qu'on lui parlait de son bébé et de sa maladie.

Pour le bien de son fils, pour son propre bien, elle se devait de rester forte.

— On y va ? demanda Michael.

— Oui.

Elle plaqua un sourire sur ses lèvres. Le même qu'elle avait mis au point quand elle était enfant parce que son père la préférait souriante. Il se comportait mieux avec sa mère chaque fois que leur fille se conduisait bien.

Hochant la tête, Michael ouvrit la porte et s'effaça pour la laisser entrer.

Le médecin hermosien leur tournait le dos, mais dès qu'elle l'aperçut, quelque chose remua dans un coin de son esprit, et elle se mit à trembler.

— Docteur Laskaris, je voudrais vous présenter le Dr Reagan Cote qui va travailler avec vous dans cet hôpital.

Le fantôme se retourna, braquant sur elle des yeux sombres écarquillés par l'étonnement.

Le beau visage de Kainan était couturé de cicatrices, et elle voyait sur sa gorge la marque laissée par cette sonde endotrachéale mal placée. On aurait dit que quelqu'un lui avait tranché la gorge. Les boucles châtaines étaient domptées et striées de mèches argentées. Il avait vieilli... La guerre l'avait vieilli, mais il était toujours incroyablement beau.

Elle faillit lâcher son gobelet de plastique.

— Kainan ? finit-elle par articuler.

— Vous vous connaissez ? demanda Michael.

Elle attendit une réponse de Kainan avant de se rappeler qu'il ne pouvait pas parler, puisqu'on lui avait volé sa voix. Au lieu de cela, il acquiesça d'un signe avant de se détourner, comme s'il était ennuyé de la voir.

— Nous avons travaillé ensemble sur l'île Hermosa, expliqua-t-elle. Et nous avons fait du bon travail.

Michael parut soulagé.

— Je suis ravi de l'apprendre. Eh bien, je vais vous laisser. Vous avez certainement beaucoup de choses à vous dire.

Reagan ne vit pas Michael sortir. Les yeux fixés sur Kainan, elle entendit juste la porte se refermer.

Il soutint son regard sans sourire.

Cette froideur n'étonna pas Reagan, elle y était habituée. Cela faisait juste un peu mal et la confirmait dans l'idée que Kainan était comme les autres hommes de sa connaissance.

Comme son père... Froid et distant.

— Tu es vivant !

— *Visiblement*, répondit-il par signes.

— On m'avait dit que tu étais mort.

Le visage de Kainan s'adoucit brièvement.

— *Je suis désolé. Au début, la situation était plutôt confuse, on m'a cru mort pendant plusieurs jours.*

— On a trouvé ta plaque militaire dans les décombres.

— *Tout le monde nageait en pleine confusion.*

Apparemment, il n'avait pas l'intention de lui donner des détails.

Elle avait besoin de s'occuper l'esprit pour ne pas se demander pourquoi Kainan n'avait pas cherché à la joindre. Elle s'assit sur une chaise, près du bureau sur lequel étaient disposés des documents à l'intention de Kainan.

Elle feuilleta de ses mains tremblantes le classeur contenant les informations.

— Est-ce que quelqu'un t'a donné des explications ?

Il secoua négativement la tête, puis il toussota.

— Je préfère qu'elles viennent de toi.

Sa voix était cassée, gutturale.

Voyant le rouge lui monter aux joues, elle en déduisit qu'il était gêné ou en colère. Le connaissant, elle opta pour la colère. Elle savait combien il aimait contrôler la situation. Pendant une intervention chirurgicale, par exemple, il lançait des ordres que toute l'équipe exécutait aveuglément. C'était un chirurgien exceptionnel, et elle pouvait imaginer ce qu'il endurait actuellement. Pourtant, elle ne pouvait s'empêcher de lui en vouloir : il savait où elle habitait. Pourquoi ne l'avait-il pas prévenue qu'il était vivant ?

— Très bien, dit-elle en posant son gobelet à moitié vide sur la table. On peut faire ça ensemble.

— *Il n'y a personne d'autre ?* demanda-t-il par signes.

Elle se raidit comme s'il venait de la gifler.

Il ne voulait pas que ce soit elle qui l'aide !

Elle aurait dû savoir que l'attention qu'il lui avait manifestée sur l'île n'était qu'une manœuvre de séduction. Il l'avait juste utilisée…

Mais après tout, elle était consentante. Elle ne lui permettrait pas de l'écarter. Elle avait une tâche à accomplir, et elle comptait bien en venir à bout.

— Non, il n'y a personne d'autre. Je suis le seul médecin à connaître le langage des signes.

— *Très bien.*

Croisant les bras sur la poitrine, il s'appuya au dossier de sa chaise. Il la fixait toujours, mais cette fois, elle crut déceler une lueur d'humour dans ses yeux.

— *J'avais oublié à quel point tu es ombrageuse. Tu grimpes toujours aussi vite au plafond.*

— Je peux me montrer susceptible quand les gens se conduisent comme des abrutis.

— Désolé, souffla-t-il d'une voix à peine audible.

Reagan savait qu'elle allait le regretter, mais elle devait lui poser la question.

— Pourquoi est-ce que tu ne veux pas travailler avec moi ?

La question prit Kainan au dépourvu.

Voir Reagan avait été un choc. Il avait dû refouler son envie de se précipiter vers elle pour la prendre dans ses bras et l'embrasser. Mais ce n'était ni le moment ni le lieu.

En fait, la situation dans son ensemble le déstabilisait. Il savait que Reagan était canadienne, mais il n'avait pas imaginé qu'elle travaillait dans cette ville et dans cet hôpital, qu'il n'avait choisi que parce que le Dr Shaw, son oto-rhino-laryngologiste, y exerçait. Quand bien même il aurait su que Reagan y était aussi, il aurait pensé qu'elle travaillait en chirurgie, pas dans la partie universitaire de l'hôpital.

Pour sa part, sa carrière était terminée, puisqu'il n'avait plus de voix... Bien sûr, il savait que ce n'était pas la seule raison pour laquelle il ne serait plus jamais chirurgien.

À cette pensée, sa gorge se serra un peu plus.

Malgré le contexte de guerre civile, il avait passé auprès d'elle les moments les plus heureux de sa vie. Il aimait son pays, mais depuis la mort de sa mère, l'île Hermosa ne lui rappelait que la solitude et le chagrin.

Reagan avait été son rayon de soleil. L'une des choses les plus difficiles qu'il ait faites de toute son existence avait été de la quitter, sachant qu'il ne la reverrait peut-être jamais. Aujourd'hui, les circonstances avaient changé, ils ne pourraient de toute façon plus jamais être ensemble. Il n'avait pas l'intention de la piéger comme sa mère l'avait été par son mariage.

Cela ne l'empêchait pas de la désirer. Il adorait ces longs cheveux bruns et soyeux réunis en chignon, ce cou gracieux qu'il avait caressé, ces lèvres qu'il avait embrassées. Comme il aurait souhaité pouvoir les goûter encore !

Seulement, c'était impossible. Il ne pouvait pas lui faire courir les risques qu'il courait lui-même.

Des gens voulaient l'assassiner. Il était le roi exilé d'un pays instable, sur le point de sombrer dans l'oubli. Il était prêt à donner sa vie pour l'île Hermosa, parce qu'il se sentait responsable de sa ruine : malgré tous ses efforts, il avait été incapable de contrôler son frère aîné, lequel avait causé en six mois la perte de cette contrée sur laquelle leur père avait régné sans problème pendant cinquante ans. Désormais, il était le souverain d'une nation blessée, ravagée par la guerre civile. Et au lieu d'être parmi son peuple, il se trouvait au Canada. D'abord à Ottawa, pour guérir des nombreuses blessures qu'il avait subies, et maintenant dans cet hôpital de Toronto, pour y travailler en attendant l'intervention qui lui rendrait ou non sa voix... Une intervention risquée qui pouvait aussi lui être fatale.

— *On commence par quoi ?* demanda-t-il par signes.

— On t'a donné ton badge ?

— *Pas encore.*

— Très bien. On va s'occuper de la paperasserie, et ensuite...

— *Pourquoi ne pratiques-tu plus la chirurgie ?*

— Je te l'ai dit. Je suis la seule à connaître le langage des signes.

— *Si je comprends bien, c'est une punition ?*

— Quoi ?

— *Ton métier était toute ta vie.*

— Ça l'est toujours, mais on m'a demandé de...

Elle fut interrompue par un coup frappé à la porte.

— Oui ?

Une infirmière apparut sur le seuil de la pièce.

— Je suis désolée de vous interrompre, docteur Cote, mais c'est à cause de Peter.

— J'y vais tout de suite.

L'infirmière hocha la tête avant de disparaître.

L'air soucieux, Reagan referma le classeur.

— Excuse-moi, Kainan, je vais faire le plus vite possible, mais ça peut prendre un moment.

À l'idée que ce Peter était peut-être son mari, il fut submergé par une fureur inattendue. Il n'avait pourtant aucun droit d'être jaloux !

— *C'est un patient ?* demanda-t-il.

Elle laissa échapper un soupir. Elle semblait triste, accablée.

— Non, ce n'est pas un patient, répliqua-t-elle.

Elle soupira pour la seconde fois et parut au bord de la nausée.

— Je suis… Peter est mon fils, dit-elle en se levant.

— Ton fils ? répéta Kainan d'une voix rauque.

Soudain, la vérité lui apparut, car il savait qu'elle n'avait pas d'enfant lorsqu'elle travaillait avec lui sur l'île Hermosa. L'estomac noué par l'appréhension, il bondit entre la porte et elle, l'empêchant de sortir.

— Quel âge a-t-il ?

— Trois mois. C'est ton fils, Kainan.

La voix de son père retentit dans son esprit :

« Ne te fie jamais aux femmes, Kainan. Ta mère a cherché à me cacher qu'elle t'attendait, quand elle voulait divorcer. Tu étais un prince de l'île Hermosa, elle n'en avait pas le droit, mais elle l'a quand même fait. Les femmes sont inconstantes et égoïstes. Si tu les laisses entrer dans ton cœur, tu seras blessé. »

Il découvrait par hasard qu'il avait un fils, mais Reagan ne comptait peut-être pas le lui dire…

— Laisse-moi y aller, Kainan !

Il s'écarta pour la laisser passer.

Il n'avait pas l'intention de la retenir, mais il voulait des réponses. Pourquoi l'enfant était-il à l'hôpital ? Pourquoi une infirmière veillait-elle sur lui ?

Il se lança derrière Reagan, maudissant le sort qui l'empêchait de l'appeler pour qu'elle s'arrête. Mais il la rattrapa et lui saisit le bras.

— *C'est mon fils ?* s'enquit-il par signes.

— Oui.

— *Pourquoi ne pas m'avoir dit tout de suite que j'avais un fils ? Tu voulais me le cacher ?*

Il regretta aussitôt ces mots qui lui rappelaient tellement ceux de son père.

— On m'avait dit que tu étais mort, répondit Reagan. Jamais je ne te l'aurais caché. Tu aurais voulu que ce soit la première chose que je te dise, tout à l'heure ?

Il voulait la croire, mais sa propre mère avait tenté de dissimuler son existence lorsqu'elle était enceinte de lui.

« Je ne voulais pas que tu sois enfermé dans ce palais comme je l'avais été, lui avait-elle dit sur son lit de mort. J'espérais juste que nous serions libres, que tu ne grandirais pas auprès d'un père comme lui. »

Elle avait raison, puisqu'il avait passé son enfance dans une prison dorée, constamment surveillé et pourtant solitaire.

— Il faut que j'aille le voir, murmura Reagan.

Il se frotta les tempes, en proie à un début de migraine.

— *Il est malade ?* demanda-t-il pendant qu'ils attendaient l'ascenseur.

— Cardiomyopathie, répondit-elle, les larmes aux yeux. Il est né avec un cœur défaillant.

Seigneur ! En tant que médecin, il connaissait la gravité de cette maladie. C'en était trop ! Il apprenait le même jour qu'il était père et que son fils était mourant...

L'espace d'un instant, il eut envie de tourner les talons et de prendre la fuite. Mais c'était impossible. Il n'était pas l'homme froid et insensible que son propre père avait été.

Les portes de l'ascenseur s'ouvrirent, et ils s'écartèrent pour laisser sortir les gens avant d'entrer dans la cabine. Tandis qu'elle s'ébranlait, Kainan ne dit rien.

Il avait un fils ! Ce fils était le prince héritier de la couronne sur l'île Hermosa, ce qui constituait un lourd fardeau. Et il était certainement en attente d'une transplantation, sa seule chance de survie.

Reagan l'emmena aux soins intensifs pédiatriques, où on lui donna une tenue jetable et un masque. Quand on l'introduisit dans la salle, il n'entendit pas vraiment ce qui se disait autour de lui. Il aperçut l'incubateur, et son cœur se mit à battre la chamade.

Il n'avait pas voulu d'enfant, parce qu'il se refusait à le condamner à l'existence qu'il avait lui-même vécue. Il n'avait pas voulu de famille parce que les relations amoureuses tournaient toujours mal, comme son père et son frère aîné le lui avaient suffisamment démontré. Pourtant, quand Reagan souleva la couverture bleue, il laissa échapper un cri en voyant ce bébé aux cheveux sombres qui leur ressemblait, à Reagan et à lui.

Un bébé relié à une machine.

Submergé par un amour qui le surprit lui-même, il eut immédiatement envie de le prendre dans ses bras.

Cet enfant était l'avenir de son pays.

Mais comment un roi muet et un prince au cœur malade pourraient-ils diriger une contrée déjà ravagée ?

2

Il régnait une telle activité dans la pièce que Reagan en oublia un instant la présence de Kainan. Quand Peter fut de nouveau stable et qu'elle eut parlé aux médecins, elle se tourna vers lui pour le leur présenter, mais il avait disparu.

Où était-il allé ?

Ce fut sa première pensée, puis elle fut déçue qu'il soit parti. Il ne s'était même pas approché de la couveuse, et lorsqu'elle avait soulevé la couverture, il n'avait regardé qu'une seule fois à l'intérieur. Ensuite, elle s'était adressée à l'infirmière et avait oublié tout ce qui n'était pas son fils.

Chaque jour, quand elle franchissait les portes des soins intensifs et se lavait les mains, une petite voix lui répétait encore et encore que les chances de Peter se réduisaient d'heure en heure. L'autre part d'elle-même — celle qui la soutenait depuis qu'elle se savait enceinte — lui disait de ne pas perdre espoir, de continuer à tracer son sillon, de transmettre sa force à son enfant. Et c'était ce qu'elle avait fait depuis la naissance de Peter, parce qu'elle n'avait pas d'autre choix.

Elle était tellement habituée à se battre seule qu'elle n'avait pas remarqué que Kainan s'était éclipsé.

— En cas de problème, je ne suis pas loin, dit-elle à Sophie, l'infirmière chargée de veiller sur Peter.

— Désolée de vous avoir arrachée à votre travail, répondit la jeune femme. Je sais que votre priorité est cette collaboration avec le nouveau médecin hermosien.

Reagan pressa légèrement le bras de l'infirmière avec un sourire.

— Ma priorité, c'est Peter, Sophie. Toujours !

Elle aurait voulu lui dire que Kainan était le père de Peter, mais les mots ne franchirent pas le seuil de ses lèvres. Comme tout le monde à l'hôpital, Sophie savait que le père du bébé était mort.

Mais Kainan était vivant, et il avait des droits sur Peter.

À la pensée qu'il aurait son mot à dire chaque fois qu'elle prendrait une décision à propos de leur fils, elle sentit son cœur se serrer.

Que ferait-elle si Kainan voulait emmener Peter sur l'île Hermosa ?

Pour l'instant, il était inutile qu'elle se rende malade d'inquiétude.

— Je repasserai plus tard, à moins que vous ne m'appeliez.

— Très bien.

Sophie retourna près de la couveuse, tandis que Reagan envoyait mentalement un baiser à son fils qu'elle ne pouvait pas prendre dans ses bras.

Elle ne l'avait fait qu'une seule fois, avant qu'il soit intubé.

Son cœur saigna à l'idée que, peut-être, elle ne pourrait jamais l'embrasser.

Dès qu'elle eut quitté l'unité de soins intensifs pédiatriques, elle ôta sa tenue et son masque pour les mettre dans le conteneur prévu à cet effet.

Elle se demandait comment elle allait contacter Kainan, quand elle le vit en train de marcher de long en large dans le couloir.

En le voyant, elle cessa immédiatement de lui en vouloir.

Elle se rappelait ce qu'elle avait éprouvé en découvrant que Peter était si malade... Quand elle ne l'avait pas entendu crier après sa naissance, quand les médecins l'avaient emporté et qu'on l'avait laissée seule.

— Tu as préféré sortir ? demanda-t-elle doucement.

Kainan posa sur elle un regard troublé. Il passa la main dans ses boucles épaisses.

— *Désolé*, répliqua-t-il dans le langage des signes.

— Cela faisait beaucoup d'un coup. Je regrette de ne pas t'avoir mieux préparé.

— *Je ne vois pas comment tu aurais pu me préparer à faire la connaissance d'un fils malade dont j'ignorais l'existence.*

— Mais ça va ?

— *La question est plutôt de savoir comment tu vas, toi.*

La question la prit au dépourvu. Comment allait-elle ? Son enfant était malade, et elle manquait de sommeil.

Elle préféra mentir.

— Pas de souci. J'aurais dû t'en parler tout de suite.

— *Dis-m'en davantage sur Peter. Il est sur une liste d'attente de transplantation ?*

— Oui.

— *Cela a dû être terrible pour toi. Comment as-tu fait pour le supporter ?*

La question était innocente, mais elle frappait droit au but. Comment aurait-elle pu réagir autrement ? Elle n'avait pas vraiment le choix. Elle devait faire un pas après l'autre.

— Je n'avais pas le choix, répliqua-t-elle.

— *C'est vrai.*

Kainan se passa la main sur le visage. Elle s'attendait à ce qu'il s'excuse de ne pas avoir été là pour elle ou qu'il lui propose de l'aider, mais il n'en fit rien.

— *Son état est stable, maintenant ? On peut retourner au travail ?*

Elle eut l'impression qu'il la giflait. Les paroles dures de sa mère lui revinrent en mémoire :

« Tu as choisi de garder ce bébé, Reagan. Je t'avais dit de t'en débarrasser. »

— *Quelque chose ne va pas ?* lui demanda Kainan.

— Non, rien.

— *Je vois bien à ta tête qu'il y a autre chose.*

Elle esquiva la question.

— Il est stable.

— *Tant mieux.*

— Allons dans le bureau de Michael, proposa-t-elle. Nous reverrons ensemble toutes les infos dont tu as besoin.

Hochant la tête, Kainan lui emboîta le pas.

Kainan avait du mal à se concentrer sur les procédures hospitalières que Reagan lui décrivait. Ce qui l'obsédait, c'était de savoir comment il pourrait prendre soin d'elle et de Peter, même s'il détestait l'idée de les piéger tous les deux dans le protocole royal.

Si Aleksander n'était pas mort, la question ne se serait pas posée…

En tant que cadet, Kainan avait pu quitter l'île et faire ses études de médecine en Suisse. Il y avait été heureux et n'avait jamais envisagé de revenir dans son pays après le couronnement de son frère, mais la guerre civile avait éclaté, et Aleksander avait été tué. Dès cet instant, Kainan avait cessé d'être libre.

Il ne se rappelait que trop bien la discussion qu'il avait eue avec son frère avant la mort de celui-ci :

— Il faut que tu abdiques, Alek. Trop de vies ont déjà été sacrifiées.

— Pas question ! Père n'aurait jamais cédé.

— Il l'aurait fait si du sang innocent avait été répandu. Tu nages en plein délire.

— Tu veux juste la couronne pour toi, Kainan. Je te connais.

— Tu déraisonnes complètement. Je n'en ai jamais voulu. Jamais !

— Alors, pourquoi es-tu là ?

— Pour te sauver. Tu es mon frère, Alek…

— Ton demi-frère.

— C'est vrai, mais je suis quand même là pour te sauver.

— Pourquoi ?

— Parce que notre père t'aimait. Je le fais pour lui.

Alek avait eu une moue de mépris.

— Toujours à essayer de lui plaire ! Mais il est mort, et je suis roi. Je serai toujours roi !

Kainan s'efforça de chasser ces souvenirs.

Il avait tenté d'entraîner Alek hors du palais, juste avant qu'un engin explose dans la salle du trône. Il avait lui-même survécu, mais il avait perdu sa voix pour son frère… Son roi.

Finalement, ce dernier n'avait pas survécu, son sacrifice n'avait donc servi à rien. Ce drame faisait de lui le roi et de son fils malade son héritier.

— Tout va bien, Kainan ?

Il vit que Reagan le regardait, la pile de papiers posée devant elle.

— Tu es un peu submergé ?

— C'est un euph...

Sa gorge se ferma et il ne put terminer sa phrase.

— Tu veux dire un « euphémisme » ? demanda-t-elle doucement.

Et elle lui adressa ce sourire amical qui l'avait fait fondre sur l'île Hermosa.

Reagan s'efforçait toujours d'être forte. Quand il l'avait vue sourire aux soldats blessés et leur offrir sa compassion, il avait été conquis. Cette femme ne ressemblait pas physiquement à sa mère, mais elle possédait le même genre de courage.

Ariana, sa mère, était une femme compatissante, solide et indépendante. Elle aimait son époux, mais celui-ci ne semblait pas capable de la réciproque. Lorsqu'elle était morte, Kainan s'était retrouvé totalement seul, tant le palais était dépourvu d'amour.

Bien entendu, Reagan ignorait qu'il était prince. Lorsqu'ils avaient travaillé ensemble, son honnêteté et sa chaleur humaine avaient été comme une bouffée d'air frais pour lui. Elle l'avait traité comme n'importe quel autre membre de l'équipe médicale, et auprès d'elle, il pouvait être lui-même.

Si seulement il n'y avait pas eu cette guerre ! Si seulement il n'était encore que le fils cadet...

Pour rien au monde il ne souhaitait entraîner Reagan dans le chaos auquel son pays était en proie. Mais elle avait donné naissance à son fils, et si cela se savait, elle serait en danger. En l'épousant, il pourrait la protéger, mais sa vie ne lui appartiendrait plus.

Il frotta ses tempes douloureuses.

Il fallait qu'il sorte de cette pièce où il avait l'impression de suffoquer, comme lorsqu'il s'était réveillé après l'explosion et qu'il ne parvenait plus à respirer avec ce tube dans la gorge.

— *Est-ce qu'on peut faire une pause ?* demanda-t-il par signes.

— Ça fait un peu beaucoup d'infos d'un seul coup ? suggéra-t-elle.

— *Un café.*

— D'accord.

Elle semblait troublée, désorientée, mais il l'était aussi.

Ils quittèrent en silence le bureau de Michael et se rendirent devant le distributeur de boissons.

Malgré la présence de gardes hermosiens dans l'hôpital, tout le monde ignorait sa véritable identité. Il détestait devoir se cacher jusqu'à l'opération, mais il ne pouvait pas faire autrement. Il souhaitait ardemment retourner dans son pays, sur la ligne de front, pour sauver des vies. Mais comment aurait-il pu effectuer des opérations, incapable qu'il était de donner ses instructions oralement ?

Avec un peu de chance, il retrouverait bientôt sa voix… Du moins s'il survivait à l'intervention.

Ils s'installèrent à une table, dans le patio central de l'hôpital. Reagan lui avait commandé un café bien noir et sans sucre, comme il l'aimait.

— *Tu n'as pas oublié*, dit-il par signes.

— Tu le buvais tous les jours religieusement, répliqua-t-elle en souriant.

Il but une gorgée.

Ce breuvage n'était pas aussi bon que sur son île, mais il s'en contenterait.

Dehors, la neige tombait doucement. Il n'y était pas encore habitué, mais il trouvait qu'elle avait un effet apaisant.

— Qu'est-ce que tu penses de la neige ? demanda Reagan.

— *Froide.*

— En effet. Ce doit être un véritable choc culturel pour toi.

— *Un peu. Notre fils…*

— Peter, murmura Reagan.

— *Un prénom intéressant.*

— Je l'ai toujours aimé… Peter Pan était ce garçon qui ne voulait pas grandir, dit-elle d'une voix tremblante. Ça me plaît bien.

Avant que Reagan lui parle de ce personnage de fiction, il avait pensé à saint Pierre, le patron des pêcheurs. L'économie de l'île Hermosa reposait en grande partie sur la pêche, et ce prénom lui convenait aussi.

— Tu fronces les sourcils, remarqua-t-elle.

— *Ça m'arrive souvent, ces derniers temps.*

— Pourquoi ?

— *J'en ai vu des vertes et des pas mûres, récemment. Je suppose que toi aussi.*

— J'ai l'impression que notre collaboration sur l'île Hermosa remonte à un siècle, dit-elle. Je ne te l'ai pas encore dit, mais je me réjouis que tu sois en vie, ajouta-t-elle en rougissant.

Il se sentit fondre.

— *Je suis heureux de te revoir, moi aussi.*

— Michael m'a dit que tu allais subir une opération, pour retrouver ta voix ?

Malgré lui, ses doigts se crispèrent autour du gobelet.

— *Oui. J'espère que ça va marcher.*

Il ne précisa pas les risques qu'il encourait. Reagan n'avait pas besoin de savoir qu'il pouvait mourir au bloc.

— Je suis sûre que ça va bien se passer, bien que les tissus cicatriciels puissent poser problème... Ce sera ton cas ?

Il sentit son estomac se nouer.

Des tissus cicatriciels et des adhérences lui entravaient la gorge et l'étouffaient parfois.

— *Je n'ai pas envie d'en parler.*

— Je comprends ça.

Il s'en voulait de se montrer aussi sec, mais il se refusait à penser à cette intervention.

Il avait besoin d'avoir retrouvé sa voix d'ici le nouvel an, car il était censé prendre l'avion pour l'île Hermosa, où son couronnement devait avoir lieu le 1er janvier. S'il demeurait muet ou presque, il ne serait pas en état de régner, ni même d'exercer la médecine. Mais s'il ne se faisait pas opérer, il pouvait aussi en mourir. Il n'avait donc pas d'autre choix que d'accepter cette opération.

Une alerte résonna.

Fronçant les sourcils, Reagan consulta l'écran de son téléphone.

— Peter ? souffla-t-il.

— Non. On nous annonce l'arrivée d'un patient polytraumatisé. Il doit même y en avoir plusieurs, sinon on ne m'aurait pas appelée.

— *Vas-y. Je retrouverai mon chemin tout seul.*

— Peu de gens connaissent le langage des signes.

— *Je me débrouillerai.*

— D'accord, dit Reagan avec un sourire. Je reviens le plus vite possible.

Lorsqu'elle s'éloigna, il éprouva un pincement de jalousie.

Comme il aurait voulu travailler à son côté comme autrefois !

Kainan jeta son gobelet dans une poubelle et se mit à errer dans l'hôpital.

Il souhaitait plus que tout être libre, mais même s'il ne se trouvait pas dans un palais, il était seul et coincé ici.

Il n'était pas seul, lui fit remarquer une petite voix intérieure, il avait Reagan. Et Peter.

Seulement, c'était faux. Reagan et le bébé n'étaient pas siens... Pas encore.

Son cœur se serra à l'idée qu'il allait leur imposer cette existence, et il se détesta pour cela.

3

Reagan s'absenta plus longtemps qu'elle ne s'y était attendue. L'accident avait impliqué plusieurs véhicules, si bien qu'elle dut rester au bloc pendant des heures. Lorsqu'elle en sortit, la nuit était tombée. Épuisée, elle se demanda ce qu'il était arrivé à Kainan.

Comme il ne répondait pas aux appels sur son biper, elle supposa qu'il était rentré chez lui.

Sophie ne s'était pas manifestée, ce qui était bon signe. Bien entendu, on ne dérange pas un chirurgien en plein travail, mais personne n'était venu la voir quand tout avait été terminé. Cela voulait dire que Peter allait bien.

Quoi qu'il en soit, elle avait besoin de passer le voir pour s'en assurer par elle-même. Elle approchait des soins intensifs pédiatriques lorsqu'elle croisa Sophie, qui avait terminé son service.

— Désolée, Sophie, j'étais au bloc. Si vous m'avez bipée et que je n'ai pas répondu…

— Pas de souci, Reagan. Peter est stable. Mais il y a quelque chose que vous ne m'avez pas dit.

— Ah bon ?

— Vous ne m'avez pas dit que le Dr Laskaris était le père de Peter.

Elle écarquilla les yeux.

— Quoi ? Comment l'avez-vous appris ?

— Il est ici. Au début, je ne voulais pas le laisser voir Peter, alors il m'a dit qu'il était son père.

— Et vous l'avez cru ? s'exclama-t-elle.

— Il a proposé de faire un test ADN, qui est en cours maintenant. On l'a laissé entrer dans le service, mais il n'est pas dans la chambre du bébé. Il se trouve dans la petite pièce attenante où vous dormez, et il le regarde.

Reagan eut honte d'avoir rabroué la jeune infirmière.

— Excusez-moi, Sophie, vous avez eu raison de le laisser entrer. Le Dr Laskaris est bien le père de Peter, et il peut venir le voir quand il le souhaite.

— En fait, vous m'aviez dit que le père de Peter était mort sur l'île Hermosa, et le Dr Laskaris est hermosien. Vous l'aviez aussi amené ici dans la journée.

— J'avais l'intention de vous le dire, à ce moment-là, mais j'étais moi-même sous le choc. Jusqu'à aujourd'hui, j'étais persuadée qu'il était décédé.

— Je comprends. Je mettrai ces précisions dans le dossier de votre fils demain.

— Merci, Sophie. Je vous souhaite une bonne nuit.

Après lui avoir dit au revoir, la jeune femme s'éloigna.

L'espace d'un instant, Reagan lui envia sa liberté. Lorsqu'elle avait appris qu'elle était enceinte, elle avait su que sa vie allait changer. Mais elle s'attendait à des couches et à un appartement en désordre, pas à cela...

Après avoir enfilé la tenue jetable, les gants et le masque de rigueur, elle franchit le seuil des soins intensifs pédiatriques. Elle salua les membres de l'équipe de nuit, qu'elle ne connaissait que trop bien.

Debout derrière la vitre, Kainan contemplait son fils.

Son père à elle ne lui avait jamais accordé la moindre attention, aussi cette vision lui emplit-elle le cœur d'une douceur inattendue.

— Désolée d'arriver aussi tard, dit-elle en se plaçant près de lui. J'ai essayé de te biper, mais tu n'as pas répondu.

— *Plus de batterie*, expliqua-t-il par signes. *J'ai oublié mon chargeur chez moi.*

— En tout cas, je suis contente que tu sois là.

Les yeux sombres étincelèrent.

— *Moi aussi.*

Le cœur de Reagan battit la chamade.

— J'ai dit à Sophie que tu étais son père. Inutile de faire un test ADN... Enfin, je comprends que tu aies besoin de vérifier. En tant que médecin, tu te bases sur les faits.

Kainan parut étonné.

— *De quoi parles-tu ?*

— Tu souhaites avoir la preuve scientifique que Peter est bien ton fils.

— *Pas du tout*, répliqua-t-il, les sourcils froncés.

— Ah bon ?

Il se tourna vers Peter.

— *Je me retrouve en lui.*

Elle cessa un instant de respirer, car elle s'était fait maintes fois la même réflexion : lorsqu'elle regardait Peter, elle voyait Kainan.

— Mais alors, pourquoi veux-tu faire ce test ?

— *Je souhaite connaître son groupe sanguin. Je suis curieux de savoir s'il est donneur universel comme tous les membres de la famille royale sur l'île Hermosa.*

— Quel rapport entre Peter et la famille royale ?

— *Rien... Je pensais à autre chose. La guerre a décimé de nombreuses familles, et Peter est tout ce qu'il me reste.*

Elle sentit son estomac se nouer à l'idée que Kainan pouvait emmener Peter loin d'elle. Il en avait le droit, mais elle ne pouvait pas perdre son fils !

Elle refoula les larmes qui lui montaient aux yeux.

À ce moment, Kainan s'approcha d'elle, et avant qu'elle puisse l'en empêcher, il l'attira contre lui.

Immédiatement, elle fondit à ce contact. Elle ferma les yeux et s'abreuva de cette odeur masculine qu'elle avait pensé ne plus jamais respirer.

Elle l'avait cru mort. Il était censé être mort. Et cela faisait si longtemps que quelqu'un ne l'avait pas prise dans ses bras ! Ses parents ne lui témoignaient jamais ouvertement leur affection, si tant est qu'ils en avaient...

Submergée par l'émotion, apaisée, elle se blottit contre la poitrine de Kainan.

— Viens, dit-il de sa voix rauque.

Comme dans un rêve, elle se laissa entraîner hors du service.

Elle était tellement épuisée qu'elle laissa Kainan lui ôter la tenue, le masque et les gants avant de s'en débarrasser lui-même.

— Peter ! s'exclama-t-elle soudain. Je ne peux pas le laisser seul.

— *Tu peux t'éloigner de lui une nuit.*

— Il n'a personne d'autre !

— *Il est entouré par une équipe de professionnels, Reagan. Tu as besoin de dormir et de faire un repas décent.*

— Je dois rester ici, répliqua-t-elle fermement.

— *Reagan, il est stable, et si son état se modifiait, nous serions immédiatement prévenus. Viens chez moi. Je récupérerai mon chargeur, et tu pourras prendre une douche avant de dîner. Allons prendre tes affaires dans ton casier.*

De l'eau chaude... De la nourriture... Le paradis ! Mais l'idée de quitter l'hôpital la terrifiait.

— C'est impossible, souffla-t-elle.

— *J'habite juste à côté.*

— Tu es installé au Royal York ? s'exclama-t-elle.

— *Oui.*

— Mais c'est hors de prix !

Kainan haussa les épaules.

— *J'ai de l'argent, et pour l'instant ça n'a aucune importance. Laisse-moi prendre un peu soin de toi, te décharger en partie du fardeau qui pèse sur tes épaules. Pendant que tu dormiras, c'est moi qu'on appellera à la moindre alerte concernant Peter.*

— Ça me plairait bien...

Pour ne pas céder à l'émotion qui menaçait de la submerger, elle toussota.

Les yeux sombres de Kainan s'adoucirent. S'approchant d'elle, il lui prit brièvement le visage entre ses mains, un simple contact qui suffit à la détendre.

— *Ne te sens pas coupable*, lui dit-il par signes. *Pour veiller sur Peter, tu dois d'abord prendre soin de toi. Allons-y.*

Elle acquiesça, et il posa la main sur le bas de son dos, comme il l'avait fait sur l'île Hermosa, lorsqu'il l'avait conduite sous sa tente. Ensuite, ils prirent la petite valise qu'elle gardait toujours à l'hôpital et enfilèrent leurs manteaux. En décembre, le vent venant du lac Ontario était glacial. Une fois sortis de l'hôpital, ils traversèrent York Street.

Un instant plus tard, en franchissant la porte tournante de l'hôtel, elle eut l'impression de pénétrer dans un autre monde. Elle n'y était entrée qu'une fois et avait été impressionnée par la décoration cossue.

— Par ici, murmura Kainan.

Il la guida jusqu'à un ascenseur privé réservé aux hôtes de marque. Il sortit une carte dorée de sa poche et la glissa dans la fente appropriée. Aussitôt, les portes s'ouvrirent. Ils montèrent au dernier étage. Ils longèrent ensuite un couloir au bout duquel Kainan utilisa pour la seconde fois sa carte pour ouvrir la porte d'une suite luxueuse.

Ahurie, elle contempla la pièce principale, son ameublement somptueux et sa vue sur le lac.

— Waouh…, murmura-t-elle.

— *Qu'est-ce que tu préfères en premier ?* demanda Kainan par signes. *La douche, la nourriture ou dormir ?*

— Si c'est possible, je voudrais d'abord me doucher, ensuite manger et peut-être dormir un peu. Mais je ne suis pas certaine de rester ici, Kainan. Je vais peut-être retourner à l'hôpital…

Kainan mit son téléphone en charge sur le bureau.

— *Je vais commander un repas pendant que tu es dans la salle de bains.*

— Tu ne sais pas ce que j'aime, plaisanta-t-elle.

— *J'ai quelques souvenirs. Quand tu te seras restaurée, nous verrons si tu dois ou non t'en aller.*

— D'accord.

Dans la salle de bains, elle se déshabilla vite pour entrer dans la cabine et faire couler l'eau.

Ce moment consacré à elle-même constituait un véritable bonheur. C'était la première fois qu'elle sortait de l'hôpital depuis des semaines. Elle payait son loyer et ses factures grâce à une simple application sur son téléphone. Elle n'avait pas d'animal de compagnie ou de plantes à entretenir. Sa vie était contenue dans l'hôpital.

Elle trouva des serviettes douces et épaisses ainsi qu'un

peignoir blanc. Elle était en train de se sécher les cheveux, quand on frappa à la porte.

Elle enfila le peignoir avant d'ouvrir à Kainan.

— *Tout va bien ?*

— Tout à fait, merci.

— *Tu es restée une heure enfermée, alors je commençais à me faire du souci.*

— Une heure ?

Elle baissa les yeux sur ses mains fripées par l'eau. Elle devait avoir complètement perdu la notion du temps.

— *Viens manger. Tu peux rester en peignoir.*

Elle le suivit dans la salle de séjour où l'attendaient des salades, du fromage, des fruits et un gros bol rempli de pâtes...

Des fettucines, ses préférées. Il n'avait pas oublié !

— Ça sent délicieusement bon, dit-elle. Je ne me rappelle pas la fois où j'ai pris un vrai repas en dehors de la cafétéria de l'hôpital.

— *Alors, mange au lieu de regarder !*

Il lui fit signe de s'asseoir sur le canapé et resta debout tant qu'elle ne fut pas installée.

Toujours aussi gentleman ! Même sur une zone de guerre, Kainan n'avait jamais cessé de se montrer galant envers les femmes. Une fois, alors qu'un soldat particulièrement grossier avait eu la main baladeuse avec une infirmière, il avait remis l'homme à sa place.

Kainan s'assit à son tour.

— *Pourquoi souris-tu ?* lui demanda-t-il par signes.

— Je pensais au jour où tu as boxé ce soldat. Tu l'as mis par terre alors qu'il faisait deux fois ton poids.

— *Il ne faut pas confondre le poids avec les muscles et la vivacité d'esprit*, répliqua Kainan en lui adressant un clin d'œil.

Elle éclata de rire.

— *Qu'est-ce qui t'a fait penser à ça ?* continua-t-il.

— Je me disais juste que tu es un homme très galant.

— *C'est mon crochet du droit, qui me vaut ce compliment ?*

— Bien sûr que non ! C'est parce que tu es resté debout jusqu'à ce que je sois assise. Ça m'a fait penser à cet épisode.

Un petit sourire étira la belle bouche de Kainan, rappelant

brièvement à Reagan la façon dont il embrassait. Elle se souvint du son de sa voix et de son souffle contre son cou...

Depuis lui, elle n'avait plus désiré aucun homme. Après la naissance de Peter, elle s'était contentée d'exister.

Se sentant coupable d'avoir de telles pensées, elle enfonça sa fourchette dans le bol de pâtes.

— Je suis contente que tu n'aies pas oublié que les fettucines sont mes pâtes préférées.

L'instant de grâce était passé, et c'était tant mieux. Elle n'avait pas le temps d'entamer une liaison, même si Kainan était le père de son bébé. Toute sa vie tournait autour de celle de Peter, elle devait protéger son bébé. Son père repartirait un jour pour son île et les quitterait. Si elle parvenait à supporter cette séparation, leur fils n'en souffrirait pas non plus.

Kainan contempla Reagan, qui s'était endormie après le repas, pelotonnée sur le canapé.

Avant qu'ils commencent à manger, la conversation avait pris un tour intéressant. Il avait oublié cette bagarre avec ce soldat qui importunait une jeune infirmière.

Il ne supportait pas les individus de cette sorte. On peut être un mâle alpha et respecter les femmes. Si seulement son frère avait appris cela ! Ou son père...

« Maman, tu pleures ? Pourquoi tu es triste ? »

Sa mère s'était essuyé les yeux du dos de la main et l'avait pris dans ses bras.

« Jamais quand tu es là, mon chéri. »

Il avait jeté un coup d'œil par-dessus l'épaule de sa mère et avait vu le journal. En première page, il y avait cette photo de son père tenant par la taille une femme qui n'était pas sa mère.

Son père avait été un bon roi, mais ses liaisons étaient notoires. Il s'était juré qu'il ne ferait pas comme lui, même s'il devenait roi.

Bien sûr, il n'avait jamais imaginé l'être un jour. Jamais. Il se refusait à envisager cette éventualité. Son seul souhait, c'était d'être chirurgien.

La royauté constituait une responsabilité énorme. Sa vie ne lui appartiendrait jamais plus, il n'aurait quasiment plus d'intimité. Pouvait-il vraiment infliger ce sort à Reagan et à Peter ?

Il n'avait pas le choix. Il devait faire de Peter son héritier légitime.

Reagan semblait si paisible... Il détestait l'idée de l'entraîner dans tout cela, mais c'était la solution parfaite. Il l'épouserait, et ils formeraient une famille. Ensuite, ils retourneraient sur l'île Hermosa, et il tâcherait de reconstruire son pays.

On frappa à la porte. Il se leva et regarda par le judas.

Andréas, son chef de la sécurité, était dans le couloir.

Kainan lui ouvrit aussitôt.

— Désolé de vous déranger, Votre Majesté.

Il posa un doigt sur ses lèvres pour le faire taire et lui fit signe de regarder derrière lui.

Andreas jeta un coup d'œil par-dessus son épaule.

— Pardonnez-moi.

— Qu'est-ce qui ne va pas ? demanda Kainan d'une voix rauque qui lui écorchait la gorge.

— La nouvelle s'est répandue que le roi de l'île Hermosa se cache quelque part à Toronto.

— Comment ?

— Je vous ai apporté les journaux. Par bonheur, ils n'ont pas publié votre photo.

— *Tenez-moi informé, Andreas,* ordonna-t-il par signes, *Surtout, prévenez-moi si la presse approche de l'hôtel ou de l'hôpital.*

— Nous sommes le plus discrets possibles, Votre Majesté. À cet étage, il n'y a que vos gardes rapprochés et vous. À notre grand regret, vous allez seul à l'hôpital, et nous faisons notre possible pour ne pas nous faire remarquer.

Il lui adressa un bref sourire.

— *Je sais que c'est difficile pour vous, mais c'est la meilleure solution.*

— Il faut absolument que vous restiez caché et en sécurité jusqu'à votre retour sur l'île Hermosa.

— *Je suis en sécurité.*

— Mais votre fils ne l'est pas.

Kainan sentit un frisson glacé courir le long de sa colonne vertébrale.

— *Comment êtes-vous au courant ?*

— Je suis le chef de la sécurité, Votre Majesté.

— *N'en parlons plus. Tâchez de trouver l'origine de la fuite.*

— Bien, Votre Majesté, dit Andreas en s'inclinant.

Après avoir refermé la porte sur lui, Kainan se passa la main sur le visage.

Maintenant que les journalistes approchaient d'aussi près la vérité, son fils était menacé...

Ouvrant la porte à la volée, il courut derrière Andreas.

Celui-ci tourna vers lui un visage troublé.

— Votre Majesté ?

— *Vous avez raison, Andreas. Vous devez protéger mon fils. Mais faites-le le plus discrètement possible.*

— Bien sûr, Votre Majesté, dit Andreas en souriant.

— *Je compte sur vous pour que l'administration ne se doute de rien, mais Peter ne doit courir aucun risque.*

— Je vais m'y employer, Votre Majesté.

Hochant la tête, Kainan regagna sa suite.

Reagan dormait toujours, pelotonnée sur le canapé.

S'approchant d'elle, il la souleva délicatement dans ses bras, et elle ne se réveilla même pas. Elle avait de bonnes raisons pour être épuisée, et il s'en voulait de ne pas avoir été auprès d'elle lorsqu'elle avait mis Peter au monde.

Il la porta dans la chambre, l'étendit sur le lit puis tira une couverture sur elle.

Elle soupira mais n'ouvrit pas les yeux.

Il resta un instant à la contempler, luttant contre l'envie de caresser son cou gracieux et de glisser les doigts dans sa longue chevelure sombre.

Il aurait voulu prendre son visage entre ses mains et l'embrasser, mais pour l'instant, il savait où était son devoir.

Pour les protéger, elle et Peter, il était obligé de déposer un lourd fardeau sur les épaules de Reagan. Il devait faire d'elle sa reine.

4

Elle était bien…

Ce fut la première pensée de Reagan, mais elle eut immédiatement conscience qu'elle n'aurait pas dû éprouver une telle quiétude. Réveillée en sursaut, elle ne reconnut tout d'abord pas son environnement. Clairement, elle n'était pas étendue sur le lit d'appoint, dans la petite pièce des soins intensifs pédiatriques.

Se redressant brusquement, elle se rappela qu'elle se trouvait au Royal York dans la suite de Kainan. Celui-ci était étendu à côté d'elle sur les couvertures, les bras croisés sur la poitrine. Il portait toujours ses vêtements de la veille, mais sa chemise était déboutonnée.

Elle jeta un coup d'œil au réveil qui se trouvait sur la table de chevet et constata qu'il était 9 heures.

Seigneur ! Peter ! Comment avait-elle pu passer une nuit entière loin de son fils ? N'importe quoi avait pu arriver en son absence.

Elle sortit doucement du lit, retrouva ses affaires et s'habilla très vite avant de rassembler ses cheveux en chignon.

Elle s'en voulait de s'être laissé convaincre par Kainan de quitter l'hôpital. Même après tout ce temps, il était encore la seule personne capable de lui faire baisser sa garde.

Un instant plus tard, elle sortait de la suite et refermait doucement la porte.

Lorsqu'elle se retourna, elle sursauta à la vue de plusieurs hommes vêtus de noir, qui semblaient arpenter le couloir. Ils étaient en train de discuter mais se turent dès qu'ils l'aperçurent.

— Je suis désolée, mademoiselle, dit l'un d'entre eux en

faisant quelques pas dans sa direction. Est-ce que nous vous avons réveillée ? Ces murs sont si minces...

Il avait le même accent que Kainan. S'agissait-il de réfugiés hermosiens ?

— Non, il n'y a pas de problème.

— Nous n'aurions pas dû nous réunir dans le couloir avant d'aller à notre... atelier.

— Il n'y a pas de problème, répéta-t-elle.

L'homme acquiesça d'un signe de tête. Ses compagnons s'écartèrent en souriant pour la laisser passer. Elle eut l'impression bizarre qu'ils la regardaient avec une sorte de vénération.

Elle se hâta de gagner l'ascenseur, qui arriva presque aussitôt.

Si elle avait cédé à la paranoïa, elle aurait pu penser que ces hommes étaient des gardes du corps. Mais c'était parfaitement ridicule. Sur qui auraient-ils veillé ?

Un instant plus tard, elle marchait en direction de l'hôpital.

Une fois parvenue dans le hall, elle utilisa son code d'accès pour prendre de nouveau l'ascenseur et monter à l'étage des vestiaires. Là, elle put ôter son manteau, déposer sa valise dans son casier et enfiler une tenue jetable. Pour commencer, elle allait voir son fils. Ensuite, il ne lui resterait plus qu'à attendre l'arrivée de Kainan, vers 10 heures. Comme prévu, ils iraient travailler avec les étudiants en médecine.

En entrant dans le service, elle retrouva Sophie à la station centrale.

— Désolée, Sophie...

L'infirmière parut surprise.

— À quel propos ?

— J'ai eu une panne de réveil. J'étais rentrée pour m'occuper de quelques corvées, et je me suis effondrée, expliqua-t-elle.

Inutile de dire à Sophie qu'elle avait passé la nuit dans la suite de Kainan, même si la jeune femme savait qu'il était le père de Peter.

— Ne vous inquiétez pas pour ça, Reagan. Peter est stable, et tout va bien, dit Sophie en ouvrant le dossier du bébé sur son ordinateur. Apparemment, l'équipe de nuit n'a pas cherché à vous contacter.

— Tant mieux ! En me réveillant, j'ai juste foncé à l'hôpital sans même consulter mon biper.

Sophie lui pressa amicalement d'épaule.

— Vous avez le droit de dormir. Nous savons tous que quand vous n'êtes pas ici, vous êtes toujours joignable. Vous n'ignorez pas que votre présence ne le guérira pas.

Bien sûr. Mais ce n'était pas une raison pour laisser Peter seul. Lorsqu'elle avait sept ans et qu'on lui avait ôté les amygdales, ses parents n'avaient pas daigné lui rendre visite, ce qui lui avait d'ailleurs valu la compassion des infirmières. La petite fille qu'elle était alors s'était juré de ne pas se comporter avec un tel égoïsme envers ses enfants, si elle en avait un jour.

— Je *dois* être là, dit-elle fermement.

— Je suis infirmière pédiatrique depuis un certain temps maintenant, et je vous comprends parfaitement. Votre fils sent votre présence. Mais il faut aussi que vous preniez soin de vous. Lorsqu'il aura son nouveau cœur et que vous aurez affaire à un bébé en pleine santé, vous aurez besoin de toutes vos forces, surtout quand il commencera à marcher. D'habitude, les plus malades de mes petits protégés sont les plus espiègles après leur retour à la maison.

Reagan se mit à rire.

— J'ai un peu de mal à me représenter le tableau, mais j'ai hâte d'y être.

— Il faut y croire, pourtant.

Sophie prit ses dossiers et entreprit sa tournée des petits lits.

Après avoir laissé échapper un gros soupir, Reagan gagna la pièce où se trouvait la couveuse de Peter. Lorsqu'elle souleva la couverture, elle ne put s'empêcher de sourire en constatant que, en effet, son état était stable.

Elle aurait voulu pouvoir le prendre dans ses bras, mais c'était impossible. Elle se contenta donc de le contempler, submergée par un sentiment d'inutilité mêlé d'espoir.

On lui tapota l'épaule…

Kainan.

— *Tu es partie,* dit-il par signes.

— Je suis désolée, chuchota-t-elle. En me réveillant, je me suis brusquement rendu compte que j'avais passé la nuit chez…

— *Pourquoi parles-tu à voix basse ? Tout le monde sait que nous avons passé au moins une fois la nuit ensemble. La preuve se trouve devant nous,* conclut-il, les yeux pétillants de malice.

Elle émit un rire bref.

— Excuse-moi.

— *Je me suis juste inquiété parce que tu n'avais pas laissé de message.*

— C'est vrai. J'aurais dû le faire.

— *Oui.*

Il posa alors les yeux sur Peter, et elle crut discerner en lui une sorte d'hésitation qui la blessa.

Elle ne voulait pas que Peter soit rejeté par son père comme elle l'avait été par le sien.

— Comment as-tu su où j'étais ?

— *Andreas me l'a dit.*

Kainan fronça les sourcils comme s'il regrettait de lui avoir fourni cette information.

— Qui est Andreas ?

— *L'homme qui occupe la suite voisine de la mienne. Il t'a vue partir ce matin. J'ai immédiatement compris où tu allais.*

Elle devina qu'il ne lui disait pas toute la vérité, car il évitait de croiser son regard.

— Quelle heure est-il ?

— *Près de 10 heures. Tu es prête à affronter les étudiants en médecine ?*

— Non, mais il le faut bien. On a déjà dû les renvoyer hier quand j'étais au bloc. Et toi, tu es prêt ? demanda-t-elle en se forçant à sourire.

— *Bien sûr.*

Elle lui envia son assurance.

— Très bien. Allons-y, alors.

En quittant le service, elle adressa un signe de la main à Sophie, qui hocha la tête, comprenant qu'elle ne quittait pas l'hôpital. De toute façon, il n'était pas question qu'elle s'éloigne de son fils une deuxième nuit.

— J'ai eu l'impression que cet Andreas était hermosien, dit-elle.

Kainan fronça les sourcils.

— *Qu'est-ce qui t'a fait penser ça ?*

— J'ai passé un an sur l'île. Il me rappelle quelqu'un, mais je n'arrive pas à savoir qui.

— *C'est une impression de déjà-vu, c'est tout. Depuis que nous nous sommes retrouvés, tu t'imagines que tous les gens qui ont ce type d'accent sont hermosiens.*

Il était visiblement contrarié.

— Qu'est-ce qui te met en colère ?

— *Je ne suis pas en colère.*

— Agacé, en tout cas.

— *J'ignore l'origine d'Andreas. Il est arrivé à l'hôtel avec des collègues en même temps que moi, et nous nous croisons parfois. On peut changer de sujet ?*

— Pas de souci.

— Très bien, dit Kainan de sa voix gutturale, avant de toussoter.

Le tour pris par la conversation semblait le contrarier. C'était à se demander s'il ne lui cachait pas quelque chose à propos de cet Andreas.

En ce cas, pour quelle raison ?

Elle se força à chasser ces doutes de son esprit. Ce que faisait le Dr Kainan Laskaris ne la regardait pas. En dehors du fait qu'il était le père de Peter et qu'elle devait travailler avec lui, elle n'avait pas l'intention d'engager avec lui une relation quelconque. Peter était sa priorité, c'était tout ce qui importait. Pour l'instant, sa mission consistait à traduire le langage des signes pour les étudiants.

Kainan ouvrit la porte de la salle de conférences et lui fit signe de le précéder à l'intérieur.

Avant la guerre civile, Kainan était une sommité dans son domaine. Ses travaux avaient failli lui valoir le prix Nobel de médecine. Au moins, en attendant son opération, il avait l'opportunité de poursuivre ses recherches, du moins s'il parvenait à former des étudiants pour l'assister. Cela faisait longtemps qu'il n'avait pas enseigné, et il ignorait s'il en aurait encore la patience. La présence de Reagan à son côté constituait un gros atout : elle lui permettrait de communiquer avec ces jeunes gens, et surtout lorsqu'ils travaillaient ensemble, ils se comprenaient sans avoir besoin de parler.

La suite lui prouva qu'il ne se trompait pas à ce sujet : tandis qu'il apprenait aux étudiants à effectuer le tri des patients sur une zone de guerre, il retrouva la cohésion et l'harmonie que Reagan et lui avaient connues sur l'île Hermosa.

Ils étaient deux chirurgiens issus de deux pays différents, mais ensemble, ils concouraient à la perfection.

Une perfection incarnée par Peter...

L'espace d'un instant, il sentit son cœur se gonfler d'orgueil à la pensée du beau petit garçon qui s'accrochait à la vie aux soins intensifs pédiatriques.

L'entente qui régnait entre Reagan et lui l'exaltait et le terrifiait en même temps. Maintenant qu'il était roi, il haïssait l'idée qu'il allait ruiner la vie de Reagan en même temps que la sienne. Il adorait son pays, mais il détestait les contraintes et les restrictions induites par son statut.

Cette perspective le déchirait. Reagan avait beau être forte, elle était aussi vulnérable. Il ne voulait pas la charger d'un fardeau trop lourd pour elle.

« Maman, pourquoi es-tu si triste ? », avait-il demandé à sa mère un jour qu'elle contemplait la mer.

Sans cesser de fixer l'horizon, elle lui avait passé un bras autour des épaules en soupirant.

« Je voudrais être libre, Kainan. »

« Tu es libre, puisque tu es la reine. »

Elle avait eu alors un rire dont l'amertume l'avait choqué.

Refusant de se laisser submerger par ses souvenirs, il se focalisa sur les étudiants.

— Très bien, dit-il à l'un d'entre eux, qui effectuait un point de suture compliqué avec des instruments rudimentaires.

Le jeune homme rayonna de plaisir.

— Merci, docteur Laskaris.

Tout en arpentant la salle, il regarda Reagan qui montrait à deux étudiants l'utilisation des champs stériles chirurgicaux. Au même instant, il aperçut Andreas derrière la vitre qui occupait l'un des murs.

Il connaissait suffisamment son chef de la sécurité pour savoir quand il était stressé... Et il l'était visiblement.

L'estomac noué, Kainan sortit en hâte, ignorant l'appel de Reagan.

— La presse est au courant, lui dit Andreas. J'ignore d'où vient la fuite, Votre Majesté. Les journalistes sont devant l'hôtel, ils ont envahi l'avenue.

— *Ils ont pénétré dans l'hôpital ?*

Pinçant les lèvres, Andreas hocha la tête.

Jurant intérieurement, Kainan se passa la main dans les cheveux. Cette trahison le rendait fou. S'il trouvait le traître, il oublierait son serment d'Hippocrate pour lui faire subir un traitement à la hauteur de son crime.

— Kainan, est-ce que... ?

Reagan s'interrompit pour scruter Andreas, et Kainan sentit son rythme cardiaque s'accélérer.

Andreas avait été blessé pendant la guerre civile. Elle avait eu l'occasion de le soigner. Il était probable, à la façon dont elle le dévisageait maintenant, qu'elle le reconnaissait malgré ses cheveux plus longs.

— Je vous connais, murmura-t-elle.

— Oui, nous nous sommes croisés ce matin.

— Non ! Vous avez été soldat, et je vous ai soigné. Vous êtes hermosien.

Elle surprit le coup d'œil anxieux qu'Andreas jeta dans la direction de Kainan.

— Qu'est-ce qu'il se passe ? demanda-t-elle d'une voix plus aiguë. N'essaie pas de me mentir, Kainan. Il y a quelque chose que tu ne me dis pas.

— *Laisse-moi t'expliquer*, répliqua-t-il par signes.

À cet instant, Michael McNeil, le chef de la chirurgie, accourut dans leur direction.

— Docteur Laskaris, il faut que je vous parle !

— Il y a un problème, Michael ? demanda Reagan.

Croisant les bras sur la poitrine, le médecin s'adressa directement à Kainan.

— En effet... Les journalistes assaillent mon hôpital.

— Des journalistes ? répéta Reagan.

— Oui, et ils bloquent le passage des ambulances. Docteur Laskaris, c'est vous qu'ils cherchent.

Furieux, Kainan serra les poings.

Inutile de continuer à dissimuler son identité, désormais. Malgré tous ses efforts pour garder un profil bas jusqu'à son opération, il était démasqué.

— Kainan, intervint Reagan, que se passe-t-il ?

Il prit une profonde inspiration et rassembla toutes ses forces pour articuler :

— Je suis le roi de l'île Hermosa.

5

Tout d'abord, Reagan crut avoir mal compris.

— Tu es quoi ? Je croyais que le roi hermosien était mort !

Kainan se détourna en soupirant.

— Docteur Laskaris ? insista Michael.

S'avançant d'un pas, Andreas intervint.

— Il est roi depuis que son frère, le roi Aleksander VII, est mort au palais à la suite d'une explosion...

Kainan leur fit brusquement face, une lueur ardente dans les yeux.

— *Je suis le roi*, dit-il par signes. *Mon frère est mort, et je dois lui succéder.*

S'adressant à Andreas, il ajouta :

— *S'il vous plaît, aidez le Dr McNeil à gérer la situation sur le plan sécuritaire.*

— Oui, Votre Majesté, dit Andreas en s'inclinant.

Quand Michael et Andreas furent partis, Kainan tourna vers Reagan un visage sombre.

— *Je suis désolé, Reagan, je ne pouvais en parler à personne. En tout cas, pas avant mon opération. Le Canada doit me protéger jusqu'à mon couronnement.*

— Quand cela aura-t-il lieu ?

— *Le jour du nouvel an.*

— Et ton opération ?

— *Le 26 décembre. C'est assez risqué.*

— Comment ça ?

— *À cause de la grande quantité de tissus cicatriciels.*

Comprenant immédiatement de quoi il s'agissait, elle sentit son cœur se serrer.

— C'est moche, alors ?

— *Oui.*

— Tu as été blessé au cours d'une explosion ?

— *Oui. Je m'efforçais de sauver mon frère, mais ça n'a servi à rien car il est mort peu après. Comme je suis le dernier de la lignée, le gouvernement canadien a jugé prudent de m'éloigner. On m'a amené ici, où j'attends d'être opéré. Actuellement, ce serait dangereux pour moi de retourner sur l'île.*

Apparemment, sa nouvelle position ne le réjouissait guère.

— Le nom de Laskaris n'est pas associé à la couronne, fit-elle observer. Je croyais que ta famille était originaire de la Grèce ?

— *Ma mère est née en Grèce. La royauté a été établie par les Espagnols et les Grecs. Mon nom est bien lié à la couronne, mais il est réservé à l'héritier « de rechange » que j'étais. Je l'ai gardé quand je suis devenu roi : je suis toujours le Dr Laskaris.*

Elle acquiesça, confuse.

Kainan lui avait donc caché sa véritable identité quand ils travaillaient ensemble. D'accord, ils n'avaient jamais abordé de sujets personnels... En tout cas, cela expliquait son ascendant sur les soldats et le respect que les blessés civils eux-mêmes lui témoignaient.

Soudain, elle fut frappée par une révélation terrible : si Kainan était un roi, cela impliquait que Peter était un prince. Malgré son jeune âge, il appartenait à l'île Hermosa. S'ils devaient se disputer la garde de leur fils, Kainan risquait de l'emporter...

Comme si Kainan devinait son appréhension, il la rassura.

— *Cela ne change rien. Je ne t'enlèverai pas ton fils.*

Elle voulait le croire, mais elle avait du mal à intégrer toutes ces informations.

— Je suis surprise que ton frère t'ait permis d'exercer la chirurgie dans un hôpital de campagne, remarqua-t-elle, frappée par cette incongruité.

— *Mon frère défunt se souciait peu de moi.*

— Ce jour-là, dans le palais...

— *Je voulais sauver Alek, mais il refusait de s'en aller. Cet imbécile s'imaginait que je voulais prendre sa place.*

— Pourquoi ?

— *Mon frère était stupide. L'engin a explosé pendant que j'essayais de lui faire quitter le palais, et il n'a pas survécu à ses blessures. Et me voici devenu le roi de l'île Hermosa... Un roi muet.*

— Je ne sais pas quoi te dire... La presse est au courant, pour Peter ?

— *Non. Ils ignorent ton existence et celle de Peter. Je ferai en sorte que ça ne change pas.*

Elle hocha la tête, mais comment être certaine qu'il en avait le pouvoir ? Elle n'était plus sûre de rien. Elle avait même l'impression de ne plus reconnaître Kainan, en qui elle avait vu un simple chirurgien s'efforçant de sauver des vies, tout comme elle. « C'est toujours Kainan », lui soufflait une petite voix intérieure. Mais en réalité, l'homme qu'elle avait cru connaître n'existait pas vraiment.

Le statut royal de Kainan expliquait qu'on l'ait installé dans un hôtel aussi somptueux que le Royal York. Elle ne s'étonnait plus qu'il y ait tous ces gardes du corps autour de lui. Elle comprenait aussi pourquoi le gouvernement canadien l'avait fait venir à Toronto : le Dr Shaw était le meilleur oto-rhino-laryngologiste du pays.

— Docteur Laskaris, docteur Cote... Qu'est-ce qu'on fait, maintenant ?

Kainan et elle se tournèrent vers les jeunes gens qui se tenaient sur le seuil de la salle, fixant Kainan avec un respect mêlé de crainte.

Ils avaient sûrement entendu parler de la guerre civile qui sévissait sur l'île Hermosa, tout comme ils devaient savoir que le roi Aleksander avait été un tyran, un play-boy mal conseillé qui avait ruiné le pays et causé beaucoup de pertes humaines en interrompant le commerce, fermant des usines et réprimant sans discernement les opposants à sa politique.

Les étudiants avaient sans doute aussi entendu parler du roi disparu... Qui n'était autre que le médecin qui se tenait devant eux.

— Vous pouvez partir, leur dit Reagan. Le cours est terminé pour aujourd'hui.

Tournant les talons, les jeunes gens rentrèrent dans la salle et rassemblèrent leurs affaires ainsi que leurs camarades.

Éprouvant le besoin de digérer tout ce qu'elle venait d'apprendre, elle pensait s'esquiver aussi, mais Kainan la retint dans la salle désertée.

— *Je pensais ce que je t'ai dit*, affirma-t-il par signes. *Le fait que je sois roi ne change rien à la situation. Nous sommes au Canada, pas sur l'île Hermosa.*

Elle avait du mal à le croire.

— Tu crois vraiment ce que tu dis ? demanda-t-elle.

— Je suis toujours moi, murmura-t-il.

— Ça n'a plus aucun sens, répliqua-t-elle en lui faisant face. Nous avons passé du temps ensemble, nous avons travaillé côte à côte, mais nous étions des étrangers.

Kainan se passa la main sur le visage.

— *Je ne pouvais pas te dire que j'étais le frère cadet du roi. Tu ne peux pas savoir le nombre de femmes dont l'attitude envers moi a changé dès qu'elles ont su qui j'étais. Elles voulaient que je leur procure richesse et prestige social. Avec toi, je pouvais juste être moi.*

— Tu savais que je n'étais pas comme elles !

— *À la fin, oui, mais tu peux comprendre mon hésitation. Au début, je ne te connaissais pas. Et qu'est-ce que je t'aurais dit ? Nous étions en guerre, je ne me considérais pas comme un chef, et je n'étais même pas préparé pour prendre la succession de mon frère. Mon seul souhait a toujours été d'être chirurgien. C'était ce que j'étais avec toi.*

— Qu'est-ce que ça implique, pour notre fils ?

— *Rien pour le moment. Il est illégitime.*

Pour le moment ? Qu'entendait-il par là ?

Pour autant qu'elle le sache, si Kainan voulait faire de Peter son héritier légitime, cela impliquait qu'il l'épouse, elle, sa mère. Et il n'en était pas question ! Elle n'allait pas se marier avec lui parce qu'ils avaient un fils en commun ou parce qu'ils avaient passé un moment fantastique ensemble. Ses propres parents l'avaient fait pour cette raison, et sa mère lui en avait voulu.

— « Pour le moment » ? répéta-t-elle.

— *Si nous nous marions...*

C'était tellement absurde qu'elle se mit à rire.

— Non, je ne crois pas que ce soit une éventualité.

Kainan plissa les yeux.

— *Je ne te l'ai pas encore proposé.*

— J'en suis consciente, Votre Majesté. Mais ce n'est pas parce que Peter est ton fils ou que tu es roi que je vais t'épouser.

— *Tu vois ? Tu as changé.*

— Je croyais que tu apprécierais que je ne coure pas derrière ton titre ou ta fortune. C'est bien la preuve que je reste la même aussi, non ?

— *Tu es plus cynique.*

— J'en ai bien le droit !

— *Pourquoi ?*

Elle n'avait pas l'intention de partager avec lui son passé douloureux.

— Je suis désolée, dit-elle. Je ne peux pas t'épouser pour la bonne raison que je n'ai jamais voulu me marier.

Kainan fit un pas vers elle.

— *Tu veux dire que tu n'as jamais eu de sentiments pour moi ?*

— Bien sûr que si, mais il me semble que c'était il y a un siècle, et tu n'es plus l'homme que je croyais.

Levant la main, il lui caressa brièvement la joue.

— *À l'époque, tu aurais refusé de m'épouser ?*

Ce contact la troublait, lui rappelant le moment où il l'avait prise dans ses bras et l'avait embrassée. Tous les détails de cet instant lui revenaient avec une précision incroyable… La chaleur étouffante, le bruit des vagues qui s'abattaient sur la plage et le chaos qui régnait autour d'eux.

— Nous étions amis, répliqua-t-elle, le cœur battant. Est-ce que tu l'aurais envisagé toi-même ?

— Si les choses avaient été différentes, peut-être bien, murmura Kainan en lui caressant de nouveau la joue.

La prenant par la taille, il s'empara de sa bouche.

Elle s'abandonna, les yeux fermés.

C'était comme un rêve. Pendant des mois, elle l'avait cru mort, et maintenant, il était là, bien vivant, et il l'embrassait, faisant sauter l'une après l'autre toutes ses défenses…

Non, elle ne pouvait pas le laisser entrer dans son cœur !

— Ça ne change rien, Kainan, dit-elle en le repoussant. Que tu sois roi ou non, je ne veux pas me marier.

— *Je prendrais soin de Peter et de toi.*

— Comment ? Ce n'est pas parce que tu feras de lui un prince que tu pourras lui offrir un nouveau cœur.

— *Non, mais je peux vous protéger tous les deux.*

— Contre quoi ?

— *Contre ceux qui veulent mettre fin à la monarchie sur l'île Hermosa.*

Elle fronça les sourcils.

— Mais tu l'as dit toi-même, il n'est pas ton fils légitime puisque tu ne l'as pas reconnu. Alors, en quoi serait-il une menace pour ces gens ? C'est si je me mariais avec toi, que nous serions en danger.

Kainan courba les épaules, comme accablé.

— *Vous serez quand même menacés si on découvre votre existence. Reagan, je suis désolé de ne pas avoir été là quand Peter est né, mais je voudrais au moins m'assurer que vous êtes en sécurité.*

Elle posa la main sur son bras.

— Kainan, tu es là, maintenant, et je m'en réjouis. Mais le nom de famille de Peter est Cote, pas Laskaris. Il n'y a que Michael et l'équipe des soins intensifs pédiatriques qui savent que tu es son père. Ils ne le diront à personne.

— *Mes gardes du corps sont au courant.*

Elle écarquilla les yeux.

— Il faut les tenir à l'écart de Peter ! Ils risquent d'attirer l'attention sur lui !

— *C'est impossible. Je ne suis même pas certain qu'ils m'obéiraient, parce qu'ils sont censés protéger la monarchie de l'île Hermosa.*

— Alors, la presse finira par tout découvrir ?

— *Mes hommes les empêcheront d'entrer dans l'hôpital.*

— Ne sous-estime pas les journalistes.

— *Très bien. Ils garderont leurs distances, mais s'il arrive quoi que ce soit à Peter ou à toi, ils interviendront.*

— D'accord.

— *Je vais discuter avec Andreas et m'assurer que tout va bien. Mais ce soir, je voudrais que tu dînes avec moi à l'hôtel. Mes gardes feront diversion, personne ne remarquera ta présence.*

— Je ne veux pas quitter l'hôpital. Je n'aurais déjà pas dû le faire hier.

— *Pourquoi ? L'état de Peter est stable.*

— C'est ma décision, Kainan.

— *Très bien, mais je ne m'avoue pas vaincu.*

Tandis que Kainan s'éloignait, elle secoua la tête.

Elle savait qu'il était têtu, mais elle n'en démordrait pas. Avec ces gens qui lui voulaient du mal et la presse qui rôdait, il n'était pas question qu'elle laisse son fils seul.

Kainan attendait Reagan à l'extérieur des soins intensifs pédiatriques.

Il avait dû renoncer à voir son fils, au cas où un journaliste serait parvenu à entrer dans l'hôpital. Tant qu'il n'aurait pas épousé Reagan et reconnu Peter, il devait garder ses distances. Mais si la presse découvrait leur existence, Reagan devrait bien admettre que le mariage était la seule solution.

Il la vit sortir du service, les traits tirés, se frottant la nuque.

Il savait par Sophie qu'elle avait passé toutes ses nuits auprès de Peter depuis sa naissance. Sauf la dernière, et ce n'était certainement pas suffisant pour rattraper le sommeil qui lui manquait.

— Reagan, parvint-il à dire à voix haute.

Elle s'arrêta et leva la tête.

— Kainan ! Je pensais que tu étais retourné à l'hôtel. Tes gardes du corps ne sont pas là ?

— *Tu ne les vois pas, mais ils ne sont jamais très loin*, expliqua-t-il par signes.

Elle lui adressa un sourire contraint.

— Pourquoi es-tu là ? Je t'ai pourtant dit que je ne voulais pas dîner avec toi.

— *Je sais, mais il faut quand même que tu manges de temps à autre.*

— Je t'ai dit que je ne quitterais pas l'hôpital.

— *Justement, je me suis arrangé pour qu'on puisse dîner dans notre salle de cours.*

— Quoi ?

— *Ce sera le repas servi à la cafétéria. Je sais que tu n'apprécies pas vraiment leurs plats, mais c'était la seule solution pour ne pas attirer l'attention.*

Souriant largement, Reagan croisa les bras sur la poitrine.

— Toi, tu es têtu !

— *Ma qualité de roi n'a pas modifié mon caractère. Allez, viens ! Peter est stable. Ensuite, tu pourras retourner auprès de lui, ou alors je prendrai ta place, et tu pourras dormir dans un lit décent.*

— Tu veux passer la nuit près de Peter ? demanda-t-elle comme si elle ne parvenait pas à y croire.

— *Oui.*

— Tu n'es pas censé te reposer, avant ton opération ?

— *Elle est programmée pour dans plusieurs jours. Dis oui, Reagan ! J'ai vraiment envie de le faire.*

— Je ne sais pas...

— *Si tu t'affaiblis, tu ne lui seras d'aucune utilité*, insista-t-il. *Et pour l'instant, viens manger.*

— Tu as raison.

— *Bien sûr que oui ! Je suis roi, après tout.*

— Très bien, dit-elle en riant. Je vous suis, Votre Seigneurie.

— *Je ne suis pas ton seigneur puisque tu n'es pas originaire de l'île Hermosa*, répliqua-t-il en lui tendant le bras, *mais je suis un gentleman. Aussi, j'aimerais que tu me fasses l'honneur de me laisser t'escorter.*

Reagan lui prit le bras, et ils s'éloignèrent.

Une fois la nuit tombée, le calme régnait dans l'hôpital, en dehors des urgences. Les couloirs étaient faiblement éclairés et déserts.

Deux jours plus tard, ce serait Noël. Ensuite, il serait opéré, et au nouvel an, il serait couronné... Du moins, s'il survivait à l'intervention et s'il retrouvait sa voix.

Il ne se rappelait pas avoir fêté Noël depuis la mort de sa mère. Il avait toujours trouvé des excuses pour ne pas participer aux festivités. Et puis, la guerre civile avait éclaté. Il avait passé le dernier Noël dans l'hôpital de campagne avec Reagan, qui avait chanté pour les soldats.

Ce souvenir le fit sourire.

— Qu'est-ce qui te réjouit ainsi ? demanda-t-elle.

— *Je me souvenais du dernier Noël, avec toi.*

— Je me rappelle cette nuit, répondit-elle en souriant à son tour.

— *Tu avais redonné beaucoup d'espoir à tous ces soldats.*

— En principe, cette fête en donne à tout le monde, quoique je n'aie jamais vraiment eu l'occasion de m'en apercevoir.

— *Tu ne célébrais pas Noël, quand tu étais enfant ?*

— Pas vraiment, non. Mes parents n'aimaient pas passer du temps avec moi. Jusqu'à mes sept ans, ma grand-mère me choyait pendant les vacances scolaires, mais après sa mort, mes parents m'ont clairement fait comprendre qu'ils ne voulaient pas de moi.

— *Je peux l'imaginer...*

— Toi ? Je croyais que ton père était un grand roi ?

— *En effet, mais c'était aussi un père distant et froid. Je n'étais que son héritier de rechange, alors je ne passais pas beaucoup de temps avec lui.*

— On dirait qu'aucun de nous n'a eu une enfance très heureuse. Mais Noël est quand même une période d'espoir.

— *Tu attends quelque chose d'heureux de ce Noël ?*

— J'essaie, mais c'est difficile, répliqua-t-elle en soupirant. C'est le premier Noël de Peter, et il le passe ici.

— *Au moins, il est toujours vivant.*

— C'est vrai, admit Reagan, les larmes aux yeux.

Kainan ouvrit la porte de la salle de cours, où il avait installé un petit coin repas. Il avait emprunté des couverts à la cafétéria, avec l'aide d'Andreas. Il aurait aimé ajouter des bougies, mais c'était interdit dans l'enceinte de l'hôpital.

Il écarta une chaise de la table et invita Reagan à s'asseoir. Une fois qu'elle fut installée, il prit place à côté d'elle.

La table était longue, il ne voulait pas l'obliger à crier. Quant à lui, il aurait bien aimé bavarder avec elle de vive voix, comme il le faisait l'année précédente.

Au moins, elle pouvait le comprendre. Peu de gens connaissaient le langage des signes. Lui-même l'avait appris pendant ses études de médecine parce qu'il souhaitait discuter avec les patients sourds ou seulement muets. À l'époque, il ignorait que cela lui servirait personnellement.

— Qu'est-ce qu'on mange ? demanda Reagan.

Kainan souleva les couvercles qui protégeaient les salades qu'il avait commandées avant la fermeture de la cafétéria.

— *Ils appellent ça une salade Cobb.*

— D'après ce qu'on m'a dit, celles de la cafétéria sont délicieuses.

— *Ce n'est que l'entrée. En guise de plat principal, nous avons des macaronis au fromage. Je n'en ai jamais mangé.*

— Tu plaisantes ?

— *Pas du tout. Ce n'est pas vraiment un aliment de base, sur mon île. J'ai grandi dans un palais disposant de nombreux cuisiniers, mais les macaronis au fromage ne faisaient pas partie du menu.*

— Tu ne sais pas ce que tu as manqué, mon pote, plaisanta Reagan.

— *Tu as un joli sourire, Reagan.*

— Tu me l'as déjà dit, répondit-elle en rougissant.

— *C'est la vérité.*

— Pourquoi tu fais ça ?

— *Quoi ?*

— Ce dîner... Pourquoi ?

— *Je le fais parce que je n'étais pas là quand Peter est né. Je veux t'aider à supporter le fardeau qui pèse sur tes épaules. Ne sois pas tellement sur la défensive. Tu peux me faire confiance. Je ne peux rien faire pour mon fils, mais au moins, je peux t'aider.*

Reagan se redressa légèrement sur son siège.

— Je n'ai pas besoin d'aide, Kainan. Je me suis mise moi-même dans cette situation, et je dois la gérer.

— *Je te rappelle que je fais partie de « cette situation », comme tu dis. À moins que Peter ne soit le produit d'un miracle, il est normal que je te soulage un peu.*

Reagan se détendit légèrement.

— D'accord. Merci pour le dîner. J'apprécie.

Il hocha la tête.

— *Mange. Tu en as besoin pour conserver tes forces. Tu ne seras pas utile à ton fils si tu tombes malade ou si tu t'évanouis d'épuisement.*

Ils mangèrent pendant quelques minutes sans parler, mais entre eux, le silence n'était pas lourd. Il jouissait de cet instant passé avec Reagan dans la quiétude nocturne de l'hôpital.

Lorsqu'ils eurent terminé, Reagan s'appuya au dossier de sa chaise.

— C'était bon. Qu'est-ce que tu as pensé des macaronis au fromage ?

— *C'était... intéressant.*

Sa grimace fit rire Reagan, puis elle prit son téléphone et fronça les sourcils.

— *Il y a un problème ?* demanda-t-il par signes.

— C'est Peter. Ses constantes ne sont pas très bonnes, il faut que j'y aille.

Se mordant la lèvre, elle se leva.

— *Tiens-moi au courant, s'il te plaît.*

— Bien sûr. Et encore merci pour le repas.

Lorsqu'elle fut partie, il resta assis, s'efforçant de ne pas penser à ce qui arrivait à son fils ou au fait qu'il était impuissant.

Pour protéger Peter et Reagan, il fallait absolument légaliser cette situation... Surtout s'il ne survivait pas à l'opération.

Il avait conscience qu'il allait leur gâcher la vie en les soumettant au protocole royal. Il aurait dû s'éloigner d'eux, s'en aller, mais ça lui était impossible, et c'était bien ce qui le terrifiait.

6

Deux jours s'étaient écoulés depuis le dîner impromptu dans la salle de cours.

Reagan ne se rappelait pas la dernière fois que quelqu'un avait fait quelque chose d'aussi gentil pour elle. Peut-être restait-il en Kainan un peu de l'homme qu'elle croyait avoir connu ?

Mais jusqu'à quel point pouvait-elle lui faire confiance ?

Elle soupira, détestant ce doute qui demeurait en elle.

Après cette soirée, Kainan ne les avait plus approchés, Peter et elle. C'était ce qu'elle lui avait demandé, il ne faisait que se plier à ses exigences de façon à préserver la sécurité de Peter, mais elle se demandait si c'était la bonne décision. En réalité, son esprit fourmillait de préoccupations contradictoires alors qu'elle se hâtait vers la salle de cours où travaillait Kainan.

Peter n'allait pas bien, le pédiatre avait demandé à faire le point avec les parents.

Leur fils avait besoin de ses deux parents, et, par miracle, son père était en vie. D'un autre côté, ce dernier risquait de le mettre en danger par sa seule présence.

Kainan lui avait promis de ne pas lui enlever Peter, ce qui impliquait que le petit garçon verrait rarement son père quand ce dernier serait reparti pour son île. En tant que roi, Kainan aurait de nombreuses obligations… Sans doute, devrait-il même se marier un jour. Un roi avait besoin d'une reine…

Pourrait-elle être cette reine ?

Non ! Sa vie était à Toronto. Pour l'instant, sa seule préoccupation était d'entourer Peter d'affection, pour qu'il ne se sente pas abandonné comme elle l'avait été. Mieux valait que Kainan se tienne à l'écart de son fils, pour que la presse ne découvre pas son existence. À présent, tous les journaux parlaient de la présence à Toronto du roi de l'île Hermosa. Elle n'avait pas le temps de lire les articles, mais elle voyait les gros titres : le monde attendait les déclarations de Kainan.

Malheureusement, jusqu'à son opération, il ne pouvait pas en faire.

Elle savait que Michael faisait de son mieux pour interdire aux journalistes l'accès de l'hôpital. En tout cas, personne n'avait fait allusion à Peter ou à elle. C'était une bonne chose, mais combien de temps cela durerait-il ?

Elle préférait ne pas y penser.

Actuellement, les étudiants étaient en vacances, aussi était-elle déchargée de ses fonctions de traductrice, mais Kainan continuait de travailler. Lorsque la guerre avait commencé, il était en passe de découvrir une nouvelle technique chirurgicale susceptible de sauver des vies.

Alors qu'elle le regardait de loin en train d'écrire, la voix d'Andreas résonna derrière elle.

— Vous souvenez-vous de moi, docteur Cote ?

Elle sursauta et se retourna pour faire face au garde du corps.

— Oui. Cela m'a pris un peu de temps, car vous aviez le crâne rasé à cette époque.

L'homme sourit.

— Je n'appréciais pas beaucoup la coupe militaire. Sa Majesté m'a autorisé à laisser pousser mes cheveux tant que ça ne m'empêche pas de remplir ma mission.

— Je suis désolée de ne pas vous avoir reconnu tout de suite.

— Appelez-moi Andreas, et ne vous inquiétez pas pour ça. Je sais que vous avez d'autres soucis, comme la santé de votre fils.

— C'est vrai. Je vous remercie de veiller sur lui, d'autant qu'il n'est pas hermosien.

— Il l'est à moitié, et c'est l'héritier du trône... Enfin, s'il est reconnu par le roi.

Andreas la regardait avec espoir.

Elle émit un petit rire nerveux.

— Eh bien…

Cela n'arriverait pas, mais Andreas n'avait pas besoin de le savoir.

— Encore merci de m'avoir sauvé la vie et d'avoir chanté ces chants de Noël, reprit Andreas. Je n'ai jamais oublié ce moment.

— Vous n'avez pas besoin de me remercier, je ne faisais que mon travail.

— Peut-être, mais votre voix douce m'a redonné de l'espoir. Vous m'en donnez encore aujourd'hui.

Elle se sentit rougir.

— Que voulez-vous dire ?

Andreas ouvrit la bouche pour dire quelque chose, puis il jeta un coup d'œil derrière elle et se figea.

— Pardonnez-moi, je dois retourner à mes obligations.

Elle se retourna et vit que Kainan se tenait sur le seuil de la salle. Les mains dans les poches, il foudroyait Andreas du regard. Son attitude était celle d'un vrai souverain, du genre de ceux qu'on voit dans les films.

Andreas s'esquiva aussitôt, suivi des yeux par Kainan.

Roi ou non, Reagan n'appréciait pas qu'on traite mal son prochain.

— Je te trouve un peu dur, dit-elle.

— *Il s'est aventuré sur un terrain qui ne le regarde pas*, expliqua Kainan par signes, avant de jurer sourdement.

— À quoi fais-tu allusion ?

— *Ce sont des affaires du royaume qui ne te concernent pas.*

— D'accord.

— *Et Andreas n'a pas non plus à se préoccuper de notre relation.*

— Je suis d'accord, dit-elle avec soulagement.

L'expression de Kainan s'adoucit.

— *Comment vas-tu ? Je ne t'ai pas vue, ces deux derniers jours.*

— J'ai été occupée. J'ai rendez-vous avec le pédiatre de Peter, et je me demandais si tu voudrais m'accompagner.

— *Quelque chose ne va pas ?* s'enquit Kainan, les sourcils froncés.

— Peter ne va pas très bien, et il voudrait qu'on fasse le point.

— *Il sait qui je suis ?*

— Que tu es le père de Peter et le roi de l'île Hermosa ? Oui. Il a signé une clause de confidentialité que Michael lui a présentée.

— *Très bien. En ce cas, j'aimerais écouter ce qu'il a à dire… Enfin, si tu es d'accord.*

— Je ne te l'aurais pas proposé si ce n'était pas le cas.

— *Je suis resté à l'écart comme tu le souhaitais.*

— Je le sais, mais j'ai peut-être eu tort. Peter a besoin de son père.

Les yeux de Kainan étincelèrent. L'espace d'un instant, leurs regards s'aimantèrent.

— *Je serai toujours là pour lui, Reagan.*

— Merci.

Kainan ferma à clé la porte de la salle de cours, puis ils gagnèrent l'aile pédiatrique de l'hôpital où le Dr Braccio les attendait.

Tout en marchant, elle laissa échapper un soupir.

— Parfois, je me demande si je n'aurais pas été plus heureuse loin de mes parents.

— *Pourquoi ?*

— Ils ne m'ont jamais désirée, et ils m'en voulaient d'exister. C'était horrible !

— *Personne ne t'a jamais témoigné d'affection ?*

— Si. Ma grand-mère… Et toi ? Tu m'as dit que ton père était distant.

— *Oui, mais ma mère m'aimait. J'ai eu cette chance.*

— Je suis contente que tu sois là, Kainan. Peter a besoin de nous deux. L'indifférence de mes parents me rendait horriblement malheureuse. Mais puisque tu es vivant, je voudrais donner à Peter toutes les occasions de te connaître.

— *Merci. J'aimerais profiter de lui avant de repartir pour l'île Hermosa.*

Elle sentit son estomac se nouer.

— Tu as un pays à diriger.

— *Ne t'inquiète pas, je serai là pour Peter chaque fois qu'il le faudra. Bien sûr, ce serait permanent si…*

Devinant à quoi il allait faire allusion, elle préféra changer de sujet.

— Où en sont tes recherches ? demanda-t-elle.

— *J'avance. Je suis heureux de pouvoir m'y remettre. C'était ma seule vraie passion. Je n'ai jamais voulu être roi. Mon seul souhait était d'être médecin.*

— Je sais, tu me l'as dit.

— *Et toi ? Quelle est ta passion, en dehors de notre fils ?*

— Je n'en sais rien. J'ai aimé mon engagement dans l'armée, et quand j'ai quitté l'île Hermosa, j'étais excitée à l'idée de travailler en traumato. Mais ensuite, j'ai découvert que j'étais enceinte, et je me suis concentrée sur ma maternité.

— *Allez ! Il doit bien y avoir eu autre chose ?*

— J'aurais voulu enseigner dans mon université d'origine, avoua-t-elle.

— *Où est-ce ?*

— À London, une ville de l'Ontario située à deux heures d'ici. Je suis née à Toronto, mais c'est trop grand pour moi. Le prix des maisons est astronomique, alors qu'il est abordable à London. Je pourrais y acheter une maisonnette, et Peter aurait la possibilité de jouer dans le jardin. Bien sûr, quand Peter est né, il était si malade que je n'ai pas eu le choix : j'ai dû rester ici. Tu vois, conclut-elle avec un petit rire nerveux, mes ambitions sont plus modestes que les tiennes. Je n'ai jamais aspiré au prix Nobel de médecine.

— *Elles sont tout à fait justifiées*, répliqua Kainan en souriant. *En tout cas, elles me paraissent merveilleuses. Quand j'étais enfant, je n'avais pas le droit de jouer dehors.*

— Ah bon ?

— *Des menaces pèsent toujours sur un jeune prince. Bien sûr, davantage sur Alek que sur moi... Dès que nous mettions le nez à l'extérieur du palais, nous étions suivis par des gardes du corps. Quelquefois, je suis arrivé à les semer.*

— Où allais-tu ?

— *À la plage. J'étais fasciné par l'océan et j'adorais nager. Mon oncle maternel s'était noyé quand il était jeune, alors, quand ma mère a découvert mes escapades, j'ai été envoyé dans un pensionnat en Suisse.*

— De mon côté, je jouais dans une cour grande comme un mouchoir de poche. Mes parents ne m'emmenaient jamais nulle part. J'étais un fardeau pour eux.

— *Si ça peut te consoler, c'était aussi ce que je représentais pour mon père. Ma mère est morte quand j'avais dix ans. J'étais en pension quand elle est tombée malade. On m'a ramené à temps pour que je lui fasse mes adieux.*

— Je suis désolée… De quoi est-elle morte ?

— *D'un cancer. Elle n'a pas souffert très longtemps. Tout ce qu'elle voulait, c'était sa liberté*, précisa Kainan en soupirant.

— Sa liberté ? Elle était prisonnière ?

— *D'une certaine façon, oui. Elle n'était pas enfermée, mais en tant que membre de la famille royale, elle était soumise à certains protocoles, certaines règles. Or, ma mère était un esprit libre. Elle aimait mon père, mais ce n'était pas vraiment réciproque.*

Reagan hocha la tête.

Elle pouvait le comprendre. Elle s'était souvent demandé ce qui unissait ses parents, tant ils se montraient froids l'un envers l'autre. Mais, au moins, Kainan avait été aimé par sa mère.

— Je comprends, murmura-t-elle.

Kainan parut étonné.

— *Vraiment ?*

— Mes parents ne se témoignaient pas plus d'affection mutuelle qu'ils ne m'en accordaient. Mon enfance n'a pas été très heureuse. Parfois, je me demande si je peux être la mère dont Peter a besoin…

Elle rougit, regrettant d'avoir lâché cette confidence.

— *Tu es une excellente mère, Reagan !* lui signifia par gestes Kainan, avant de lui prendre la main.

Elle sentit son cœur battre plus vite.

Tout en marchant en direction de la pédiatrie, ils n'échangèrent plus un mot. Lorsqu'ils parvinrent devant le bureau du Dr Braccio, elle prit une profonde inspiration.

Elle devinait à peu près ce que le médecin allait leur dire : Peter était mourant, la greffe de cœur était urgente.

Kainan lui pressa doucement la main avant de la lâcher et lui désigna la porte du menton.

— *Vas-y. Tu peux le faire !*

Elle frappa à la porte.

Dan Braccio vint leur ouvrir.

— Entrez, Reagan… Et vous devez être le père de Peter.

— Kainan, dit ce dernier d'une voix étouffée.

— Soyez le bienvenu. Je suis heureux de faire votre connaissance.

Les deux hommes se serrèrent la main pendant que Reagan s'asseyait sur le bord d'une chaise.

Dan referma la porte et la verrouilla pour qu'ils ne soient pas dérangés.

Ce n'était pas bon signe...

Le cœur de Reagan se mit à battre à cent à l'heure.

Comme s'il devinait à quel point elle était terrifiée, Kainan posa la main sur son genou.

Dan prit place de l'autre côté du bureau.

— Je suis content que vous ayez pu venir tous les deux, dit-il. Comme vous êtes médecins, je ne vais pas mâcher mes mots : l'état de Peter s'aggrave.

— Combien de temps lui reste-t-il ? demanda-t-elle d'une voix tremblante.

— Un mois peut-être, avec un peu de chance, dit tristement Dan. Le cardiologue, le Dr Bruni, est très inquiet.

Reagan s'efforça de refouler ses larmes.

Un mois ? C'était tout ce qu'il lui restait à vivre avec son fils ?

— Il est en tête de la liste de transplantation cardiaque, précisa Dan, mais vous savez combien les cœurs d'enfants sont rares. J'aurais aimé qu'il soit un peu plus âgé.

Elle n'était pas prête à accepter la défaite.

— Il a trois mois ! C'est certainement positif !

— En effet. C'est préférable qu'il ne soit pas un nouveau-né, mais cela reste difficile, répliqua Dan en ouvrant le dossier du bébé.

Kainan pressa le genou de Reagan et s'exprima par signes.

Dan la regarda, attendant qu'elle traduise.

— Kainan voudrait savoir si Peter pourra bénéficier d'un dispositif d'assistance ventriculaire, dit-elle. Un DAV.

Dan se tourna vers Kainan.

— J'aimerais lui implanter la pompe le plus vite possible, dit-il en poussant le formulaire de consentement vers eux. Je déteste avoir à faire ça, mais...

— Je sais, mais c'est notre seul espoir.

— Je suis vraiment désolé, croyez-moi. Je n'aime pas avoir à annoncer ce genre de nouvelles.

Kainan et elle hochèrent la tête. C'était le cas de tous les médecins.

Elle prit le stylo que lui tendait Dan et signa le formulaire.

— Quand Peter va-t-il être opéré ? demanda-t-elle.

— L'équipe est prête. L'intervention devrait avoir lieu dans les deux heures.

— Est-ce que je pourrai rester un moment avec lui ?

— Oui, mais pas le prendre dans vos bras pour éviter tout risque d'infection.

— Je comprends, dit-elle en se levant. Merci, Dan.

Elle contenait difficilement son émotion, mais elle devait rester forte pour son fils.

La précédant, Kainan déverrouilla la porte et l'ouvrit pour elle. Comme s'il devinait ce qu'elle ressentait, il marcha à son côté sans lui prendre la main.

Elle lui en fut reconnaissante, car s'il l'avait touchée, elle aurait sûrement craqué, et ce n'était pas le moment.

Avant d'entrer dans le service des soins intensifs pédiatriques, ils enfilèrent la tenue de rigueur.

Quelques infirmières et un interne s'affairaient autour de Peter.

Laissant échapper un cri de douleur, Reagan se détourna.

Kainan la prit par les épaules.

— Sois forte. Tu *es* forte, souffla-t-il d'une voix rauque.

À sa grimace, elle comprit qu'il souffrait chaque fois qu'il parlait, mais ces mots la réconfortèrent un peu.

— Je ne sais pas si c'est vrai, dit-elle, brisée par l'émotion.

S'écartant d'elle, il s'exprima par signes.

— *Peter a besoin de toi. Il va s'en sortir. C'est sa seule chance.*

— Je sais.

Elle se tint sur le côté, regardant l'équipe médicale préparer Peter pour l'opération.

— Je ne l'ai jamais entendu pleurer, murmura-t-elle. En tout cas, pas depuis sa naissance. Je voudrais l'entendre... Juste une fois.

— *Quand il aura un cœur tout neuf, il ne se privera pas de pleurer. Ça te rendra probablement folle.*

— J'adorerais ça, répliqua-t-elle en souriant faiblement.

— *Au moins, après le DAV, tu pourras le prendre dans tes bras. On t'y encouragera, parce qu'il aura besoin de toute ta force.*

L'équipe chirurgicale arriva. On déposa son fils si fragile sur un brancard, sans pour autant le libérer des fils qui le reliaient à des moniteurs. Elle fit un pas vers lui, brûlant d'envie de le toucher, mais elle se retint.

Levant brièvement les yeux, Sophie lui adressa un sourire sous son masque.

— Allez-y, l'encouragea-t-elle.

— On m'a dit de ne pas le faire.

— Juste une petite caresse.

Les joues ruisselantes de larmes, Reagan frôla le crâne du bébé du bout de son doigt ganté, puis elle embrassa sa peau douce à travers le masque chirurgical.

L'équipe poussa le brancard hors du service, suivie par Kainan et elle.

Elle savait qu'elle ne devait pas franchir les portes du service de chirurgie puisqu'elle était la mère du patient, non la chirurgienne. Ce fut difficile, mais elle s'arrêta et regarda le brancard s'éloigner.

— Viens, lui dit Kainan.

Elle secoua la tête, immobile, comme si elle pouvait protéger son fils en restant là à fixer les portes battantes.

— Reagan, dit Kainan plus fermement.

— Je ne veux pas partir.

Avant qu'elle ait eu le temps de comprendre ce qui se passait, il la souleva dans ses bras et l'emporta.

— Tu es fou ! cria-t-elle d'une voix aiguë. Repose-moi !

Sans prendre la peine de répondre, Kainan l'emmena dans une petite salle d'examen inoccupée. Après l'avoir mise debout, il verrouilla la porte et inclina les lamelles du store de façon à ce qu'on ne les voie pas du couloir.

— Pour qui tu te prends ! hurla-t-elle. Des gens nous ont sûrement vus, espèce de... de psychopathe !

— *Lâche-toi*, lui dit-il par signes, *on ne peut pas toujours refouler ses émotions.*

Abasourdie, elle le fixa un instant en silence.

Elle entendait dans sa tête la voix de sa mère après la mort de leur chien :

« Franchement, Reagan, tu es une grande fille, maintenant. Arrête de pleurer. C'est gênant », avait sifflé celle-ci entre ses dents.

— Je ne refoule rien du tout, prétendit-elle.

— *Reagan, tu n'as pas à te cacher avec moi.*

Ce fut comme si les vannes d'une écluse venaient de s'ouvrir. Elle se mit à sangloter, le visage dans les mains. Dans un torrent de larmes, elle libéra toute la souffrance qu'elle contenait depuis la naissance de Peter.

Kainan la prit dans ses bras et serra contre lui son corps secoué par le chagrin.

C'était exactement ce dont elle avait besoin, et elle s'apaisa peu à peu. Une fois calmée, elle leva les yeux et scruta son visage marqué de cicatrices.

Les mèches argentées qui striaient ses boucles châtain foncé lui allaient bien. Ses yeux sombres n'avaient pas changé. Elle y vit le reflet de sa propre peine.

Obéissant à une impulsion subite, elle l'embrassa.

L'étreignant avec passion, Kainan lui rendit son baiser.

Ce fut comme si elle venait de trouver un havre de paix. L'espace d'un instant, elle oublia tout le reste. Elle oublia que leur fils était mourant, qu'il était roi et qu'elle avait été seule si longtemps.

Ce fut elle qui s'écarta finalement. Elle posa la tête sur la poitrine de Kainan tandis qu'il lui caressait le dos. Ils demeurèrent dans cette position pendant quelques minutes. Elle n'entendait que sa propre respiration et les battements de cœur de Kainan, sous son oreille.

Au bout d'un moment, la main de Kainan s'immobilisa. Il recula d'un pas.

— *Je suis désolé de t'avoir contrainte à t'éloigner de cette façon*, dit-il par signes, *mais c'était la seule solution.*

— Je sais. Et moi, je m'en veux de t'avoir traité de psychopathe.

Une fossette se creusa dans la joue de Kainan lorsqu'il sourit.

— *J'y suis habitué. Tu m'as déjà dit pire.*

— Quoi ?

— *Votre Majesté.*

— Je m'en excuse aussi.

Il haussa les épaules.

— *C'était mérité.*

— Quoi qu'il en soit, je te remercie d'avoir été là et de m'avoir amenée ici.

— *J'ai pensé que tu allais exploser si tu ne donnais pas libre cours à tes émotions.*

— Merci d'être encore venu à mon secours.

Il lui sourit.

— *De rien.*

Elle sentit une chaleur lui gagner les joues.

— Et pendant que j'y suis, je n'aurais pas dû t'embrasser.

— *Ne le regrette jamais.*

Les yeux sombres scintillèrent, comme s'il lui promettait davantage.

Elle avait beau le désirer aussi, elle savait que c'était impossible. Pour l'instant, sa seule priorité était Peter.

Et son travail. Son métier l'avait aidée à ne pas devenir folle. En l'exerçant, elle pouvait garder ses distances sur le plan émotionnel. Si elle entamait une liaison avec Kainan, elle serait incapable d'en faire autant avec lui…

Et surtout, elle n'était pas certaine de supporter de perdre à la fois Peter et Kainan. Cette éventualité l'horrifiait.

7

L'intervention avait duré un siècle. La pompe avait été implantée dans l'espace péricardique de Peter, qui avait ensuite été ramené aux soins intensifs pédiatriques et installé dans une chambre stérile.

L'espace y était si restreint que les médecins et les infirmières avaient à peine la place de circuler. Reagan s'était pelotonnée sur l'unique chaise, vêtue d'une tenue jetable.

Kainan était resté à l'hôpital jusqu'à ce qu'il soit certain que tout s'était bien passé. Enfin, se sentant totalement impuissant, il avait quitté les lieux.

Il avait failli craquer quand Reagan s'était penchée sur son fils pour le toucher et l'embrasser avant l'opération. Il se rappelait sa première rencontre avec elle, dans le chaos de la guerre civile suscitée par la folie de son frère. Ayant renoncé à persuader Alek de modifier sa politique, il avait décidé de soigner les blessés.

Javier, un soldat d'à peine dix-huit ans, avait été envoyé en reconnaissance par Alek au plus près des forces rebelles. Ce garçon à peine entraîné avait sauté sur une mine. Les médecins n'avaient pu que panser ses plaies, le sachant voué à une mort certaine.

Alors, Reagan était apparue, lumière au milieu de la nuit. Elle avait administré à Javier une dose massive d'antalgiques, elle l'avait pris dans ses bras, l'avait bercé et avait chanté pour lui comme elle l'avait fait ensuite pour les autres soldats. Elle serrait encore le jeune homme contre sa poitrine lorsqu'il avait rendu son dernier soupir.

Elle fredonnait une mélodie inconnue. Mais peu importait la

chanson, ce qui comptait pour Kainan, c'était la voix de Reagan, sa bonté, sa pureté. Elle ressemblait à sa mère, qui avait aidé les moins fortunés et avait tout donné à son époux sans rien recevoir en retour.

À cet instant précis, il était tombé amoureux.

Quand Reagan soignait les blessés, quand elle les réconfortait, elle se souciait peu de savoir à quel bord ils appartenaient. Elle leur prodiguait sa compassion et ses soins. Pour elle, il n'y avait ni camp, ni couleur de peau, ni religion.

Au moment où leur fils avait franchi les portes du bloc de chirurgie, il avait mesuré que Peter ne saurait peut-être jamais combien sa mère était exceptionnelle. Puis il avait vu Reagan trembler de tous ses membres, les yeux écarquillés, comme si elle allait s'effondrer sous le poids de la douleur. Elle qui avait soutenu tant d'êtres humains, elle était seule et semblait totalement brisée.

C'était alors qu'il l'avait prise dans ses bras et emportée dans cette salle d'examen. Il ne s'était pas soucié de savoir si on pouvait les voir. Il voulait juste lui rendre un peu de l'amour et de l'empathie qu'elle avait témoignés à tant d'autres.

Et puis, elle l'avait embrassé.

Depuis leur séparation, il n'avait cessé de penser à ses baisers. Quand on l'avait transféré au Canada avec cette sonde endotrachéale qui respirait pour lui, cela l'obsédait encore. Il s'était langui d'elle.

Alors, quand elle l'avait embrassé, il avait oublié qu'il était roi, il avait oublié les conflits qui déchiraient l'île de Hermosa, ainsi que les dégâts qu'avait causés son frère. Tout ce qui comptait, c'était qu'elle était de nouveau dans ses bras.

Et lorsqu'elle avait mis fin à ce baiser, il s'était écarté d'elle au prix d'un effort surhumain.

Il n'avait pas le droit de céder au désir qu'elle lui inspirait. S'il le faisait, il serait aussi égoïste que son frère.

Malheureusement, en entraînant Reagan dans la salle d'examen, il avait révélé au monde son existence et celle de

Peter. Le lendemain de l'opération, des photos étaient publiées dans les journaux. Elles le montraient portant Reagan le long du couloir. Et alors qu'ils se croyaient seuls dans la salle d'examen, un journaliste avait même réussi à les photographier en train de s'embrasser. Ces instants d'intimité précieux avaient été livrés en spectacle aux gens !

Plus que jamais, il détestait son statut de roi.

De retour aux soins intensifs pédiatriques, il regarda Reagan dormir et se reprocha une fois de plus d'avoir bouleversé sa vie.

Dans quelques heures, le monde entier saurait qu'ils avaient travaillé ensemble sur l'île Hermosa, et les journalistes la dévoreraient toute crue.

Reagan s'étira, puis elle s'assit et prit conscience de sa présence.

— Quelle heure est-il ? demanda-t-elle d'une voix endormie.

— *7 heures du matin*, répondit-il par signes.

Il lui tendit le gobelet rempli de café qu'il lui avait rapporté de l'hôtel. Elle en but aussitôt une gorgée.

— Merci. C'est du café hermosien, non ?

— *Si. On dirait que la nuit n'a pas été très reposante ?*

Elle jeta un coup d'œil à travers la partie vitrée de l'incubateur.

— La chaise n'était pas très confortable, mais j'y suis habituée.

— *Il n'y a eu aucune raison de s'inquiéter ?*

— Aucune. La dernière fois que j'ai parlé à Sophie, elle a dit que Peter allait bien. Cette intervention lui permettra de vivre en attendant une transplantation.

— *Tant mieux.*

— Désolée, dit-elle en se levant, je dois avoir une sale tête. Je vais me changer au vestiaire, ensuite on pourra travailler.

— *Je te rappelle que les étudiants sont en vacances. Tu peux rester avec Peter pendant que je me remets à mes recherches.*

— Si tu veux de l'aide, je suis là. J'ai besoin de m'occuper l'esprit.

Il n'avait pas vraiment envie de parler de ses recherches. Dès qu'il serait rentré au pays, il ne pourrait plus pratiquer la chirurgie ni la médecine. Toutes ces années de labeur seraient perdues. C'était pénible, mais il était prêt à ce sacrifice.

Il préféra changer de sujet.

— *Reagan, tu as conscience que, dans deux jours, si l'état de Peter continue de s'améliorer, on le sortira de son coma artificiel, et tu pourras le ramener chez toi ?*

— Quoi ! s'exclama Reagan en ouvrant de grands yeux.

— *Je croyais que tu étais au courant.*

— Oui, je devrais le savoir, mais c'est juste qu'il n'a jamais été à la maison. Bien sûr, j'ai commencé à préparer sa chambre avant sa naissance, mais c'est insuffisant.

— *Eh bien, il nous reste à nous en occuper.*

— Tu as ton travail.

— *Cela peut attendre. Mes gardes du corps peuvent nous emmener en voiture.*

— Votre Majesté, vous abusez de votre autorité.

— *Pourquoi ? Leur devoir est de protéger le fils du roi.*

— Sans doute, admit Reagan en soupirant. Mais je n'y suis pas encore habituée.

— *Peu importe, il faut le faire. Peter n'a pas besoin d'attendre son nouveau cœur à l'hôpital. Les médecins vont d'abord le transférer dans une chambre, en pédiatrie. Dès que nous serons familiarisés avec le dispositif d'assistance ventriculaire, nous pourrons l'emmener chez toi.*

— « Nous » ?

— *Tu sais que je peux vous protéger, Reagan. Je t'en prie, laisse-moi faire.*

— Kainan, tu sais que je ne veux pas t'épouser. D'ailleurs, tu m'as bien dit que la meilleure façon de nous protéger était de garder le secret et...

Elle s'interrompit en voyant l'expression désabusée de Kainan.

— La presse est au courant, c'est ça ?

Il hocha tristement la tête.

— *Un journaliste nous a vus quand je t'ai portée jusqu'à cette salle d'examen. On nous a photographiés en train de nous embrasser.*

Reagan posa le gobelet par terre et se cacha les yeux.

— C'est horrible !

— *Je suis désolé.*

— Ce n'est pas ta faute.

— *Un peu, quand même. Je suis roi, après tout.*

— Tu ne m'aides pas vraiment, dit Reagan en souriant malgré elle.

— *Épouse-moi, que je puisse te protéger.*

— C'est impossible. De toute façon, je ne peux pas l'envisager alors que Peter est si fragile.

— *Est-ce que tu me permettras au moins de t'aider à tout installer dans ton appartement ?*

— D'accord. Tu veux qu'on y aille maintenant, pendant que Peter est sédaté ?

— *Oui. Je vais prévenir mes gardes pendant que tu rassembles tes affaires.*

— Il faudra qu'on fasse vite. Je voudrais être là quand Peter se réveillera.

— *Bien sûr.*

Reagan ramassa son gobelet et gagna la porte.

Laissant échapper un soupir, Kainan se tourna vers son fils, qui avait encore besoin d'une machine pour vivre.

Ne pouvant pas le toucher, il s'agenouilla près de la couveuse et contempla son petit visage, submergé par l'émotion.

C'était son enfant, sa chair et son sang, il ne pouvait pas le perdre.

— Je te jure d'être toujours là pour toi, murmura-t-il.

Reagan s'efforçait de ne pas regarder Kainan qui fixait la rue à travers la vitre, le menton sur la main.

Elle aurait voulu lui dire qu'elle l'avait vu, qu'elle avait entendu ce qu'il avait chuchoté à leur fils. Elle avait dû s'esquiver pour ne pas éclater en sanglots.

Kainan Laskaris était peut-être un roi, mais c'était l'homme qu'elle aimait.

Se tournant vers elle, il lui sourit.

— *Tu es installée confortablement ?*

— Tout à fait.

Elle lui était reconnaissante d'avoir utilisé une voiture aux vitres teintées, mais le drapeau hermosien flottait au-dessus du capot.

— Je croyais que tu voulais rester anonyme ? dit-elle sur un ton léger.

— *Dans la mesure où le secret est éventé, je pense qu'il est temps d'utiliser le véhicule de l'ambassade. De cette façon, on peut se garer n'importe où*, précisa Kainan avec un sourire.

L'argument était valable : désormais, ils n'avaient plus aucune raison de se cacher. Mais elle aurait préféré une voiture plus discrète.

— Voulez-vous me donner votre adresse ? demanda le chauffeur. Je vais la saisir sur le GPS.

— 36, Richmond Street West. Ce n'est pas très loin, mais comme j'ai toujours fait le trajet en métro, je suis incapable de vous orienter.

— Vous avez raison, docteur Cote, c'est tout près. Nous y serons dans quelques minutes.

Le chauffeur se concentra sur sa conduite, et elle se tourna de nouveau vers Kainan.

— Merci pour ton aide. Mon appartement est dans un état désastreux. Je n'ai pas eu vraiment le temps de m'installer parce que j'ai voulu travailler le plus longtemps possible, de manière à avoir un congé de maternité décent. Tu connais la suite.

— *Je la connais, malheureusement : à sa naissance, Peter était très malade. On m'a dit que des petites festivités sont organisées pour les enfants à Noël et au nouvel an.*

— Au nouvel an, il sera peut-être à la maison.

Une lueur étrange passa dans les yeux de Kainan.

— *Oui, peut-être.*

Le trajet fut effectivement très court. Le chauffeur gara son véhicule devant l'immeuble sur un emplacement autorisé. Kainan sortit le premier, puis il contourna la voiture, ouvrit la portière et aida Reagan à quitter son siège.

— Il n'y a pas de journalistes, remarqua-t-elle avec soulagement.

— *Tant mieux, d'autant qu'ils te connaissent, désormais. Je suis désolé qu'ils t'aient encore prise en photo et bombardée de questions quand nous avons quitté l'hôpital.*

— Je les ai ignorés.

Sortant une clé de sa poche, elle ouvrit la porte d'entrée.

Une fois dans le hall, elle prit un imposant courrier dans sa boîte. En haut de la pile, elle aperçut une carte de Noël envoyée par ses parents.

Aussitôt, son estomac se noua.

Ils se souciaient peu d'elle ou de Peter, mais ils trouvaient normal de lui envoyer leurs vœux. Comme d'habitude, sa mère se conformait aux usages.

— *On dirait que tu n'es pas revenue souvent*, constata Kainan.

— En effet.

Une minute plus tard, ils prenaient l'ascenseur qui les mena à son étage.

Son appartement était situé au bout du couloir. En parvenant devant la porte, elle constata immédiatement qu'il y avait eu effraction : le bois avait volé en éclats autour de la serrure.

Poussant un juron, Kainan passa devant elle et entra le premier.

Dès qu'elle eut franchi le seuil, elle constata que l'appartement était sens dessus dessous : les meubles étaient retournés, tous ses cartons ouverts, ses affaires éparpillées. La télévision et le lecteur de DVD étaient toujours là ainsi que l'ordinateur, mais celui-ci était allumé, et on avait apparemment fouillé dans ses dossiers personnels.

À l'idée que sa vie avait été violée par des inconnus, elle se mit à trembler nerveusement.

Kainan sortit de sa chambre.

— *On dirait que les intrus cherchaient des informations, pas des objets de valeur*, expliqua-t-il par signes.

— Des informations sur moi ?

— *Ou sur tes liens avec moi.*

Sortant son téléphone de sa poche, il commença à rédiger un SMS.

— À qui écris-tu ?

— Je préviens mes gardes du corps, dit-il de sa voix rauque.

— Je n'arrive pas à y croire ! Tes hommes vont prévenir la police ?

— *Oui. Je suis désolé de ce qu'il est arrivé, mais je peux te protéger.*

— Tu me l'as déjà dit, et regarde ce qui s'est passé !

Tout en parlant, elle posa la pile de courrier sur la table de la cuisine avant de gagner sa chambre.

Les tiroirs de la commode avaient été vidés sur le lit, les objets qui se trouvaient sur sa coiffeuse éparpillés. En revanche, ses quelques bijoux étaient toujours là, ce qui confirmait l'explication de Kainan. Elle entra dans le dressing qu'elle avait transformé en chambre minuscule pour Peter.

Rien n'avait été dérangé.

Les larmes lui montèrent aux yeux lorsqu'elle vit la fine couche de poussière qui recouvrait tout.

Il n'y avait pas pire mère qu'elle ! Elle n'avait même pas été capable de terminer ce qu'elle avait commencé. Les draps, le plaid et le babyphone étaient encore dans un carton. Elle avait juste monté le petit lit et la table de change, sur laquelle il n'y avait même pas de couches.

« Les grandes filles ne pleurent pas, Reagan. Assume tes choix ! »

Elle se maudit intérieurement, s'en voulant de laisser les paroles de sa mère résonner dans sa mémoire.

Comment installer un bébé relié à un dispositif d'assistance ventriculaire dans un espace aussi exigu ? Elle n'était pas prête à s'occuper de son fils en dehors de l'enceinte protectrice de l'hôpital.

Elle ramassa le petit ours en peluche qu'elle avait acheté trois jours avant son accouchement et le serra contre elle en luttant contre les larmes.

Elle ne s'en sortirait pas toute seule.

Bien sûr, elle n'y était pas obligée, puisque Kainan lui avait offert son aide. Mais elle ne voulait pas lui faire des promesses qu'elle ne pourrait peut-être pas tenir. Pourquoi devraient-ils se marier ? Pourquoi ne pourraient-ils pas élever Peter ensemble ?

Tout simplement parce que Kainan allait repartir dans son pays après son opération. Il était roi et avait des obligations envers son peuple, elle le comprenait parfaitement. Quant à elle, elle était obligée de rester à Toronto dans l'attente d'une greffe de cœur pour Peter.

Elle était certaine qu'il ferait son devoir envers son fils, mais lorsqu'il partirait, elle devrait se débrouiller seule. Ses parents avaient raison, elle ne pouvait compter que sur elle-même.

8

La police ne tarda pas à arriver. Reagan n'eut pas d'autre choix que de rester à l'écart et de regarder les policiers fouiller dans ses affaires en quête d'empreintes digitales.

— Vous dites qu'on ne vous a rien volé, docteur Cote ? lui demanda l'inspecteur.

— En tout cas, ma télévision, mon ordinateur et même l'argent qui se trouvait dans un tiroir de ma commode sont là. J'en saurai davantage quand j'aurai tout rangé.

Kainan s'exprima par signes, et le policier interrogea Reagan du regard.

— Le Dr Laskaris pense qu'on a fouillé dans mes dossiers informatiques, dit-elle.

— Pourquoi aurait-on fait cela ?

— Parce qu'il est le roi de l'île Hermosa et que nous avons un enfant.

La nouvelle sembla ébranler le policier.

— Alors, cela concerne la GRC, la gendarmerie royale du Canada.

— Je comprends, dit Reagan sur un ton neutre. Je sais que vous ferez au mieux.

— Nous allons prendre votre ordinateur et le faire examiner par nos experts scientifiques. Il y aura peut-être des empreintes.

— Merci, monsieur l'inspecteur.

— De rien, docteur. N'oubliez pas de faire changer vos serrures. Dès que nous en saurons davantage, nous vous appellerons.

L'homme se tourna vers son équipe qui plaçait dans des sacs tout ce qui pouvait constituer des preuves à examiner.

— Qu'est-ce que ces gens cherchaient, à ton avis ? demanda-t-elle à Kainan.

— *Des informations sur nous deux et notre fils, c'est certain. Je suis vraiment désolé.*

— Au moins, ils n'ont pas touché à la chambre de Peter.

— *Où est-elle ?*

— Je l'ai installée dans le dressing attenant à ma chambre.

Kainan fronça les sourcils.

— *Un dressing ?*

— Il est assez spacieux, et il y a une lampe. J'ai même pu y mettre une chaise.

— *Cela me semble inapproprié, Reagan.*

Elle se hérissa.

— Vraiment ? Et qu'est-ce que j'aurais dû faire, d'après toi ? Je suis seule, c'est tout ce que je pouvais me permettre !

L'expression de Kainan s'adoucit, et elle s'en voulut d'avoir été aussi agressive envers lui. Ce n'était pas sa faute si elle l'avait cru mort.

— *On ne peut pas installer un dispositif d'assistance ventriculaire dans une penderie.*

— J'en suis consciente maintenant, mais quand j'étais enceinte, je n'imaginais pas que mon bébé serait atteint de cardiomyopathie.

— Pardonne-moi.

— Tu n'y es pour rien, c'est juste que je me sens...

« Violée », « terrifiée », « en danger » furent les mots qui lui vinrent à l'esprit sans qu'elle les prononce à voix haute.

— Je suis fatiguée, dit-elle seulement. Je voudrais retourner à l'hôpital avant que Peter ne se réveille.

— *Ça n'arrivera pas avant un bon moment, et tu le sais. Il faut d'abord changer les serrures et nettoyer l'appartement.*

— Tu as raison. Je suis simplement un peu nerveuse.

— *Tu as toutes les raisons de l'être.*

— Nous avons terminé, docteur Cote, annonça l'inspecteur. Nous vous tiendrons au courant.

— Merci, monsieur l'inspecteur, et joyeux Noël.

— À vous aussi, docteur Cote.

Reagan ouvrit la porte aux policiers et la referma derrière eux.

— Mieux vaut que j'appelle tout de suite un serrurier, soupira-t-elle.

— *Je vais ranger la chambre*, répliqua Kainan par signes.

— Je ne sais pas par où commencer, marmonna Reagan.

— *Une pièce à la fois.*

Lorsque Kainan passa dans la chambre, elle se douta qu'il allait inspecter le dressing et lui répéter qu'elle n'aurait pas dû envisager un seul instant d'y installer leur fils... Et il aurait raison.

Elle était comme paralysée, perdue, submergée par cet enchaînement d'événements plus improbables les uns que les autres.

D'abord, appeler le serrurier, lui conseilla une petite voix intérieure. Ensuite, elle passerait à l'étape suivante.

Il n'y avait plus qu'à espérer que la porte soit remise en état avant Noël...

Kainan fit quelques pas dans la chambre.

Elle était petite mais chaleureuse. C'était la chambre de Reagan — du moins, elle l'avait été jusqu'à ce qu'un étranger viole son intimité.

Il serra les poings, maîtrisant la rage qui l'étouffait à la pensée que quelqu'un était entré dans cette pièce.

Ce type cherchait des informations sur Reagan et lui. C'était sa faute ! S'il n'avait pas été aussi proche d'elle, rien de tout cela ne serait arrivé !

Dans son enfance, il lui était arrivé une fois d'être photographié par un paparazzi. Aussitôt, sa mère était intervenue, folle de rage, et les gardes avaient chassé l'intrus.

Aujourd'hui, il lui appartenait de protéger Reagan et son fils, mais ce serait impossible si elle restait dans cet appartement.

Tout en réfléchissant, il remit un tiroir en place et y rangea des vêtements éparpillés sur le sol. Puis ses yeux se posèrent sur la porte du dressing. Tout en se reprochant son indiscrétion, il ne put s'empêcher de l'ouvrir et d'allumer la lumière.

Sa gorge se serra à la vue du berceau. La literie était dans un carton posé par terre, et il y avait un ours en peluche sur la table à langer.

Reagan avait raison, c'était un grand dressing, mais ça n'en restait pas moins un dressing. Elle en avait fait un espace accueillant, mais ce n'était pas suffisant. Cet endroit n'était pas digne de Reagan. Elle méritait mieux.

Mais il y aurait toujours des gens pour s'imposer dans sa vie. Et s'il ne survivait pas à son opération, les journalistes s'en prendraient à son héritier. À cette idée, sa gorge se serra tellement qu'il eut du mal à respirer.

Comment lui épargner tous ces inconvénients ?

Fermant les yeux, il se reprocha pour la centième fois de ne pas avoir été là, même s'il n'y était pour rien.

— Kainan ? appela Reagan depuis la salle de séjour.

Lorsqu'elle parut sur le seuil, il sortit du dressing et referma la porte derrière lui.

— Tu vérifies mon œuvre ? demanda-t-elle.

— *Peut-être*, répliqua-t-il en souriant.

— Le serrurier est là, et j'ai nettoyé la salle de séjour du mieux que j'ai pu. Dès que la serrure sera changée, je voudrais prendre quelques affaires et retourner à l'hôpital.

— *Bien sûr. Andreas s'occupera de vider le dressing.*

— Qu'est-ce que tu veux dire ?

— *Tu ne peux pas rester là. Cet endroit n'est pas sûr.*

— C'est ma maison et celle de Peter, Kainan. Où voudrais-tu qu'on aille ?

— *Je vais te trouver un autre appartement.*

— Je ne pense pas, non.

— *Et moi, je pense le contraire. Peter a besoin d'une chambre plus grande et toi de sécurité. Mes hommes vont s'en occuper.*

— Non ! Tu n'as pas le droit de bouleverser ma vie, Kainan. Tu m'en demandes trop.

— *J'ai bien compris que tu ne m'épouseras pas et que tu ne me permettras pas de te protéger, alors laisse-moi faire ça. Si tu reviens ici, tu risques d'être harcelée, et je te rappelle que Peter a besoin de calme pour guérir.*

Reagan se mordit la lèvre, visiblement plongée dans une intense réflexion.

— D'accord, dit-elle enfin, mais il faut que ce soit tout près de l'hôpital.

— *On trouvera une solution*, dit-il, soulagé qu'elle le laisse faire quelque chose pour son fils et elle.

Il envoya aussitôt ses instructions par SMS à Andreas : il fallait que le nouveau logement soit assez spacieux pour accueillir Reagan et Peter, et il voulait occuper avec ses gardes un appartement voisin. Bien sûr, on n'était pas obligé d'informer tout de suite Reagan de cette dernière disposition…

Sachant qu'il résidait au Royal York, les journalistes faisaient le siège devant l'hôtel. Il faudrait donc que le nouvel immeuble dispose d'une sortie de secours.

Cette proximité avec Reagan et leur fils lui permettrait peut-être — juste peut-être — de la convaincre de l'épouser ? Ensuite, ils seraient en sécurité derrière les murs du palais…

Vraiment ? En tout cas, c'était ce que son père aurait pensé.

Il s'en voulait de lui ressembler sur ce point, mais il ne voyait pas quoi faire d'autre.

Kainan emmena Reagan à l'hôpital ainsi qu'elle le souhaitait. Il rejoignit ensuite Andreas, qui avait déjà trouvé deux appartements situés au même étage d'un immeuble donnant sur le lac.

Le plus petit était plus spacieux que le logement actuel de Reagan, et Peter disposerait d'une chambre appropriée à ses soins. L'hôpital n'était qu'à deux rues de là. Reagan pourrait s'y rendre à pied, ou Andreas pourrait l'y conduire en voiture, du moins jusqu'au retour de Kainan sur l'île Hermosa…

À condition, évidemment, que son opération soit un succès. Ensuite, il pourrait toujours revenir les voir, Peter et elle.

Andreas l'arracha à ses pensées.

— Il ne manque plus que votre signature, Votre Majesté. J'ai exigé du propriétaire un engagement de confidentialité, et j'ai payé comptant.

— *Merci, Andreas. Quand pourrons-nous emménager ?*

— Aujourd'hui. Je vais envoyer les déménageurs chez le

Dr Cote et faire emporter ses affaires. Nous pourrions l'installer chez elle dès demain matin.

— *Parfait.*

Hochant la tête, Andreas ouvrit la porte d'entrée.

Kainan remplit et signa tous les papiers nécessaires.

Ce soir, il ferait part de son plan à Reagan, il ne lui permettrait pas de refuser. Ils pourraient peut-être passer Noël ensemble avant son opération ?

Il prit les clés des mains de l'agent immobilier et suivit Andreas au dernier étage de l'immeuble.

— Le Dr Cote occupe le 29B et vous le 29A, précisa son chef de la sécurité.

Acquiesçant d'un signe de tête, Kainan ouvrit d'abord la porte du 29B.

Le nouvel appartement de Reagan était spacieux et lumineux, ses fenêtres donnaient sur les eaux grises du lac Ontario et sur les îles. On ne voyait pas la fameuse tour CN Il à cause de la neige qui tombait pour l'instant à gros flocons, mais le panorama devait être magnifique par temps clair.

Il pensa à son propre pays, avec l'océan à perte de vue et les îles éparpillées alentour. La différence résidait dans le climat canadien... Il n'appréciait guère la neige et les froidures de l'hiver, mais ce n'était pas sa préoccupation principale pour l'instant.

— Ça vous plaît, Votre Majesté ? demanda Andreas.

Hochant la tête, Kainan lui tendit les clés que Reagan lui avait remises après le passage du serrurier.

— *Assurez-vous qu'elle déménage rapidement.*

— Et pour vous, Votre Majesté ?

— *Achetez quelques meubles. Le minimum, ça suffira.*

— Très bien, Votre Majesté.

— *Je vous remercie pour votre aide, Andreas. Je ne crois pas vous avoir suffisamment exprimé ma reconnaissance.*

— Merci, Votre Majesté.

Son téléphone vibra, il le sortit de sa poche.

C'était un SMS de Reagan : il y avait du nouveau concernant Peter !

— *Je dois retourner immédiatement à l'hôpital*, expliqua-t-il par signes.

— Je vous y emmène.

Il se réjouissait que les choses commencent à évoluer avec Reagan, car le temps lui était compté. L'intervention était risquée en raison de la grande quantité de tissus cicatriciels. Il pouvait mourir, abandonner Reagan...

Chassant cette éventualité de son esprit, il se précipita hors de l'appartement derrière Andreas.

Le cœur de Reagan battait la chamade.

Peter supportait si bien le dispositif d'assistance ventriculaire qu'on allait pouvoir stopper la sédation. Il venait d'être transféré en pédiatrie. Maintenant qu'on lui avait retiré la perfusion de sédatifs, elle allait pouvoir le prendre dans ses bras !

Lorsqu'elle était interne, elle avait fait un stage en pédiatrie, et elle se rappelait à présent combien les enfants étaient résilients.

Elle avait envoyé un SMS à Kainan parce qu'il souhaitait être présent quand Peter se réveillerait. Elle savait qu'il lui cherchait un nouvel appartement, mais elle doutait qu'il ait trouvé quelque chose dans un délai aussi court.

Kainan entra dans la chambre.

— *Comment va-t-il ?*

— Bien. Il est fort.

Kainan prit la feuille de soins, la parcourut puis la remit en place, un petit sourire aux lèvres.

— Je reviens dans quelques minutes, Reagan, annonça Maria, l'infirmière pédiatrique. Je dois aller voir mes autres patients.

— Merci, Maria.

Elle s'approcha du berceau pour regarder son bébé.

Un tube sortait de sa poitrine et le reliait à la pompe posée sur une table. Désormais, c'était la machine qui pompait le sang à la place du cœur.

Tendant la main pour toucher son fils, elle la retira aussitôt parce qu'elle ne portait pas de gants. Indécise, elle se tourna vers Kainan, comme pour lui demander conseil.

— *Il y a un problème ?* lui demanda-t-il par signes.

— Je ne porte pas de gants, juste une tenue chirurgicale.

— *On t'a dit de prendre des précautions particulières ?*

— Non. C'est devenu un automatisme chez moi.

— *Vas-y*, l'encouragea-t-il avec un sourire.

Cette fois, elle frôla la peau douce du bébé. Lorsqu'elle caressa du bout des doigts sa main minuscule puis ses boucles sombres, l'émotion la submergea.

Les larmes aux yeux, elle s'éclaircit la voix.

— J'attendais ça depuis si longtemps, murmura-t-elle.

Elle savait que ce n'était pas la fin des épreuves, juste un moyen de garder Peter en vie jusqu'à ce qu'on lui trouve un nouveau cœur. Ce n'était pas encore le moment de crier victoire.

Peter bougea légèrement la tête, puis il battit des paupières. Ses yeux sombres étaient les mêmes que ceux que Kainan posait sur eux au même moment. Le bébé fronça les sourcils, comme s'il cherchait à comprendre ce qui se passait.

— Peter, souffla-t-elle, maman est là.

Elle réussit à ne pas pleurer au prix d'un énorme effort.

Près d'elle, Kainan fixait leur fils.

— Il a mes yeux, constata-t-il à voix haute avec émotion.

— Est-ce qu'il s'est réveillé ? demanda Maria dans leur dos.

— Oui, répondit Reagan sans détourner le regard du précieux petit visage.

— Super ! Il va falloir un peu de temps pour que la sédation ne fasse plus effet, mais il va très bien.

— Dans combien de temps pourrons-nous l'emmener à la maison ? demanda Reagan.

— C'est difficile à dire. Cela dépend s'il supporte bien le dispositif et comment il évolue. Mais dans la mesure où vous êtes tous les deux médecins, le Dr McNeil autorisera sûrement sa sortie avant Noël, expliqua Maria en vérifiant les constantes du bébé.

— Si vite ? demanda Reagan d'une voix étranglée. J'ai encore beaucoup de choses à faire.

— J'en suis sûre, répliqua Maria avec un sourire. Pourquoi ne pas vous en occuper, maintenant, docteur Cote ? Peter va dormir un bon moment. Allez acheter des couches et préparer sa chambre.

Reagan n'eut pas le temps de répondre, car Michael entra dans la chambre, visiblement très agité.

— Reagan, je suis content que vous soyez là. Et vous aussi, docteur Laskaris.

Elle sentit un frisson lui courir le long du dos.

— Il y a un problème ?

— Une partie du toit de la galerie commerciale s'est effondrée à cause de la tempête de neige qui a commencé il y a deux heures.

— Quoi ?

Elle remonta le volet de la chambre : un mur de neige lui masquait la cour de l'hôpital.

— Beaucoup de gens sont blessés, dit Michael. On nous amène les patients, et la salle d'attente des urgences est pleine. Je manque de personnel. Je suis navré de vous éloigner de votre fils, mais j'aurais besoin de vous deux. Comme Kainan ne peut pas s'exprimer oralement, vous pourriez travailler ensemble.

Acquiesçant d'un signe de tête, Kainan prit sa veste.

Reagan répugnait à quitter son fils, mais elle était chirurgienne, et il y avait des vies à sauver.

— On vous rejoint, Michael, assura-t-elle.

Le médecin repartit en courant.

— Ne vous inquiétez pas, docteur Cote, intervint Maria. Tout ira bien pour Peter.

Reagan se rendit avec Kainan au vestiaire, où les praticiens appelés en urgence étaient en train de se changer.

Certains d'entre eux devaient prendre en charge les blessés légers, de façon à ne pas surcharger les blocs, ainsi que la radiologie. Ils devaient aussi s'arranger pour trouver un espace de travail dans un hôpital déjà saturé.

Kainan et elle enfilèrent des tenues chirurgicales et déposèrent leurs affaires dans son casier. Dès qu'ils furent prêts, gantés et masqués, ils gagnèrent les urgences où régnait le chaos.

Michael était en train de donner ses instructions.

La salle d'attente était remplie de patients arrivés par leurs propres moyens, qui souffraient de symptômes de moindre gravité. Michael avait mobilisé un certain nombre d'internes pour les prendre en charge. Les autres soignants accueilleraient les nouveaux venus plus atteints dès leur sortie des ambulances.

Se mettant aussitôt au travail, Kainan commença le tri des patients les moins affectés. Avec l'aide de Reagan qui traduisait ses demandes, un couloir peu emprunté fut divisé en petites cellules pour les recevoir.

Reagan et Kainan travaillaient bien ensemble, comme autrefois, chacun devinant la pensée de l'autre avant qu'elle ne soit formulée.

— C'est comme au bon vieux temps, hein ? plaisanta-t-elle.

Avant que Kainan n'ait eu le temps de répondre, des sirènes hurlantes résonnèrent.

Des ambulances se frayaient un chemin dans la neige. Des infirmiers la déblayaient de façon à ce que les véhicules puissent accéder aux portes.

— Reagan et Kainan ! cria Michael. À vous de jouer.

Dès qu'ils sortirent, le froid leur mordit les joues.

Les portes de la première ambulance s'ouvrirent, et des ambulanciers en jaillirent.

— Homme de cinquante-cinq ans, annonça l'un d'eux. Blessures multiples au niveau du torse et de l'abdomen. Glasgow à huit.

Reagan et Kainan aidèrent à sortir le brancard puis à le pousser dans la neige. Ils emmenèrent le blessé dans l'un des compartiments réservés aux victimes de traumas.

Pendant que Kainan signait la décharge pour l'ambulancier, Reagan vérifia que les voies aériennes du patient étaient dégagées, qu'il respirait et qu'il n'y avait pas d'hémorragie.

L'une des pupilles était dilatée, et elle craignait qu'une chute n'ait provoqué un hématome.

Kainan travaillait de l'autre côté du lit. Après avoir claqué des doigts pour attirer son attention, il s'exprima par signes :

— *Fluides dans les poumons. Je vais devoir insérer un drain thoracique.*

— Oui. Une pupille dilatée. Il lui faut un scan.

— Plateau de drain thoracique, s'il vous plaît, ordonna Kainan d'une voix rauque à l'interne qui était avec eux.

Il ouvrit la chemise ensanglantée du patient et examina sa poitrine.

— Tu vois des lacérations causées par les débris qui lui sont tombés dessus ? demanda Reagan, tout en posant une perfusion de façon à hydrater le patient et à lui administrer des antalgiques.

Kainan leva deux doigts.

De son côté, elle compta au moins quatre plaies sur l'abdomen du blessé. Il y avait aussi tout un pan de peau bleuâtre.

— Dès que tu auras mis le drain thoracique, il lui faudra un scan, redit Reagan.

S'il y avait des fluides dans les poumons, cela impliquait un hémothorax, mais d'autres dommages avaient pu être causés par la chute du toit.

— Voilà, docteur Laskaris, dit l'interne qui apportait le kit thoracique.

Acquiesçant d'un signe de tête, Kainan chercha le meilleur endroit pour introduire le tube. Après avoir rapidement nettoyé la peau, il l'inséra. L'homme se cambra par réflexe involontaire.

Quand les fonctions vitales furent stabilisées, Reagan sourit à Kainan, qui fixa le drain, puis ils préparèrent le patient pour qu'il soit emmené en imagerie médicale : il fallait traiter toutes les blessures qui pouvaient l'être.

Satisfaite de ne pas avoir à expliquer ce qu'elle faisait, elle se réjouissait de la présence de Kainan. Celui-ci s'activait à son côté, anticipant le moindre de ses gestes comme sur l'île Hermosa. Il *savait*.

9

— Tu peux déplacer le rétracteur, s'il te plaît ? demanda Reagan.

Kainan assura sa prise sur la poignée et fit ce qu'elle lui demandait.

Le scan leur avait permis d'évaluer l'étendue des lésions : leur patient souffrait de commotion cérébrale, mais ses plaies à l'abdomen étaient plus graves, et il y avait bien une hémorragie interne. La rate avait été tailladée et saignait abondamment, l'un des reins avait été transpercé, ainsi que les intestins et le diaphragme, ce qui expliquait la présence de sang dans les poumons. S'ils ne parvenaient pas rapidement à faire cesser le saignement, le patient mourrait avant qu'ils n'aient eu le temps de traiter ses blessures.

Ils étaient au bloc depuis des heures, maintenant. Ils 'avaient pas totalement endigué l'hémorragie, mais ils progressaient dans le bon sens.

Elle leva brièvement les yeux vers Kainan.

Celui-ci surveillait un interne qui recousait une plaie. Son regard était à la fois bienveillant et attentif, et elle ne put s'empêcher de sourire à l'idée qu'ils œuvraient côte à côte comme si rien n'avait changé.

Elle avait oublié combien c'était facile de travailler avec lui.

Le cœur de Reagan battit plus vite au souvenir du baiser qu'ils avaient échangé quand Peter était au bloc.

Kainan était son roc.

Cette prise de conscience la secoua. Cela avait quelque chose d'effrayant. Elle qui n'avait jamais compté sur personne, elle avait besoin de quelqu'un d'autre !

Quand avait-elle commencé à s'appuyer à ce point sur Kainan Laskaris ?

Mais désormais, cet homme était le roi de l'île Hermosa. Il repartirait un jour ou l'autre pour son pays, et elle ne pourrait pas le suivre, du moins pas tant que Peter attendrait un nouveau cœur. Il était donc impératif qu'elle garde la tête froide lorsqu'elle se trouvait avec lui.

La priorité était de raisonner logiquement. Pour l'instant, le plus important était de sauver la vie de cet homme. Dès que ce serait fait, ils retourneraient dans la salle d'attente soigner d'autres victimes. Ensuite, elle se rendrait auprès de son fils et pourrait le prendre dans ses bras.

Cette seule pensée suffit à décupler ses forces.

Lorsqu'ils eurent terminé, elle donna les instructions concernant les soins postopératoires à l'infirmière de bloc et à l'interne. Une fois sortis, ils se débarrassèrent de leur tenue et se lavèrent soigneusement les mains.

— On continue ? demanda Kainan de sa voix rauque.

Aussitôt, il grimaça de douleur.

— Ton oto-rhino-laryngologiste a examiné ta gorge récemment ? lui demanda-t-elle.

Il prit une expression exaspérée.

— *Bien sûr !*

— Je sais juste que si tu parles trop souvent, ça peut te causer des problèmes. Je ne voudrais pas que tu prennes des risques avant l'intervention.

— *L'intervention elle-même est risquée à cause de la quantité de tissus cicatriciels.*

— Pourquoi ont-ils attendu si longtemps ?

— *Le chirurgien voulait que je sois assez fort pour supporter l'opération.*

— Et tu l'es ? demanda-t-elle en s'essuyant les mains.

Kainan pinça les lèvres.

— *Il n'y a aucune garantie que ça marche.*

— Je suis sûre que oui.

— *Pourquoi une telle certitude ?*

— Un roi a besoin de sa voix.

— *Je t'ai.*

Elle eut l'impression de prendre un coup de poing au creux de l'estomac.

— Je ne serai pas toujours là pour être ta voix, Kainan.

— *Pourquoi pas ? Tu pourrais être ma reine. Ce serait une bonne solution pour nous deux. Peter aurait une famille, et tu pourrais m'assister dans mes tâches.*

— Je suis chirurgienne, Kainan. Est-ce que je pourrais exercer mon métier en tant que reine de l'île Hermosa ?

Les épaules de Kainan se voûtèrent.

Elle avait sa réponse. Et cela impliquait que lui aussi devrait renoncer à être chirurgien.

Elle en conçut une grande tristesse pour lui.

— Cesse de faire pression sur moi, Kainan. Je t'ai dit que je ne te suivrais pas, et c'est définitif.

Cependant plus elle passait de temps avec lui, plus elle avait de mal à maintenir sa décision. Elle avait toujours espéré fonder une famille heureuse avec l'homme de sa vie...

Mais la situation était complexe, et elle ne voulait pas s'accrocher à un rêve impossible.

Évitant de croiser son regard, Kainan ne répondit pas.

Elle souffrait de le décevoir, mais sa raison devait l'emporter sur son cœur.

Ils retournèrent aux urgences, où le chaos régnait toujours. Elle remarqua sur l'un des brancards un homme de grande taille aux cheveux sombres qui semblait énormément souffrir.

— Ce n'est pas Andreas ? demanda-t-elle à Kainan.

Le visage crispé, celui-ci se rua vers son chef de la sécurité, suivi de près par Reagan.

— Andreas ! Vous étiez dans la galerie commerciale ? demanda-t-elle.

— Docteur Cote... Votre Majesté, je suis désolé.

— *De quoi ?* s'enquit Kainan par signes.

Le visage gris de douleur, Andreas ferma un instant les yeux.

Reagan consulta sa feuille de soins.

— Votre jambe a été coincée sous un bloc de ciment, mais elle n'est pas cassée, et l'artère fémorale a été épargnée. C'est une bonne chose.

— Oui, confirma Andreas, ce n'est qu'une plaie. J'essayais de protéger un enfant des débris qui tombaient.

Elle se rappela que sur l'île Hermosa il avait aussi été blessé en tentant de secourir un jeune soldat.

Kainan prit Andreas par les épaules.

— Vous avez perdu beaucoup de sang, dit-il.

Se mordant la lèvre, il arrêta l'interne qui devait s'occuper d'Andreas.

— Est-ce qu'une transfusion est prévue ? Son taux de plaquettes est bas.

— Oui, mais la banque du sang n'a pas de O négatif. On tente de contacter l'autre banque de la ville, mais la tempête et cet accident ont vidé les réserves.

— *Je suis donneur universel*, précisa Kainan par signes. *Je suis hermosien et je peux lui donner mon sang.*

L'interne tourna un regard interrogateur vers Reagan, qui expliqua :

— Il est donneur universel, et tous deux sont hermosiens. Préparez un kit de transfusion et administrez du plasma neutre à cet homme pendant que je m'occupe du prélèvement sur le Dr Laskaris.

— Oui, docteur Cote, répliqua l'interne avant de s'éloigner en courant.

— On revient dans un instant, Andreas, dit Reagan. Est-ce que vous avez besoin d'antidouleur ?

— Non, docteur Cote. L'enfant que j'ai aidé est vivant, c'est tout ce qui compte. Mais je ne peux pas accepter le sang de mon roi.

Kainan fronça les sourcils.

— *Bien sûr que si !*

— C'est impossible, Votre Majesté.

— *Ce n'est que du sang. Vous allez accepter, c'est un ordre.*

Andreas laissa échapper un soupir et ferma les yeux.

— Oui, Votre Majesté.

Le visage sombre, Kainan remonta le drap sur son ami.

Les blessures d'Andreas l'inquiétaient visiblement.

Kainan s'assit dans une salle d'examen. Ôtant sa blouse blanche, il releva sa manche et tendit le bras. L'interne ne tarda pas à apporter le kit demandé par Reagan. Pendant qu'elle préparait ce qu'il lui fallait, il fixait le plafond, visiblement furieux.

— Tu vas bien ? lui demanda-t-elle.

Il hocha la tête sans répondre.

— Où est le problème ? Tu es fâché contre Andreas ?

— *Non, c'est à moi que j'en veux.*

— Pourquoi ? Tu n'es pas responsable de sa blessure.

— *Je l'ai envoyé m'acheter des meubles pour mon nouvel appartement.*

Haussant les sourcils, elle lui nettoya le creux du bras avec de l'alcool.

— *Ton* nouvel appartement ? Je croyais que tu me cherchais un logement à moi.

— *Nous en avons trouvé deux près l'un de l'autre.*

— Très pratique !

Un petit sourire étira les lèvres de Kainan.

— *Peter est aussi mon fils, et je veux le voir le plus souvent possible jusqu'à mon départ.*

— Désolée. Tu as raison, bien sûr. Les deux appartements sont disponibles immédiatement ?

— *Tout est possible, si on dispose d'une somme suffisante.*

— J'espère qu'elle n'était pas trop importante !

Elle acceptait de déménager, mais elle ne voulait pas que Kainan dépense trop d'argent pour elle.

— *Ne t'inquiète pas, Reagan, il n'y aura pas de mariage. Tu pourras y élever Peter confortablement, et quand je serai à Toronto, je serai proche de lui. Je veux juste prendre soin de vous deux.*

— Kainan, je tiens à mon indépendance. Je ne veux pas avoir à compter sur toi. Quand tu seras parti, nous serons seuls, Peter et moi.

Serrant les dents, Kainan se détourna sans répondre.

— Je suppose que tu as déjà organisé le déménagement ? s'enquit-elle sur un ton sarcastique.

Il émit un grognement.

— Il est déjà terminé, c'est ça ?

— *C'est en cours.*

Elle passa le garrot autour du bras de Kainan et le tendit.

— Serre le poing, ordonna-t-elle.

Elle repéra la bonne veine, y introduisit son aiguille et desserra le garrot.

— Ce n'est pas ta faute s'il est allé dans cette galerie, Kainan. Un toit s'est effondré, personne n'y est pour rien.

Kainan fixa le plafond sans répondre.

— Ce que tu fais pour Andreas est bien, continua-t-elle. Tu es un bon roi pour ton peuple. Tu es persuadé d'avoir besoin de ta voix, mais c'est faux. Tes actions parlent plus que n'importe quels mots.

Redressant la tête, il posa sur elle des yeux sombres étincelants. Ses lèvres formèrent le mot « merci », puis il se laissa de nouveau aller contre le dossier.

Kainan surveillait la transfusion dont bénéficiait Andreas.

Après la prise de sang, la tête lui avait un peu tourné, aussi Reagan lui avait-elle donné un jus de fruits et ordonné de se reposer. Dès qu'il s'était senti mieux, il était retourné aux urgences pour veiller sur Andreas.

La perfusion était déjà installée, et son ami reprenait des couleurs.

Il s'en voulait toujours de l'avoir mis en danger. En tant que chirurgien, il n'exposait pas les gens à des risques inutiles, il *sauvait* des vies. Seulement il n'était plus médecin... Cette perspective le désespérait. Bien sûr, en tant que roi, de nombreuses vies dépendraient de lui, mais ce ne serait pas la même chose.

Il avait adoré travailler avec Reagan au bloc. Depuis qu'il avait quitté l'île Hermosa, il n'avait plus pratiqué la chirurgie, et ça lui avait manqué.

Il répugnait toujours autant à monter sur le trône. Mais s'il mourait sur la table d'opération, les habitants de l'île Hermosa n'auraient plus de roi puisque Peter était trop jeune pour lui succéder. Bien sûr, il pouvait toujours désigner un régent...

Reagan entra dans le box et le vit assis près d'Andreas, qui dormait toujours.

— Tu vas bien ? lui demanda-t-elle.

— *Je suis fatigué, mais ça ira mieux demain.*

— Pour Andreas aussi, ne t'inquiète pas. Ton sang l'a bien aidé.

— *Oui, même s'il n'en voulait pas.*

— Je ne comprends pas pourquoi.

— *Parce que je suis roi et...*

— Et ?

— Ce n'est pas bien, fit la voix d'Andreas, qui parlait dans son sommeil.

Kainan émit un petit rire.

— *C'est mon demi-frère.*

— Ton demi-frère ?

— *Oui, mais illégitime. C'est son père adoptif qu'Andreas considère comme son vrai père, pas le roi défunt. Quoi qu'il en soit, il a plus de chance que moi, parce qu'il a été aimé, choyé, et il est libre : il ne peut pas monter sur le trône. Je l'ai envié pendant de nombreuses années.*

— C'est encore le cas ?

Il leva les yeux vers Reagan.

S'il avait été à la place d'Andreas, il ne serait sans doute pas chirurgien et il n'aurait pas rencontré cette femme. Pour la première fois, il n'enviait plus Andreas.

— *Non.*

Reagan rougit et toussota.

— Comment va ta gorge ?

— Obstruée. Douloureuse, dit-il avec difficulté. Il faut que j'aille voir le Dr Shaw. Tu peux veiller sur Andreas ?

Celui-ci ouvrit les yeux en entendant son nom.

— Votre Majesté ?

Kainan se pencha et lui pressa légèrement l'épaule.

— *Reposez-vous*, ordonna-t-il par signes.

Laissant Andreas dormir, il sortit des urgences pour gagner le bureau du Dr Shaw.

Ce chirurgien avait été le premier à examiner sa gorge lorsqu'il était arrivé à Toronto. Kainan lui avait remis le dossier rédigé par les médecins qui avaient soigné ses blessures à Ottawa.

Quand Kainan frappa à sa porte, le Dr Shaw s'apprêtait à rentrer chez lui. Lui aussi avait appris le langage des signes pour communiquer avec ses patients malentendants.

— Docteur Laskaris… Ou devrais-je vous appeler « Votre Majesté » ?

— *Kainan suffira*, répliqua Kainan avec un sourire.

— Sacrée tempête, hein ? Je crois que je vais laisser ma voiture au parking et prendre le métro.

— *Je m'inquiète pour les tissus cicatriciels. Je crois que j'ai trop parlé.*

— Je vous avais pourtant dit d'être prudent !

Kainan ignora la remarque.

— *Pouvez-vous m'examiner, s'il vous plaît ?*

— Bien sûr.

Le Dr Shaw posa son sac, s'assit et brancha son ordinateur, après quoi il examina la gorge de Kainan.

Il fronça les sourcils.

— Il y avait moins d'adhérences lors de votre dernière IRM. Il faudra en faire une autre avant votre opération, le 26 décembre.

— *Très bien. Vous la programmez pour quand ?*

— Pour demain, si vous êtes d'accord. Je sais que votre fils sort à peine du bloc et…

— *Pas de problème. Mon fils est stable, et j'ai besoin de récupérer ma voix.*

— Je suis au courant. Quand vous avez demandé cette intervention, le Dr McNeil m'a dit que je devais vous considérer comme un chef d'État, dit le Dr Shaw en se levant. Venez ici demain à 7 heures, nous irons ensemble en imagerie médicale. Ensuite, nous aviserons. Et tâchez de ne plus utiliser votre voix.

— *Oui.*

— Je suis sérieux, Kainan. L'intervention peut échouer.

Kainan hocha la tête.

S'il ne survivait pas à son opération, il laisserait Reagan seule avec Peter. Il ne connaîtrait jamais son fils. Il n'aurait jamais le bonheur de vivre auprès de ceux qu'il aimait.

Pas question.

Ils se serrèrent la main.

En regagnant les urgences, il envoya un message au second d'Andreas. Après l'avoir informé de ce qu'il était arrivé à son chef, il lui demanda de s'assurer que le déménagement de Reagan était en bonne voie.

10

Reagan n'avait pas revu Kainan depuis qu'il l'avait quittée pour aller voir le Dr Shaw. Ensuite, elle avait dû effectuer une nouvelle intervention chirurgicale. Le patient ne pouvait communiquer qu'en espagnol, et c'était un réfugié hermosien.

Dès qu'il fut sous anesthésie, elle soigna les blessures causées par la chute du toit.

Par bonheur, personne n'avait perdu la vie pendant l'accident. Pas même M. Lucas, son premier patient, qui souffrait de nombreuses plaies à l'abdomen.

Lorsqu'elle sortit de la chirurgie, le chaos qui régnait aux urgences s'était apaisé, tout comme la neige.

Il était plus de minuit, ce qui voulait dire qu'on était déjà le 24 décembre.

Elle était épuisée, mais elle voulait retrouver Kainan.

L'équipe des urgences soignait maintenant les blessés légers, et elle vit qu'on emmenait Andreas dans une chambre pour le garder en observation pendant la nuit.

Il sourit faiblement à sa vue.

— Docteur Cote...

— Comment vous sentez-vous ?

— Mieux. J'aurais voulu m'en aller, mais ils préfèrent me garder.

— Vous avez perdu beaucoup de sang et vous avez dû être transfusé, Andreas. Vous avez besoin de repos. Vous savez où est Kainan ? Je l'ai perdu de vue quand on m'a appelée au bloc.

— Je l'ai vu il y a quelques heures. Il devait parler à un autre médecin avant de passer voir Peter. Ensuite, je crois qu'il voulait retourner à l'hôtel et faire sa valise parce que son nouvel appartement sera bientôt prêt.

Reagan croisa les bras sur la poitrine.

— C'est ce que j'ai appris.

Andreas fit une petite grimace.

— C'est lui qui a votre clé. Je sais que mon équipe s'est occupée de votre déménagement. Si vous rejoignez Kainan à l'hôtel, vous aurez besoin de cela.

Joignant le geste à la parole, Andreas sortit de sa poche une carte dorée.

— C'est mon double pour prendre l'ascenseur. Vous pourrez monter dans sa chambre.

— Merci. J'irai à l'hôtel dès que j'aurai vu Peter.

Tandis que l'aide-soignant s'éloignait avec le brancard d'Andreas, elle se rendit au vestiaire pour ôter sa tenue chirurgicale et remettre ses vêtements de ville. Elle gagna ensuite la pédiatrie, où elle trouva Peter endormi. Il bougea légèrement lorsqu'elle lui caressa la joue.

Il réagissait au toucher depuis qu'il n'était plus plongé dans un coma artificiel.

Même si Kainan s'en allait, elle aurait toujours son fils… Mais son fils n'aurait pas de père.

Cette pensée l'attrista, mais Kainan devait regagner son pays, et Peter avait besoin d'un nouveau cœur… Le dilemme était insoluble.

Après avoir déposé un baiser sur le front du bébé, elle quitta l'hôpital et s'engagea sur le trottoir libéré de sa couche de neige. Une fois à l'hôtel, elle se dirigeait vers l'ascenseur, lorsqu'elle vit Kainan assis derrière le piano à queue, dans le grand salon. Il jouait une mélodie triste et obsédante.

Elle s'approcha, fascinée par ses fortes mains, si douces quand il effleurait les touches. C'était un homme imposant et puissant, et pourtant il se montrait tendre et doux.

Toutes les craintes qu'elle avait pu nourrir concernant l'amour de Kainan pour son fils s'étaient évaporées. Et il avait fait sauter ses propres défenses…

Lorsqu'elle fut tout près, il leva les yeux, lui sourit et lui fit signe de s'asseoir.

— J'ignorais que tu jouais du piano, dit-elle.

Sans répondre, il termina le morceau de musique avant de se tourner vers elle.

— *Je ne joue pas souvent, mais ça m'aide à réfléchir. Où étais-tu ?*

— J'ai dû soigner un autre patient. C'était un réfugié hermosien.

— *Il a survécu ?*

— Oui.

Kainan se frotta les yeux.

— *Tant mieux. Je me sens responsable de lui, comme de mon peuple. En tant que roi, il est de mon devoir de préserver la paix dans mon pays.*

— Tu n'étais pas roi quand la guerre civile a commencé.

— *Je sais, mais je suis roi maintenant, et ma responsabilité est engagée.*

— Cet homme est en sécurité au Canada, tout comme toi.

Kainan hocha la tête, mais il semblait très triste. Il était clair que le fardeau de la royauté pesait lourdement sur ses épaules.

— *Tant mieux*, répéta-t-il.

— Je suis venue te demander où j'habite, désormais.

Kainan sortit une clé de sa poche et la lui tendit.

— *Ton nouvel appartement est au Golden Center Condos, sur Queen Quay. C'est le numéro 29B.*

— Merci, dit-elle en mettant la clé dans sa poche. On m'a dit que Peter pourrait sortir aujourd'hui, dans l'après-midi.

— *Je sais et j'en suis ravi. On est le 24 décembre. Qu'est-ce qu'on fait ?*

— Je dois voir mon nouveau logement et m'assurer que la chambre de Peter est prête. Qu'est-ce que tu voulais dire, quand tu as demandé « qu'est-ce qu'on fait » ?

— *Pour célébrer Noël ?*

Elle se mit à rire.

— Je n'y ai vraiment pas pensé ! J'ai juste besoin de savoir que la chambre de Peter est prête. Pour l'instant, c'est tout ce dont je suis capable.

— *Tu veux qu'on y aille maintenant ? On prendra un taxi, parce que mes gardes du corps sont à l'appartement.*

— Ils t'ont laissé seul ?

— *Ils ignorent que je suis ici. Ils me croient toujours à l'hôpital. Mais peu importe. On y va ?*

— Volontiers. J'aimerais bien dormir un peu dans mon lit, pour changer.

— *Ça peut s'arranger. Partons, il est tard.*

Après avoir quitté l'hôtel, ils s'engagèrent dans Front Street.

La neige ne tombait plus, et les chaussées avaient été dégagées. Bien qu'il soit plus de minuit, il y avait encore des taxis qui stationnaient devant l'hôtel, et le chauffeur qui les prit en charge les amena en peu de temps à travers les rues désertes à l'adresse indiquée.

Reagan, bouche bée, fixa l'immeuble de luxe.

Lorsqu'elle s'était installée à Toronto, il n'était pas encore totalement construit.

— *Ça te plaît ?* demanda Kainan.

— C'est trop, murmura-t-elle.

Un instant plus tard, Kainan ouvrait la porte d'entrée avec sa clé et adressait un signe au portier. Ils prirent l'ascenseur, qui les conduisit au dernier étage. Les deux appartements qui leur étaient destinés se trouvaient au bout du couloir.

Lorsqu'elle franchit le seuil du sien, elle constata que tous ses meubles étaient là. Dans cet appartement spacieux, ils semblaient clairsemés.

Kainan lui fit signe de le suivre, et ils entrèrent dans une petite chambre. Lorsqu'il alluma la lumière, elle vit le berceau et tous les objets qu'elle avait achetés avant la naissance de Peter.

Submergée par l'émotion, elle porta la main à sa bouche pour s'empêcher de pleurer.

C'était trop ! Personne ne s'était jamais montré aussi bon ou généreux envers elle, et surtout pas ses parents. Michael était une sorte de figure paternelle, mais il avait sa propre famille. La seule fois où elle s'était sentie entourée et protégée, c'était avec Kainan, sur l'île Hermosa. Ensuite, elle l'avait cru mort. Et maintenant, il lui faisait ce cadeau !

Pourquoi luttait-elle encore, puisqu'il lui offrait une famille, ce qu'elle souhaitait plus que tout au monde ?

— *Ça va ?* s'inquiéta Kainan.

— C'est merveilleux. Merci.

Il lui prit la main pour la poser sur sa propre poitrine, et elle perçut les battements accélérés de son cœur sous sa paume.

Elle se noya dans ses prunelles sombres empreintes de tendresse.

Kainan n'avait pas besoin de mots pour deviner ce qu'elle ressentait et ce dont elle avait besoin : se sentir en sécurité dans ses bras, oublier un instant le monde et toutes les horreurs de l'existence.

Elle voulait qu'ils se donnent l'un à l'autre, même si ce n'était qu'une seule fois.

Quand elle caressa les cicatrices qui lui zébraient encore les joues et le cou, il l'enveloppa de ses bras et l'attira contre lui.

Fermant les yeux, elle l'embrassa sur la bouche, se fondant en lui comme elle l'avait fait l'année précédente et encore deux jours auparavant, quand il l'avait emmenée dans cette salle pour calmer sa crise de panique.

Leurs langues entamèrent une danse langoureuse, tandis que Kainan la pressait contre la porte.

Lorsqu'il s'écarta, ses yeux noirs étincelaient de désir.

La soulevant dans ses bras, il l'emporta dans la chambre.

Le lit avait été placé au milieu de cette pièce spacieuse, il était fait. Les fenêtres étaient dépourvues de rideaux, mais il n'y avait pas de vis-à-vis.

Kainan n'arrivait pas à croire que tout ce qu'il avait toujours désiré était en train de se passer. Aucune autre femme n'avait suscité en lui un tel désir… Un tel amour.

Tandis que Reagan défaisait sa ceinture, il prit son visage entre ses mains et plongea dans les beaux yeux bruns qui le privaient de toute force.

— Je te veux, Kainan. Tout de suite !

C'était tout ce qu'il espérait entendre.

La tempête de neige qui se déchaînait de nouveau dehors était en accord avec l'ouragan intérieur qui le bouleversait. Il lui fallait absolument posséder Reagan et ne plus jamais la laisser partir. Il avait cru que l'homme qu'il était autrefois avait disparu à la mort de son frère, mais Reagan lui faisait tout oublier, y compris ses devoirs de roi.

Bien qu'il soit censé ne pas parler, il murmura contre l'oreille de Reagan :

— Pas de préservatif.

— Pas de souci, dit-elle en déboutonnant sa chemise. Je prends la pilule.

— *Et la dernière fois ?* demanda-t-il par signes.

— La dernière fois, je n'utilisais pas de moyen de contraception. La situation était différente.

À l'idée qu'elle avait peut-être anticipé ce qui se passait entre eux maintenant, il émit un petit rire.

— Tu es sûre ?

— Tout à fait sûre. J'ai envie de toi, dit Reagan en lui posant ses paumes nues sur la poitrine.

Il brûla aussitôt de désir et oublia toute raison. Il voulait la posséder encore et encore ! Il ignorait ce qui se passerait ensuite, seul comptait l'instant présent.

Glissant les mains sous les fesses de Reagan, il la pressa contre lui pour qu'elle sente l'intensité de son désir et l'attira sur le lit.

— Tu m'as manqué, souffla-t-il.

Il en rêvait depuis si longtemps qu'il aurait pu l'aimer à demi vêtue, mais il voulait prendre son temps.

Elle laissa échapper un gémissement d'aise lorsqu'il déposa une pluie de baisers sur sa gorge.

— Kainan..., gémit-elle.

Fous de désir, ils se déshabillèrent l'un l'autre. Il défit le chignon de Reagan, libérant la longue chevelure acajou pour y glisser les doigts.

Plus rien ne les séparait, désormais, ils étaient nus et vulnérables. Reagan continuait de frôler sa peau du bout des doigts et des ongles, taquinant son cou et sa poitrine avant de s'aventurer plus bas. Elle caressa un instant son ventre puis elle entoura son sexe en érection de sa main.

Il crut qu'il allait exploser. Il lui semblait que toutes ses terminaisons nerveuses étaient surexcitées. Il laissa échapper un grognement, craignant de jouir si elle continuait... Seulement, il n'avait pas envie qu'elle arrête.

Riant doucement, Reagan lui mordilla le cou puis se laissa glisser plus bas et prit son sexe dans sa bouche.

Au bout d'une minute de pur délice, il la repoussa légèrement et roula sur elle pour la clouer sur le matelas.

Se mordant la lèvre, elle voulut nouer ses jambes autour de son torse, mais il l'en empêcha.

— Kainan..., supplia-t-elle.

Il sourit mais ne céda pas et entreprit de la soumettre à la même torture qu'elle venait de lui faire subir.

— Kainan, qu'est-ce que tu fais ? s'exclama-t-elle. Oh, mon Dieu ! Arrête, je t'en prie !

Sans répondre, il lui caressa le clitoris de sa langue, la faisant crier. Il voulait qu'elle jouisse, mais seulement quand il serait en elle. Lorsqu'elle se cambra, il remonta le long de son corps et fourra le visage dans son cou tout en la pénétrant lentement.

Elle était si étroite et si chaude qu'il laissa échapper un gémissement. Il lui fallait toute sa maîtrise pour ne pas accélérer le mouvement. Depuis elle, il n'y avait pas eu d'autre femme. Seulement elle. Seulement Reagan. Il y avait trop longtemps qu'il attendait cet instant pour se précipiter. Il avait du mal à se retenir, mais il voulait qu'elle vienne la première.

Une main sous ses fesses, il s'enfonça profondément en elle et amorça un mouvement de va-et-vient.

Ce ne fut pas long. Dès qu'il intensifia le rythme, elle cria son nom et s'abandonna à l'orgasme.

Alors, il se laissa aller à son tour.

Quand ce fut fini, il roula sur le côté, tâchant de reprendre sa respiration. Au bout d'un court moment, il l'attira de nouveau contre lui, ne supportant pas de perdre le contact avec elle.

— Kainan, murmura-t-elle dans l'obscurité.

Tout comme lui, elle haletait. Il caressa sa peau douce et l'embrassa tendrement.

— Dors, dit-il de sa voix rauque. Je suis là.

Très vite, il devina au rythme de sa respiration qu'elle s'était endormie.

Dehors, le vent mugissait. D'habitude, ce sifflement aigu l'énervait et le faisait frissonner, mais le corps chaud pressé contre le sien l'apaisait.

Cette nuit, Reagan était à lui. Cette nuit, Reagan était sa reine.

11

Le réveil sonna à 6 heures du matin.

Sur le moment, Kainan se demanda pourquoi il avait programmé l'alarme aussi tôt. Pour l'instant, il n'avait qu'une envie : rester dans les bras de Reagan toute la journée. Puis il se rappela ensuite que c'était le 24 décembre et qu'il avait rendez-vous avec le Dr Shaw pour son IRM. Cela permettrait de connaître l'étendue exacte des tissus cicatriciels en vue de l'opération.

Malgré ses efforts, il n'avait pas pu rester silencieux enl faisant l'amour avec Reagan. Il avait perdu toute raison, et maintenant il en payait le prix : sa gorge était douloureuse, serrée, il avait du mal à respirer.

Pourtant, la nuit qu'il venait de vivre en valait la peine.

Se dégageant de l'étreinte de Reagan, il sortit sans bruit du lit.

— Où vas-tu ? murmura-t-elle en allumant la lampe de chevet. Il fait encore noir.

— *À l'hôpital*, répliqua-t-il par signes.

— C'est pour Peter ? demanda-t-elle, prise de panique.

— *Non, pour moi. J'ai besoin d'une nouvelle IRM. Il y a davantage d'adhérences dans ma gorge.*

— Oh ! cela va compliquer l'opération.

— *Oui, et ça ne me gêne pas seulement pour parler. J'ai du mal à respirer.*

— Je m'inquiète pour toi, murmura Reagan.

Il lui caressa la joue en souriant.

— Pas moi, dit-il.

C'était un mensonge, mais il n'avait pas le choix.

— Que se passera-t-il, si tu... ? Qu'arrivera-t-il à ton pays ?

— *Peter pourrait être roi.*

— Il n'est pas ton fils légitime.

— *Tu pourrais changer cela.*

— Tu es fou ?

— *Je t'en prie, Reagan ! Nous formons déjà une famille.*

Reagan parut troublée.

En déduisant que l'idée se frayait peut-être un chemin en elle, il sentit l'espoir le soulever.

Si elle acceptait d'être sa reine, il veillerait sur son fils et elle... Si seulement il survivait.

Reagan commença à rassembler ses vêtements.

— Je veux t'accompagner.

Sa sollicitude le toucha, mais il secoua négativement la tête.

— *C'est inutile. Va plutôt voir Peter. Ils vont peut-être te permettre de l'emmener aujourd'hui. Je vais te faire accompagner en voiture par un de mes gardes, il vous ramènera tous les deux. Tu as un siège-auto pour enfant ?*

— Euh... Oui, sûrement dans le placard de la chambre de Peter.

— *Parfait. Je te promets de te tenir au courant, et ce soir, nous fêterons Noël en famille.*

— Ne prends aucune décision qui te mette en danger, Kainan. Tu peux très bien exercer le pouvoir sans ta voix. Il n'y a aucune honte à cela.

— *Je n'ai pas honte, mais je veux des réponses. Si mon problème peut être résolu, j'aimerais pouvoir m'adresser à mon peuple. Quand nous avons travaillé aux urgences après cet effondrement, j'ai dû te suivre comme ton ombre parce que j'étais incapable de parler. Je ne pourrais pas non plus exercer mon métier de chirurgien parce qu'il m'est impossible de m'exprimer par signes tout en effectuant une opération...*

Kainan s'interrompit pour finir de s'habiller.

— *Ne t'inquiète pas*, reprit-il, *tout va bien se passer. On va commander un repas pour ce soir et nous fêterons tous les trois notre premier Noël ensemble.*

— Pourquoi ne pas inviter Andreas et tes autres gardes ? Andreas fait partie de ta famille. Il est l'oncle de Peter, qu'il l'admette ou non. Et il t'aime énormément.

— *J'essaierai de le convaincre. Mais il est très à cheval sur le protocole. Il ne voulait même pas de mon sang ! Dès que j'aurai passé cette IRM, je te rejoindrai. Et si les médecins t'ont déjà autorisée à emmener Peter, on se retrouvera ici.*

Reagan lui dédia un pâle sourire.

— D'accord.

Sentant l'incertitude dans sa voix, il aurait voulu lui dire combien il l'aimait, mais il craignait de lui briser le cœur s'il mourait.

Après avoir quitté Reagan, il croisa Andreas qui boitillait en direction de l'appartement voisin, appuyé sur une canne.

— Votre Majesté...

Andreas tenta de s'incliner et grimaça de douleur.

Kainan l'arrêta d'un geste.

— *Ne faites pas ça. Reposez-vous. Diego m'emmène à l'hôpital pour un examen.*

— Pour une IRM ?

— *Oui.*

— C'est à moi de vous accompagner, Votre Majesté.

— *Tout ira bien. Reagan est à côté, gardez un œil sur elle, si c'est possible.*

— Vous avez passé la nuit avec elle ? Elle accepte d'être notre reine ?

— *Pas encore. Reposez-vous, Andreas, c'est un ordre.*

— Merci, Votre Majesté.

Gratifiant son chef de la sécurité d'un bref hochement de tête, il rejoignit Diego qui l'attendait devant l'immeuble. Sans dire un mot, il s'installa dans la voiture aux vitres teintées.

Après l'IRM, il dirait à Diego de le conduire à l'ambassade. Le temps filait, et il avait besoin de mettre ses affaires en ordre avant l'opération. Il n'avait que trop tardé...

Désormais, l'existence de Reagan et de Peter lui redonnait espoir. Il était décidé à lutter de toutes ses forces et à ne pas mourir sur la table d'opération. Il voulait vivre pour son fils et retourner sur l'île Hermosa pour y jouer son rôle de roi.

Après la nuit extraordinaire que Reagan venait de passer dans les bras de Kainan, elle apprenait que l'opération qu'il allait subir était plus dangereuse qu'elle ne l'avait cru.

L'idée qu'il puisse ne pas y survivre lui était insupportable.

Elle sortit une serviette d'un carton et prit une douche rapide dans sa salle de bains toute neuve. En revenant dans sa chambre, elle jeta un coup d'œil par la fenêtre aux eaux glaciales du lac Ontario.

Le printemps ou l'été prochain, elle espérait bien emmener Peter sur l'une des îles de Toronto et se promener sur les plages avec lui. Elle avait pensé de nombreuses fois à tout ce qu'elle ferait avec lui, mais désormais il y avait aussi Kainan dans le tableau.

Était-il vraiment inenvisageable qu'elle l'épouse ?

Rien ne la retenait à Toronto. Quand Peter aurait son nouveau cœur, elle pourrait s'installer sur l'île Hermosa. Malgré la guerre, elle y avait apprécié l'océan, la température tropicale et la végétation luxuriante. Avec un peu de chance, elle pourrait exercer la médecine ou former les futurs médecins de l'île Hermosa...

Elle s'habilla et prit le siège-auto de Peter dans le placard.

Ce soir, elle allait fêter Noël avec son fils et Kainan ! Cette idée suffisait à éloigner sa peur.

Elle ne perdrait pas Kainan. Pas encore. Une fois, elle l'avait cru mort, et cette nouvelle avait failli la détruire. Elle n'allait pas ruiner la seconde chance qui lui était offerte.

Elle refermait sa porte lorsqu'elle vit Andreas sortir en boitillant de l'appartement voisin.

— Andreas ! Ils vous ont laissé sortir ?

— Oui, docteur Cote. Je vais bien, maintenant.

— Vous avez besoin de repos. Où allez-vous ?

— À l'hôpital. Je veux veiller sur Kainan.

— Mais je croyais qu'il était avec quelqu'un d'autre ?

— C'est à moi de le protéger,

— Andreas, je souhaite vous inviter à dîner, ce soir, puisque vous faites partie de la famille.

— Pardon ?

— Kainan m'a informée de votre lien de parenté.

— Il n'aurait pas dû.

— Il vous aime beaucoup.

— Et c'est réciproque.

— Alors, acceptez mon invitation.

— Ce ne serait pas convenable. D'ailleurs, il n'y a rien à fêter. L'opération est risquée, et s'il meurt, il laissera notre pays sans héritier.

— L'intervention n'est pas sans danger, mais…

— Ses chances de mourir sont très élevées en raison de la grande quantité de tissus cicatriciels.

— Je suis au courant, mais…

Comprenant brusquement que l'état de Kainan était plus critique qu'il ne le lui avait laissé entendre, elle fut prise d'un vertige.

— Il pourrait mourir ?

— Oui. Mais si vous l'épousez, votre fils pourrait être couronné.

Elle eut l'impression que son cœur se brisait.

C'était donc la raison pour laquelle Kainan voulait l'épouser ? Non parce qu'il l'aimait ou parce qu'il aimait son fils, mais parce qu'il voulait sauver son royaume ?

Il l'avait utilisée…

Sans répondre à Andreas, elle tourna les talons. Un instant plus tard, elle prenait l'ascenseur, submergée par un sentiment de trahison insupportable.

Comment avait-elle pu être assez stupide pour tomber amoureuse d'un homme qui lui avait menti à ce point ?

En sortant de l'immeuble, elle héla un taxi et lui demanda de l'amener à l'hôpital.

Elle ignorait ce qu'elle ferait lorsqu'elle verrait Kainan, mais une chose était certaine : elle ne l'épouserait jamais.

Jamais.

12

Après l'IRM, le Dr Shaw confirma la date de l'opération. Les tissus cicatriciels menaçaient maintenant la capacité respiratoire de Kainan. La tête lui tournait légèrement, et il avait de plus en plus de mal à respirer, aussi fut-il décidé de le mettre sous oxygène pendant un moment.

En sortant de l'hôpital, Kainan se rendit directement à l'ambassade pour parler à ses représentants de son éventuel décès.

Selon lui, il était temps que la monarchie n'ait plus un contrôle absolu sur le peuple. En bref, il voulait instaurer une « monarchie démocratique » dans son pays. Il serait toujours roi, il servirait son peuple, mais ce serait les habitants de l'île Hermosa qui décideraient de leur destin en élisant leur Premier ministre.

Et Peter ne serait pas piégé comme il l'avait été lui-même...

Après avoir exposé son projet à son ambassadeur et l'avoir chargé de négocier la procédure avec ses collaborateurs, il se sentit libéré d'un lourd fardeau. Désormais, la question de son couronnement n'était plus aussi urgente.

Il se hâta de retourner à l'hôpital afin de parler à Reagan, mais il trouva la chambre de son fils déserte.

Reagan et Peter n'étaient plus là.

Pris de panique, il envisagea le pire, mais une infirmière pédiatrique le rassura.

— Docteur Laskaris, le Dr Cote a été autorisée à emmener Peter. Ils sont partis il y a vingt minutes, et ils sont sans doute déjà à la maison.

Kainan remercia la jeune femme avant de se ruer hors de

l'hôpital. Il était en train d'envoyer un SMS à Diego lorsqu'il vit Andreas boiter dans sa direction.

— Votre Majesté, dit-il en s'inclinant.

Kainan le sentit inquiet.

— *Il y a un problème ?* demanda-t-il par signes.

— Le Dr Cote est au courant des risques réels, pour votre opération.

L'estomac noué par l'angoisse, il interrogea son chef de la sûreté.

— *Comment est-ce possible? La presse en a parlé ?*

— C'est moi qui le lui ai dit.

Il vit rouge. Il lui fallut toute sa force de caractère pour ne pas prendre Andreas aux épaules et le secouer.

— *Vous avez fait* quoi ?

— Il le fallait, Votre Majesté. C'est aussi moi qui suis entré chez elle par effraction.

— *Mais pourquoi ?*

— Je voulais la pousser dans vos bras. Je voulais protéger mon pays et les droits de votre fils.

Jurant intérieurement, Kainan se passa la main sur le visage.

— *Je n'arrive pas à croire que vous ayez fait ça, Andreas. Vous avez tout gâché !*

— Comment ? Elle sait la vérité, maintenant.

— *Je m'apprêtais à la lui dire, mais j'allais aussi lui apprendre que la monarchie n'existe plus.*

— Je ne comprends pas...

— *Je forme une démocratie, Andreas. Je serai toujours roi, mais je n'aurai plus le pouvoir absolu. J'aiderai mon peuple à redresser l'île Hermosa, mais c'est lui qui élira le Premier ministre, ainsi que les députés et tous ses autres représentants.*

Andreas battit des paupières et courba la tête, accablé.

— Je suis navré, Votre Majesté.

Kainan prit son demi-frère par les épaules.

— *Tout va bien. Je prie juste le ciel qu'il ne soit pas trop tard pour arranger les choses avec Reagan. Je souhaite toujours qu'elle soit ma reine, mais uniquement si elle le veut aussi. Et Peter sera libre de son destin, puisqu'il y aura un gouvernement.*

— Je suis heureux de l'apprendre, Votre Majesté.

— *Est-ce que la police se doute que vous êtes le cambrioleur ?*

— Non, répliqua Andreas avec un petit sourire. Je peux simuler une effraction sans me faire prendre.

— *Tant mieux, parce que j'ai toujours besoin de mon chef de la sécurité. Je pense que vous devriez être candidat au poste de Premier ministre quand nous retournerons sur l'île Hermosa. Vous seriez un très bon leader. Vous êtes un héros de guerre comme votre père l'était avant vous.*

— Peut-être... Mais pour l'instant, je souhaite seulement que vous et votre famille soyez hors de danger.

Kainan serra brièvement Andreas dans ses bras, puis il lui pointa un index vengeur sur la poitrine.

— *Mais je vous en veux toujours de vous être mêlé de ce qui ne vous regardait pas !*

Il devait mettre les choses au point avec Reagan avant qu'il ne soit trop tard.

À cet instant, Diego se gara devant l'hôpital.

Kainan aida Andreas à s'installer dans la voiture avant d'y prendre place lui-même.

Lorsqu'ils parvinrent devant l'immeuble, Diego s'occupa d'Andreas pendant que Kainan se ruait à l'intérieur.

Reagan l'accueillit froidement à la porte de l'appartement.

— *Laisse-moi t'expliquer*, commença-t-il.

— Pas besoin, Andreas m'a déjà tout dit.

— *Pas tout, non.*

— J'ai compris que tu voulais m'épouser pour que Peter puisse te succéder au cas où tu mourrais. Je me trompe ?

— *Ce n'est qu'en partie exact.*

— Je t'écoute, dit-elle, les bras croisés.

— *C'était vrai jusqu'à cet après-midi. Tout a changé, désormais. Je n'ai plus besoin de t'épouser pour que Peter soit roi.*

Reagan vacilla, comme s'il l'avait giflée.

— Comme c'est gentil de ta part !

— *Reagan, j'institue une démocratie. En tant que roi, mon rôle et mon pouvoir seront limités.*

Reagan ne répondit pas, mais il devina que l'idée faisait son chemin en elle.

— *Que nous soyons mariés ou non, Peter sera roi*, reprit-il, *et il aura le même statut que moi puisque l'île Hermosa sera une démocratie. Mes représentants sont déjà en train d'y travailler avec les Premiers ministres canadiens et britanniques. Je pense que cela permettra d'instaurer une paix durable sur l'île.*

— Je m'en réjouis, dit doucement Reagan.

— *Mais… ?*

— Mais tu m'as menti en me répétant constamment que tu voulais m'épouser pour me protéger.

— *C'était le cas.*

— « C'était le cas » ? s'exclama-t-elle, les yeux brillants de larmes. C'est bien le problème. Maintenant que tu n'as plus besoin de moi, tu es libre !

— *Reagan, je veux toujours te protéger.*

— Je voudrais te croire, Kainan. Vraiment ! Mais tu as commencé par me cacher que tu étais roi d'un pays, ensuite tu ne m'as pas contactée pour me dire que tu étais vivant…

— *J'en étais incapable, puisque je me cachais. Je ne savais même pas où tu habitais.*

Reagan ignora ces arguments.

— Tu m'as dit que ton opération était risquée, mais pas à quel point. Pourquoi m'avoir menti par omission ?

— *Pour te protéger.*

— Je n'en crois rien ! Tu as trahi ma confiance, Kainan, et ça fait mal. Je suis d'accord pour que tu fasses partie de la vie de Peter, mais je me battrai si tu tentes de l'emmener hors du Canada et loin de moi.

— *Je t'en prie, Reagan, ne me repousse pas ! J'ai besoin de toi.*

Une larme coula le long de la joue de Reagan.

— Je voudrais te croire, je t'assure.

Sur ces mots, elle rentra dans son appartement et referma la porte sur lui comme pour l'exclure de sa vie.

Reagan avait passé le jour de Noël seule avec son fils. Depuis leur dispute, elle n'avait pas revu Kainan, mais en ce 26 décembre, le cœur brisé, elle envisageait d'aller frapper à sa porte.

Peut-être avait-elle été un peu trop dure avec lui... Après tout, il avait le droit de voir son fils, et ils continueraient de travailler ensemble jusqu'à ce qu'il quitte Toronto. Ensuite, il pourrait participer à l'éducation de Peter.

Mais elle n'irait pas au-delà. Elle ne voulait pas prendre le risque de l'aimer, même si en elle une voix intérieure lui soufflait qu'il était déjà trop tard...

La sonnerie de son téléphone résonna, et elle décrocha.

— Reagan ? Michael O'Neil, à l'appareil, clama une voix enthousiaste.

— Michael ? Tout va bien ?

— On vient de m'avertir qu'il y a un cœur compatible pour Peter. J'ai envoyé une équipe à Ottawa pour le chercher. Il faut amener Peter à l'hôpital tout de suite.

Elle cessa un instant de respirer.

Peter venait tout juste de rentrer à la maison, et elle devait déjà retourner à l'hôpital et le confier aux chirurgiens !

— J'arrive ! Merci, Michael.

Après avoir raccroché, elle prit son babyphone et quitta l'appartement pour frapper à la porte de Kainan.

Ce fut Diego qui lui ouvrit.

— Docteur Cote ?

— Kainan est là ?

— Non. Andreas a emmené Sa Majesté à l'hôpital ce matin de bonne heure. Il va être opéré.

— Aujourd'hui ?

Peter et son père allaient être opérés le même jour ! Il était possible qu'elle les perde tous les deux...

— Tout va bien, docteur Cote ?

— Est-ce que vous pouvez m'emmener à l'hôpital ? C'est Peter... Ils lui ont trouvé un cœur.

— Bien sûr. Je vous retrouve en bas dans dix minutes.

Elle retourna immédiatement chez elle et rentra dans la chambre de Peter, qui lui sourit.

Bouleversée, elle lui sourit en retour.

— Mon petit amour, murmura-t-elle en le soulevant délicatement pour le serrer contre elle.

Et si c'était la dernière fois qu'elle le prenait dans ses bras ? Et s'il ne survivait pas ?

Pour l'instant, ce n'était plus la chirurgienne qui réagissait, mais la mère terrifiée.

Et Kainan qui allait passer sur la table d'opération, lui aussi !

Elle devait réparer ses erreurs, pour l'amour de Kainan et de Peter.

— Je te jure que je vais tout arranger, chuchota-t-elle en déposant un baiser sur le front de son fils.

Elle emballa le dispositif d'assistance ventriculaire puis mit Peter dans son siège-auto et déposa une couverture sur lui. Après avoir rassemblé tout ce dont son fils pourrait avoir besoin, elle se hâta de quitter l'appartement.

Kainan était dans sa chambre d'hôpital, en attente de partir au bloc, quand Michael O'Neil lui fit part au téléphone qu'on avait trouvé un cœur pour Peter.

Aussitôt après avoir raccroché, il sortit de son lit.

— Votre Majesté ? s'inquiéta Andreas, qui se trouvait auprès de lui.

— *Dites au Dr Shaw que je serai revenu à temps pour mon opération. Il faut que je voie Reagan et Peter.*

— Très bien, Votre Majesté.

Il enfila ses vêtements et sortit de la pièce.

Son pouls battait à cent à l'heure, sa gorge était douloureuse, et il avait du mal à respirer. Depuis que Reagan l'avait chassé de sa vie, il avait de plus en plus de mal à respirer...

Elle était son oxygène, sa liberté, il avait besoin d'elle. Il savait qu'il ne pourrait se détendre que lorsqu'il les aurait vus, Peter et elle.

Il parvint en pédiatrie, où l'équipe préparait Peter pour son opération. Il l'entendit pleurer.

Jusqu'alors, il ne l'avait jamais entendu pleurer, et depuis deux jours, Reagan ne lui avait pas permis de le voir. Il ne l'en blâmait pas, puisqu'il avait tout gâché entre eux en lui mentant. Quoi qu'il en soit, Peter exprimait son mécontentement avec une force étonnante.

Reagan se retourna, et son expression anxieuse s'adoucit à sa vue.

— Qu'est-ce que tu fais ici ?

— *Je suis son père*, répondit-il par signes.

— Je te croyais en pré-op.

— *Qui te l'a dit ?*

— Diego. Tu vas bien être opéré ?

— *Oui.*

Elle se mordit la lèvre, comme si elle se retenait de dire quelque chose.

— Tu pourrais mourir... Si tu institues une monarchie démocratique, tu n'as plus besoin de cette opération. Le chirurgien peut se contenter de supprimer les adhérences.

— *Je vais le faire.*

— C'est trop risqué, Kainan !

— *Pas plus que l'intervention que va subir mon fils.*

Ils se tournèrent vers le brancard qui franchissait le seuil de la cardiologie pédiatrique.

Le Dr Bruni s'approcha d'eux.

— Madame, monsieur, dit-il en les saluant d'un signe de tête. L'avion qui transporte le cœur vient d'atterrir. Nous allons emmener Peter au bloc, puis nous le placerons sous circulation extracorporelle. Ensuite, nous procéderons à la transplantation, vous connaissez la procédure. Il restera en soins intensifs pendant quelques jours, et il aura un traitement immunosuppresseur toute sa vie.

Reagan acquiesça d'un signe de tête, mais Kainan resta immobile, comme paralysé. Après que Reagan eut embrassé le bébé, il caressa la tête de son fils et lui déposa un baiser sur le front. La voix lui manquait pour lui dire qu'il l'aimait, mais il espérait que Peter le savait.

Il recula ensuite d'un pas, et le brancard fut poussé en direction du bloc.

Le visage dans ses mains, Reagan éclata en sanglots. Lorsqu'il la prit dans ses bras, elle s'agrippa à lui.

— Je suis tellement désolée ! murmura-t-elle contre son cou.

Il s'écarta légèrement d'elle pour communiquer par signes.

— *À quel propos ?*

— Je t'ai repoussé sans te permettre de t'expliquer. Un terrible fardeau pesait sur tes épaules. J'aurais pu être plus compréhensive. Mais j'avais peur.

— *De quoi ?*

— De me mettre à compter sur toi et de te perdre. Je n'ai jamais eu personne, avant. Je n'ai pas eu d'amour ni de famille... Pas vraiment.

— *Moi non plus. J'avais des gens sur qui compter, un peuple pour me protéger, et je n'étais jamais seul, du moins physiquement. Mais en réalité, je l'étais. Moi aussi, j'avais peur de...*

Sentant sa gorge se resserrer, il porta la main à son cou. Autour de lui, les murs se mirent à tourner. Il avait de plus en plus de mal à respirer, mais il ne pouvait pas demander d'aide ni dire à Reagan ce qui se passait.

— Kainan ?

Je t'aime. Ce fut sa dernière pensée avant que tout devienne noir.

Reagan hurla quand les jambes de Kainan ne le soutinrent plus. Tout en l'aidant à s'étendre par terre, elle remarqua qu'il ne respirait plus. Elle appuya sur un bouton situé sur le mur pour lancer une alerte, puis elle commença un massage cardiaque.

Elle se refusait à le perdre une seconde fois !

Elle n'avait même pas eu le temps de lui dire qu'elle l'aimait, qu'elle lui avait pardonné et qu'elle voulait vivre avec lui.

L'équipe médicale ne tarda pas à arriver. Un médecin parvint à l'intuber et commença à le ventiler manuellement, puis il fut emmené en chirurgie.

Reagan s'adossa au mur, les jambes tremblantes.

Kainan allait-il mourir ?

Elle avait déjà cru le perdre une fois, elle réussirait encore à supporter cette épreuve. Mais s'il vivait, elle faisait le vœu de devenir sa femme... Parce qu'elle avait besoin de lui.

Parce qu'elle l'aimait.

La première chose dont Kainan eut conscience, ce fut la douleur, comme si on lui avait tailladé la gorge avec des lames de rasoir, et sa bouche était sèche.

Il lui fallut un moment pour comprendre où il était, puis il se rappela qu'il se trouvait avec Reagan quand Peter avait été emmené au bloc.

Ensuite, il s'était évanoui.

Il voulut s'asseoir, mais une main douce l'en empêcha.

— Reste tranquille, dit gentiment Reagan.

Il ouvrit les yeux et essaya de sourire.

— *Que s'est-il passé ?* demanda-t-il par signes.

— Les tissus cicatriciels obstruaient tes voies aériennes. Le Dr Shaw a réussi à tous les enlever, et il a réparé tes cordes vocales. Il faudra que tu attendes quand même quelques jours pour pouvoir parler. Tu es encore aux soins intensifs.

— *Peter ?*

— Il va bien, répliqua Reagan avec un grand sourire.

— *Je veux le voir.*

— On ira ensemble. Après l'opération, le Dr Shaw tenait à ce que tu dormes, alors il t'a maintenu en coma artificiel pendant la nuit. Mais c'est fini, tu n'es plus sédaté.

— *Quel jour on est ?*

— Le 29. Le nouvel an approche, et les réformes constitutionnelles que tu souhaitais sont en cours. Ton couronnement peut attendre, ton peuple va bientôt élire pour la première fois son Premier ministre.

— *Je suis désolé pour tout ça.*

Reagan lui caressa la joue.

— Je le sais. De mon côté, je m'en veux de ne pas t'avoir permis de t'expliquer. J'étais tellement habituée à ne compter que sur moi que j'avais peur de te faire confiance.

— *Tu n'as pas à t'excuser.*

— Je le fais quand même. L'annonce de ton décès avait failli me détruire, Kainan. J'avais cru avoir perdu mon meilleur ami et mon amant. Quand tu as réapparu, tes manières distantes m'ont profondément blessée. Je ne voulais pas me mettre en danger, il fallait que je me préserve dans l'intérêt de Peter.

— *C'est à moi de m'excuser, Reagan. Je n'ai pas cherché à te joindre, et tu as porté notre fils seule. Ensuite, tu as supporté seule l'annonce du terrible diagnostic. J'aurais dû être auprès de toi. J'ai eu l'impression de t'avoir trahie comme j'avais manqué à mes engagements envers mon frère.*

— C'est lui, qui a manqué à ses engagements envers toi et votre pays.

Kainan secoua la tête.

— *J'aurais dû faire davantage d'efforts pour l'arrêter ou au moins le contrôler. Si je l'avais fait, la guerre civile n'aurait peut-être pas eu lieu, et des vies auraient été épargnées.*

— Tu n'étais pas le gardien de ton frère, Kainan. Tu as fait tout ton possible.

— *Pardonne-moi de t'avoir déçue, Reagan. Je t'aime plus que tout au monde.*

Elle se pencha et lui déposa un baiser sur les lèvres.

— Je t'aime aussi, et si la proposition tient toujours, j'aimerais être ta femme.

— *Elle tient toujours*, répliqua-t-il en souriant, *mais est-ce que tu es sûre de toi ? Je dois retourner sur l'île Hermosa, et toi, ton foyer se trouve à Toronto.*

— Mon foyer est là où vous êtes, Peter et toi. C'est le seul dont j'aie besoin. Je t'aime tant ! conclut-elle avant de l'embrasser encore.

— Je t'aime aussi, dit-il en remuant les lèvres.

Kainan avait développé une légère fièvre postopératoire, ce qui n'avait rien d'étonnant. Il ne fut donc pas autorisé à voir son fils avant le nouvel an.

Lorsqu'il franchit les portes des soins intensifs pédiatriques, suivi de près par Andréas qui poussait un fauteuil roulant, il se fit la réflexion que ce jour aurait dû être celui de son couronnement. Au lieu de cela, un parlement était en train d'être constitué, et l'île Hermosa vivait un moment historique !

Il avait hâte d'y retourner. Dès que Peter et lui seraient en état de voyager, il mettrait tout en œuvre pour reconstruire son pays. Il resterait roi, mais il jouirait désormais de plus de liberté. Il avait donc décidé que le palais abriterait dorénavant le parlement. Quant à lui, il préférait de loin vivre dans la maison qui avait appartenu à sa famille maternelle, au bord de l'océan.

Andreas et lui enfilèrent des tenues stériles et furent autorisés à rentrer dans la chambre de Peter. Reagan à son côté, il s'approcha du berceau de son fils.

Malgré l'incision longitudinale qui marquait sa poitrine, le bébé gazouillait et agitait ses petites jambes. Il poussa des petits cris de joie à la vue de sa mère. Quand Kainan se pencha vers lui, les yeux de Peter, si semblables aux siens, se fixèrent sur lui. Submergé par la joie, Kainan tendit la main pour le caresser. Peter s'agrippa à son doigt et lui sourit.

— Je t'aime, dit Kainan.

Il n'était plus muet !

Il avait une voix, son fils avait un nouveau cœur, et avec Reagan, tous trois ne formaient plus qu'un.

Épilogue

Deux années plus tard, nouvel an sur l'île Hermosa.

Le cœur battant, Kainan lissa du plat de la main la traditionnelle veste militaire rouge que son père avait portée autrefois.

— C'est presque l'heure, ma chérie.

Reagan, vêtue de blanc et parée de la tiare de sa mère ainsi que d'autres bijoux qui avaient été cachés pendant la guerre, se leva et sourit.

— Tu vas y arriver.

Kainan acquiesça en laissant échapper un soupir.

Ce serait son premier discours depuis qu'il était revenu sur l'île Hermosa avec son épouse et son fils. Il s'était adressé brièvement à son peuple, mais il n'avait pas encore parlé au parlement, installé aujourd'hui dans le palais de ses ancêtres.

Ainsi qu'il l'avait souhaité, Reagan, Peter et lui avaient quitté Helicia pour s'installer dans la maison de sa mère, au bord de l'océan. C'était là que Peter et lui avaient passé leur convalescence. Son opération avait été un succès, mais il lui avait fallu du temps pour retrouver vraiment la parole. Aujourd'hui encore, il n'était pas totalement sûr de sa voix.

— Tout va bien se passer, l'encouragea Reagan en lui pressant légèrement la main.

— Est-ce que je t'ai dit combien tu es belle ?

— N'essaie pas de te défiler en me faisant des compliments, plaisanta-t-elle.

— Tu es prête à te tenir près de moi quand je parlerai aux députés ?

Elle émit un petit rire nerveux.

— Plus ou moins ! J'ai peur de faire une gaffe. Je préférerais cent fois travailler au dispensaire.

— Tu donnes du fil à retordre à mon équipe de sécurité, tu sais ? répliqua-t-il en souriant.

— Je ne vois vraiment pas pourquoi ! Tu m'as promis que je pourrais continuer à exercer mon métier, Kainan, et l'endroit est parfaitement sûr.

— Diego ne supporte pas la vue du sang.

— Il peut quitter le bloc.

— Impossible. Il est trop dévoué à sa reine pour cela.

Reagan se mordilla la lèvre.

— Je n'y suis pas habituée.

À cet instant, Andreas ouvrit la porte, et à la vue de celui-ci, Peter se mit à rire aux éclats et tendit les bras.

Aussitôt, Kainan sentit sa tension s'évaporer.

Il se voyait en son fils, mais il reconnaissait aussi en lui Reagan. Leur fils avait le courage de sa mère. Un courage qui lui rappelait celui de sa propre mère défunte.

— Votre Majesté, dit Andreas avec une pointe de fierté, le Premier ministre Montero vous attend.

— Je suis prêt.

Depuis l'élection d'Alejandro Montero, deux ans auparavant, l'île Hermosa prospérait et tous le respectaient.

En franchissant la porte, Kainan lâcha son épée de cérémonie pour prendre la main potelée de son fils.

— Tu ne respectes pas le protocole, remarqua Reagan.

— Je crois que ça n'a plus d'importance, chuchota-t-il.

Ils échangèrent un sourire, et un instant plus tard, ils montèrent dans la voiture qui devait les emmener au palais.

Juste avant d'entrer dans la grande salle où les membres du parlement et les journalistes les attendaient, Kainan se tourna vers Reagan. Elle lâcha sa main et prit celle de Peter, car Kainan devait se présenter à son peuple le premier.

— Je n'aurais pas réussi sans toi, murmura-t-il en lui caressant la joue. Toi et Peter, vous êtes ma raison de vivre. Je t'aime.

— Je t'aime aussi, répliqua-t-elle, les larmes aux yeux.

— Moi aussi, fit la petite voix de Peter.

Kainan ébouriffa en riant les cheveux de son fils, puis il se tourna vers Andreas.

— Je suis prêt.

Un grand sourire aux lèvres, Andreas ouvrit les doubles portes.

— Sa Majesté Kainan 1er.

Aussitôt, les flashs des appareils photo les aveuglèrent. Puis l'assemblée se leva, et Kainan, agrippant la poignée de son épée, s'avança dans ce qui avait été autrefois la salle du trône de son père.

Il n'y aurait pas de retour en arrière, il faisait face à son destin. Celui de roi, mais aussi d'époux et de père. Avec Reagan à son côté, il pouvait tout faire.

DIANNE DRAKE

Un médecin si séduisant

Traduction française de
MICHELLE LECŒUR

BLANCHE

HARLEQUIN

Titre original :
THE DOCTOR'S LOST-AND-FOUND HEART

Ce roman a déjà été publié en 2018.

1

Jack Kenner écrasa un moustique sur sa nuque et l'ôta d'une pichenette, avant d'essuyer d'un revers de main la sueur qui coulait sur son visage.

Il avait l'impression grandissante que cette mission allait durer plus d'un ou deux jours. Beaucoup plus...

Il s'était fait mener par le bout du nez. Voilà ce qu'il ressentait, errant au milieu de nulle part, avec pour tout bagage un sac à dos rempli de matériel pour effectuer des tests.

Il faisait bigrement humide ici. C'était même anormal, à la mi-décembre. Et les cheveux dans le cou ne faisaient pas bon ménage avec l'humidité de la jungle. S'il avait été plus malin — et s'il avait eu du temps pour se préparer —, il se serait fait raser le crâne. Il aurait aussi commandé des réserves suffisantes...

Il n'aimait pas partir sans être prêt, mais quand Amanda Robinson l'avait appelé en lui expliquant la situation, que c'était urgent et qu'il fallait qu'il prenne le premier avion, qu'aurait-il pu dire ? Il était corvéable à merci, à cause d'une poignée d'enfants malades et d'un beau visage.

En pensant à Amanda, il sourit malgré lui.

En fait, elle était plus que belle. Renversante. Exquise. Avec de longs cheveux noirs, quand elle ne les rassemblait pas en chignon. Une peau sombre, des yeux couleur d'onyx. Exotique dans tous les sens du terme. Une femme à vous couper le souffle, et de plus, totalement inconsciente du pouvoir qu'elle pouvait exercer sur un homme.

A part quelques rencontres professionnelles au Texas, ils se connaissaient à peine. Et voilà qu'il se retrouvait dans la jungle, quelque part en Argentine, parce qu'elle le lui avait demandé !

Le pire, c'était qu'il avait perdu l'habitude de regarder les femmes de cette façon. Dès que l'on dépassait le stade du coup d'œil furtif ou du soupir engageant, les choses se compliquaient. Or, il les voulait le plus simple possible. Moins il gâchait de vies, mieux c'était. Son existence était devenue tellement vide depuis deux ans qu'il n'aurait plus été capable de définir ce qu'était une vraie vie. Pourquoi aurait-il entraîné une femme dans ce fatras ?

Alors il ne le faisait pas, même occasionnellement.

Mais quand Amanda Robinson était passée près de lui la première fois, son radar interne s'était mis à biper. Juste une fois ou deux, mais tout de même.

D'un autre côté, le simple fait d'avoir accepté cette mission et de se retrouver ici le ramenait vers tout ce qu'il tentait de laisser derrière lui : la médecine, les éruptions non identifiées, les épidémies...

Le contrôle des affections contractées en milieu hospitalier — regroupées sous le terme de maladies nosocomiales — était une spécialité qui prenait de plus en plus d'importance. Et le problème, c'était qu'il était très bon dans ce domaine. Depuis deux ans, il tentait de fuir, mais il y était constamment ramené. Comment s'en éloigner, alors qu'on le recherchait pour cela ? D'autant plus que des vies dépendaient de ses découvertes.

Cette fois, c'était la dernière, promis. Amanda Robinson avait accompli des miracles avec son neveu, et il avait une dette envers elle. Donc, il trouverait la maladie qui infestait l'hôpital de Caridad qu'elle dirigeait avec son frère, puis il en aurait terminé.

Sans avoir aucune idée de ce qu'il ferait ensuite.

Un autre moustique attaqua son oreille en piqué, mais il ne fut pas assez rapide pour l'avoir.

Il jura entre ses dents.

— Espèce de sale petit...

— Docteur Jack Kenner ?

Une voix juvénile lui parvint de derrière les buissons, de l'autre côté de la piste. Puis un garçon tout efflanqué, les cheveux ébouriffés, surgit des buissons et se dirigea droit sur lui. Le torse nu, sans chaussures, il ne portait qu'un vieux jean usé, mais il arborait le sourire le plus large que Jack ait jamais vu.

— C'est bien moi, répondit Jack. Qui es-tu, et que fais-tu, tout seul dans la jungle ?

— Je m'appelle Ezequiel, dit le garçon en lui tendant sa petite main brune. Je parle bien l'anglais et je connais toutes les routes et tous les chemins qui mènent à l'hôpital. C'est pour ça qu'on m'a envoyé vous chercher.

— Cela sous-entendrait que je suis perdu. Or, ce n'est pas le cas, répondit Jack, amusé, en serrant la main de l'enfant.

Le sourire d'Ezequiel s'élargit encore, si possible.

— Bon, alors je vais repartir leur dire que vous êtes sur le mauvais sentier, mais que vous n'êtes pas perdu.

Jack se mit à rire. L'enfant avait l'esprit vif.

— Quel âge as-tu, Ezequiel ?

— Douze ans. Enfin, presque.

— Et comment se fait-il que tu parles aussi bien l'anglais ?

— Les missionnaires me l'ont appris à l'école. J'étais le meilleur élève. Maintenant, ce sont les médecins et les infirmières qui m'enseignent des choses.

— Je ne suis pas surpris que tu sois le meilleur.

Il sortit une gourde en Inox de son sac et la présenta d'abord à Ezequiel, qui refusa.

— Admettons que je sois perdu, dit Jack après avoir avalé quelques gorgées. Suis-je loin du bon sentier ?

— Assez loin.

— Dans ce cas, comment m'as-tu trouvé ? Et comment as-tu su où me chercher ?

— Tout le monde fait la même erreur au début.

Vraiment très malin. Ce gamin lui plaisait. Il voyait en lui le même enthousiasme juvénile que chez Robbie, autrefois.

— Je suppose donc que j'ai la chance que tu aies deviné que je me perdrais.

— Ce n'est pas moi, mais Doc Ben.

Ben Robinson, le frère d'Amanda. Il ne le connaissait pas du tout. Amanda ne lui en avait pas parlé, et il n'avait pas posé de questions. C'était le meilleur moyen d'éviter les complications.

— Et c'est Doc Ben qui a envoyé la Jeep pour me chercher, avec un chauffeur qui m'a abandonné à mi-chemin en m'indiquant la direction d'Aldea de Cascada, au lieu de m'amener directement à bon port ?

— On avait une urgence, Doc K. Et il n'y a qu'une seule Jeep.

« Doc K. » ? C'était un surnom un peu désinvolte. Jack n'appréciait pas la familiarité en général, et surtout pas de la part d'un enfant. Son neveu Michael était le seul gamin qu'il autorisait dans sa vie. Il était le fils de Cade, c'était donc une relation sans danger. Il pouvait le laisser s'approcher de lui tout en gardant la distance qui lui était nécessaire.

— Appelle-moi Jack, ou Dr Kenner.

— Entendu, Doc K.

Jack soupira, résigné.

A quoi bon ? Il n'était là que pour quelques jours. Ensuite, il se retrouverait au Texas, à se demander ce qu'il allait faire dans les années à venir.

— Tu marches en tête et je te suis, d'accord ?

Suivre un gamin inconnu dans la jungle jusqu'à un hôpital de village possédant une seule Jeep et dans lequel s'était répandue une épidémie non identifiée et Dieu sait quoi encore... Tout cela n'était guère réjouissant. Mais n'était-ce pas là sa vie depuis quelque temps ? Une vraie désolation.

Amanda Robinson posa son sac en toile près du lit avant de se laisser tomber sur le vieux matelas défoncé.

Ici, curieusement, elle se sentait chez elle. Elle adorait cet endroit, elle adorait Caridad, et peu lui importait le manque de confort. En fait, chaque fois qu'elle retournait au Texas, elle comptait les jours qui la ramèneraient ici.

— Bon, d'accord, je n'aurais pas dû intervenir. Mais tu es débordé ici, Ben. Et tu ne veux demander l'aide de personne, pas même la mienne. Pour ne rien te cacher, ça a fini par me mettre en colère. J'ai donc demandé à Jack de venir même si tu ne voulais pas. C'est le meilleur dans ce domaine, et nous avons un problème qu'il peut régler, contrairement à nous. J'ai sauté sur l'occasion lorsqu'elle s'est présentée. Que voulais-tu que je fasse d'autre ?

— Que tu me laisses m'en occuper moi-même, étant donné que c'est moi qui dirige cet hôpital.

— Mais j'avais Jack Kenner sous la main ! J'aurais été idiote de l'ignorer.

Tout comme elle avait été incapable de l'ignorer tous ces derniers mois. Cet homme lui faisait ressentir des choses bizarres... Même si, curieusement, il détournait les yeux quand elle le regardait.

— Je te rappelle que nous avons un ordinateur relié à un satellite, Amanda. Nous vivons dans une époque moderne, et même dans la jungle, nous pouvons communiquer. J'ai contacté une ou deux personnes ayant de l'expérience dans ce type de contamination.

— J'ai peut-être été un peu loin, je te le concède. Mais ces personnes ne sont pas Jack Kenner.

Son frère soupira, puis il s'assit sur le lit près d'elle et l'entoura d'un bras protecteur.

— Malgré tout, je suis content que tu sois là, à t'immiscer dans mes affaires.

— C'est parce que je me soucie de toi, répondit-elle d'une voix attendrie. J'approuve ton travail sans réserve, et c'est pourquoi je me donne tant de mal pour soutenir cet endroit. Tu... Nous accomplissons un travail important.

Une seule année les séparait. Il n'y avait pas de véritable lien de sang entre eux, mais Benjamin Thomas Robinson était la personne qu'elle aimait et admirait le plus au monde. Que n'avait-il pas dû surmonter pour en arriver là !

— Désolée que cela crée un problème entre nous, Ben...

— Tu as voulu prendre soin de moi, comme tu l'as toujours fait.

— Je ne peux pas m'en empêcher. Tu devrais commencer à t'y habituer, depuis le temps.

Il se mit à rire.

— A vrai dire, la plupart du temps j'avoue que j'apprécie ta façon de me materner, voire de me couver. Et je suis content que tu sois de retour, ajouta-t-il en la serrant brièvement contre lui. Depuis que papa est mort...

— Je sais, coupa-t-elle dans un murmure, les yeux aussitôt humides. Cela a tout déséquilibré, n'est-ce pas ?

Ben était Robinson de naissance, elle l'était par adoption. Mais on n'avait fait aucune distinction dans la famille, et ils étaient tous étroitement unis. La mort de leur père, quelques mois plut tôt, avait changé certaines choses...

Des choses que Ben ignorait, et qu'il n'avait pas besoin de savoir. Il avait assez de soucis de son côté, sans se charger des siens — ce qu'il ne manquerait pas de faire s'il était au courant.

— Le voyage a été long jusqu'ici, avoua-t-elle. Serait-il possible que la fantastique cuisinière de cet hôpital ait mis de côté un bol de *guisos* du repas de midi ?

La seule évocation de ce ragoût de viande et de légumes lui mit l'eau à la bouche.

C'était un plat simple et traditionnel incluant veau, tomates, carottes, patates douces, courge, oignons, ail et riz. Elle aurait pu facilement le faire une fois de retour chez elle. Mais il était meilleur en Argentine. En déguster une fois arrivée ici satisfaisait en elle un certain besoin qu'elle avait du mal à expliquer et qui n'avait pas grand-chose à voir avec la nourriture.

— Et si possible, suivi d'une *palmerita* avec *crema pastelera* ? suggéra Ben.

Un merveilleux petit gâteau plat recouvert de crème à la vanille...

— Si tu me prends par les sentiments, marmonna-t-elle, ravalant sa salive.

Son frère était un homme plein de courage. C'était toujours bon d'être avec lui, de travailler avec lui. Sa force était pour elle une source d'inspiration.

— Ezequiel est parti à la recherche de ton Jack Kenner, annonça-t-il. J'avais envoyé Hector le prendre à l'atterrissage, mais apparemment il y a eu une urgence à Ladera, et ils avaient besoin du véhicule. Alors Hector l'a laissé sur la route en lui indiquant la direction à suivre. Mais ce n'était sans doute pas assez précis, car cela fait maintenant plus de deux heures.

Elle esquissa un sourire en s'imaginant la scène : Jack Kenner perdu dans la jungle.

Il risquait de trouver l'incident beaucoup moins amusant

qu'elle, d'autant plus qu'il n'était pas du genre jovial — en tout cas, pas avec elle.

C'était un homme bien bâti, avec une sorte de beauté sauvage, des cheveux noirs ondulants, des yeux marron foncé et une ombre de barbe perpétuelle au menton. La plupart du temps, il se montrait distant sans qu'elle sache pourquoi. D'ailleurs, cela lui était égal. Seules ses compétences l'intéressaient, peu importait son comportement. Pourtant, il y avait dans ses manières bourrues quelque chose qui, invariablement, la faisait soupirer.

— Ce n'est pas quelqu'un de très facile, annonça-t-elle, tandis que son sourire s'élargissait malgré elle.

— D'où vient donc cette expression réjouie ? Aurais-je raté un épisode ? s'enquit son frère d'un air perspicace. Y a-t-il entre toi et cet homme quelque chose dont tu ne m'aurais pas encore parlé ?

Elle se sentit devenir écarlate.

— Non. Il n'y a rien à dire. C'est à peine si je le connais.

— D'où cette rougeur intempestive...

Ben la scruta attentivement puis sourit à son tour.

— Je ne t'ai encore jamais vue comme ça. Ce doit être vraiment quelqu'un, pour te faire un tel effet !

— Je le connais uniquement en tant que médecin, se défendit-elle. Il n'y a rien entre nous. Et ne cherche pas à nous marier, parce que la dernière fois que tu as essayé...

— Il y a prescription. J'avais treize ans, et toi douze.

— N'empêche qu'il m'a harcelée pendant plus de six mois en répétant que tu lui avais promis qu'il pourrait m'avoir. Et j'ai appris ensuite que tu m'avais échangée contre cette bicyclette que tu avais prétendu avoir trouvée !

— Cela m'avait paru un marchandage équitable à l'époque. Et ce garçon t'aimait pour de bon.

— Jusqu'à ce qu'il trouve une meilleure affaire !

— Que veux-tu, l'amour est inconstant, tout le monde le sait.

— En tout cas, je ne suis pas amoureuse de Jack Kenner, martela-t-elle. Il ne me plaît même pas. Simplement, il peut nous être très utile. Mais je dois te prévenir qu'il peut se montrer un peu... abrupt.

— Figure-toi que j'ai fait quelques recherches sur lui, et j'ai lu des articles où il est question de sa personnalité. Il semblerait que ce soit un être un peu sombre, mais bon. Alors, le reste importe peu, pas vrai ? ajouta-t-il d'un ton espiègle. Il n'empêche que même quelqu'un de peu observateur aurait remarqué ton trouble, ma chère petite sœur.

Elle préféra ignorer cette dernière remarque. Que Ben pense ce qu'il voulait, il ne tarderait pas à se rendre compte de lui-même à quel point il avait tort.

En vérité, elle était bel et bien attirée par Jack Kenner. Quelle femme ne le serait pas ? Mais comment expliquer à son frère que c'était purement physique ?

La réponse était simple : elle ne le pouvait pas.

— L'attitude du Dr Kenner n'a pas d'importance, excepté pour ce pauvre Ezéquiel, déclara-t-elle. Jack n'en fera qu'une bouchée.

Cette fois, Ben se mit à rire doucement.

— Tu as beau changer de sujet, tu ne m'ôteras pas de l'idée que cet homme te plaît. Pour ce qui est d'Ezequiel, je suis sûr que ton ami trouvera à qui parler. C'est un gamin plein de ressources.

— Il est vrai que Jack adore les enfants — bien qu'il soit incapable d'admettre qu'il peut avoir un faible pour quiconque, ajouta-t-elle pensivement.

Certes, Jack n'était pas du genre à montrer ses sentiments, mais au fil de leurs rencontres, sa générosité lui était apparue comme ses compétences, si bien qu'elle s'était tout naturellement tournée vers lui lorsque son frère avait eu besoin d'aide. Oui, Jack se souciait des autres. Il faisait de son mieux pour le cacher la plupart du temps, mais parfois cela lui échappait, comme avec son neveu.

— Et à propos de ce ragoût dont nous avons parlé ? questionna-t-elle.

— Ah oui ! J'oubliais que la nourriture est une des priorités de ma sœur.

Sauf que, actuellement, ce n'était pas un bon repas qu'elle avait en tête, mais Jack Kenner.

A l'hôpital de Big Badger, au Texas, où ils se croisaient d'habitude, leur relation était quelque peu canalisée par l'environnement. Mais se retrouver en Argentine avec lui au milieu de la nature...

Cette perspective la fascinait presque autant que la jungle elle-même.

En fait, c'était plutôt mieux que ce à quoi s'attendait Jack.

Le bâtiment principal en bois avait été bien construit. Il y avait dix ou douze lits dans une salle centrale et quelques chambres individuelles. Un cabinet de consultation, petit mais bien rangé. De nombreuses fournitures. Les sols étaient bien entretenus. Des fleurs plantées ici et là contribuaient à donner à l'ensemble un aspect agréable. Le tout était perché sur un petit monticule surplombant le village d'Aldea de Cascada, et à sa surprise l'endroit grouillait de monde.

Certains étaient natifs de la région, d'autres non. Quelques-uns avaient l'air de travailler là, d'autres étaient probablement des visiteurs.

Au bout du compte, il était très favorablement impressionné par l'hôpital de Caridad.

— Merci de m'avoir fait faire le tour des lieux, Ezequiel, dit-il, étonné de voir l'enfant aussi à l'aise au sein du bâtiment.

Comme celui-ci ne faisait pas mine de s'en aller, il se demanda s'il était d'usage de donner la pièce à la fin de la visite.

— Reste-t-il quelque chose à voir ? finit-il par lui demander.

Ezequiel secoua la tête.

— Sauf si vous voulez que je vous montre l'endroit où vous allez dormir.

— Volontiers.

L'enfant pointa du doigt une petite cabane presque accolée à l'hôpital.

C'était plutôt sympathique, décida Jack. Il avait séjourné dans des endroits bien pires et effectué des tâches beaucoup plus dures que celle qu'il s'apprêtait à accomplir ici.

— Parfait, dit-il, toujours embarrassé à propos d'Ezequiel.

Le gamin n'était-il pas en train de s'accrocher à lui ?

Soudain, il eut une inspiration et, faisant tomber son sac à dos de son épaule, il en sortit sa gourde métallique et la lui tendit.

— Tu n'en as pas, je suppose ?

— Non.

— Alors, prends-la.

L'air perplexe, le garçon ne bougea pas.

— Là d'où je viens, lorsque quelqu'un se perd, la personne qui le retrouve a droit à une récompense.

— Une récompense ? Qu'est-ce que c'est ?

Jack réfléchit un moment avant de trouver la bonne traduction.

— *Regalo.*

— Pour moi ? s'écria Ezequiel, excité comme n'importe quel enfant recevant un cadeau.

Du coup, Jack regretta de ne pas avoir quelque chose de mieux à lui offrir, quelque chose de plus adapté à un gamin de douze ans, et il se promit de lui trouver quelque chose d'autre à l'occasion.

— La prochaine fois que tu iras chercher quelqu'un — même si c'est moi —, tu pourras la remplir d'eau et l'emporter avec toi, au cas où tu aurais soif, expliqua-t-il.

Cette fois, lorsqu'il tendit la gourde à Ezequiel, il eut plus de succès. L'enfant s'en saisit et l'ouvrit aussitôt pour avaler une gorgée d'eau.

— Merci, Doc K. Ça me plaît beaucoup, lui dit-il avec son fameux sourire jusqu'aux oreilles.

Et Jack sentit son cœur fondre.

Bon sang, il n'allait pas recommencer et s'attacher à un autre gamin. Pas après Robin, ou Rosa.

Bouge, recentre-toi, et cesse de penser aux enfants.

Il prit une profonde inspiration puis s'éclaircit la gorge.

— Tu veux bien m'aider à m'installer ?

Sans attendre la réponse d'Ezequiel, il lui colla son sac à dos dans les bras et marcha en direction de la cabane.

D'accord, il n'était pas ici pour se faire des amis, mais Ezequiel serait l'exception, à cause de son sourire et de son caractère facile. D'ailleurs, en quoi deux journées passées en compagnie d'un enfant pourraient-elles lui nuire ? Après tout, interaction ne signifiait pas implication. Surtout s'il gardait constamment à l'esprit que dans quelques jours, tout cela serait derrière lui.

— Après, tu pourras m'aider à trouver le Dr Robinson, si tu en as le temps.

— Pour le moment, il est en consultation.

Ezequiel pointa du doigt une autre cabane, dans une version beaucoup plus grande.

— Là-bas.

Cet hôpital de brousse avait un lieu séparé réservé aux consultations !

Dès son arrivée, Jack avait senti le soin et l'attention qui entouraient l'endroit, sans avoir encore vu l'intérieur du bâtiment. Il était vraiment très bien conçu, constituant un petit village en lui-même. Littéralement, son nom signifiait « hôpital de la charité »...

Sans avoir jamais rencontré le frère d'Amanda, il commençait déjà à l'apprécier — ou du moins sa vision des choses.

La porte de la cabane réservée aux invités était recouverte d'une moustiquaire, qu'il repoussa pour laisser passer Ezequiel en premier.

A peine avait-il mis un pied à l'intérieur qu'il s'arrêta net.

— Qu'est-ce que... ? Vous ne m'aviez pas dit que vous veniez aussi en Argentine !

Occupée à ranger des vêtements dans la petite commode accolée à l'un des deux lits, Amanda se retourna.

— Cela s'est décidé sur un coup de tête.

— Pourquoi de façon si précipitée ? Le besoin de me surveiller ?

— Ne soyez pas sur la défensive, Jack. Votre travail est une source d'inspiration pour moi, et j'ai eu envie de vous voir en pleine action.

Dans un éclair, il eut la vision d'un divan et de deux corps dénudés qui s'allongeaient.

— Je crains qu'ici, rien ne puisse vous intéresser, même si vous me demandiez de m'allonger sur votre divan.

— Ne vous sous-estimez pas. Je suis persuadée au contraire que je trouverais toutes sortes de choses passionnantes chez vous.

— Auriez-vous l'intention de me psychanalyser ? demanda-t-il, amusé.

— Je ne fais pas de psychanalyse, je traite des cas, répliqua Amanda.

— Et bien sûr, pour vous je suis un cas.

Elle sourit à son tour.

— C'est vous qui l'avez dit.

— A propos, sachez que je suis impressionné par votre hôpital.

— On change de sujet, Jack ?

Il se mit à rire.

— Oh oui ! C'est beaucoup plus sûr.

— Caridad est un bel endroit, n'est-ce pas ? répondit-elle, les yeux brillants. Je suis fière de ce que Ben a réalisé ici. Même si je ne fais qu'y passer quelques jours plusieurs fois dans l'année, j'ai l'impression de participer à quelque chose auquel je crois de tout mon cœur.

Il y avait un changement chez elle, constata-t-il. Elle était toujours Amanda Robinson, mais il avait devant lui une version différente de celle du Texas.

Après l'avoir étudiée quelques secondes, il se rendit compte que ses cheveux n'étaient plus attachés en un chignon serré au bas de la nuque, façon bibliothécaire. A présent, ils ondulaient librement sur ses épaules. Quant à ses yeux, ils étaient pleins de feu. *Los ojos del fuego.*

— Si je comprends bien, nous sommes camarades de chambre, dit-il en rejoignant Ezequiel qui s'était assis sur l'autre lit.

— Exactement. Chacun de son côté, avec un rideau de séparation au milieu.

D'un coup de hanche, elle referma le tiroir de la commode et se dirigea vers une porte qui menait probablement à la salle d'eau.

— Cela ne vous dérange pas de partager la chambre ? lança-t-elle par-dessus son épaule. Sinon, si vous préférez, la pièce où sont rangées les fournitures est libre, à l'intérieur de l'hôpital. Mais vous devrez pratiquement dormir assis.

— Je suis très bien ici, assura-t-il en se débarrassant de ses bottes de cow-boy qui valsèrent au milieu de la pièce.

— Tant mieux. Parce que ce n'est pas un endroit conseillé aux claustrophobes.

Il ne l'était pas. En fait, il était plutôt allergique aux femmes. Seulement, avec Amanda Robinson, il en allait différemment, et c'était bien ce qui le préoccupait.

La minuscule salle d'eau était le seul endroit où il était possible d'obtenir un peu d'intimité. Amanda s'appuya de dos contre la porte et prit une longue inspiration pour se détendre.

Qu'est-ce qu'il se passait ? Elle tremblait de tous ses membres ! Même sa respiration s'était emballée.

Elle connaissait Jack, et c'était elle qui l'avait fait venir en Argentine. Mais le voir au Texas, dans son élément, et le voir ici dans la jungle, c'était une autre histoire...

Elle ferma les yeux, tentant de le chasser de son esprit, mais son image fut encore plus présente.

Avec ses cheveux en bataille et cette ombre de barbe sur les joues, il était terriblement sexy. Même la sueur qui faisait briller son front le rendait attirant.

Non ! Il n'était pas question qu'il soit sexy. Mais aussi, qu'est-ce qu'il lui avait pris de parler de divan ?

Elle ne comprenait pas ce qu'il lui arrivait, et cela ne lui plaisait pas du tout. C'était comme si cet homme allumait un feu en elle. Elle avait l'impression de le voir pour la première fois, et ce qu'elle voyait lui plaisait beaucoup plus qu'elle ne l'aurait souhaité. Pour clore le tout, ils allaient partager la même chambre. Elle dormirait à quelques mètres à peine de lui !

Cette sorte d'intimité ne l'avait jamais gênée durant toutes ces années, lorsqu'elle avait été de garde à l'hôpital et avait dormi dans la même pièce que des collègues et des étrangers. Tout le monde était trop épuisé pour se soucier de la personne qui se trouvait dans le lit voisin.

Mais à présent elle n'était pas fatiguée, et cela ne lui était pas égal parce que... Parce que l'on était dans la jungle. Cet environnement lui faisait toujours un effet particulier, elle avait l'impression d'être quelqu'un d'autre.

Pourquoi ?

Aucune idée. Mais chaque fois qu'elle venait ici, dès son arrivée, la nouvelle Amanda commençait à remplacer l'ancienne. Parfois elle s'imposait petit à petit, mine de rien, parfois elle bondissait comme une panthère affamée.

A l'évidence, il y avait une raison à cela, et en tant que psychologue elle aurait dû être capable de la trouver. Mais peut-être aimait-elle la sensation qu'elle éprouvait lorsqu'elle détachait ses cheveux et ôtait ses perles. C'était pourquoi elle évitait de procéder à cette petite analyse elle se sentait bien dans la peau d'Amanda l'Argentine.

Aussi s'était-elle empressée, en arrivant, de ranger ses bijoux et de revêtir quelque chose de plus confortable que son pantalon de lin et son chemisier ajusté, ayant hâte de laisser s'exprimer la panthère qui dormait en elle.

Pourtant, quand elle rouvrit la porte de la salle d'eau, elle ne bondit pas : l'autre Amanda luttait pour la retenir. Et elle reprit si bien le contrôle qu'elle ne put que rester debout, immobile, les yeux fixés sur Jack qui avait congédié Ezequiel et s'était allongé sur son lit, les yeux fermés.

Prenant une profonde inspiration pour se calmer, elle tenta de rassembler les quelques lambeaux d'Amanda l'Argentine, le personnage qu'elle avait un peu peur de laisser prendre le dessus.

— Ben est encore en consultation pendant une heure. Je vais dans la cuisine voir s'il reste quelque chose à manger. Vous venez avec moi ?

— Merci, mais je n'ai pas faim.

— Il y a toujours un pichet de citron pressé bien frais.

— Je n'ai pas soif non plus.

Voilà qui n'était guère encourageant pour la suite.

— Etes-vous toujours aussi ouvert aux suggestions ? railla-t-elle.

— Assez, oui.

— Pourquoi ?

— Pourquoi pas ?

— Parce que vous êtes médecin, et que les médecins sont censés être des gens réactifs et ouverts.

Jack haussa les sourcils les plus sexys qu'elle ait jamais vus et se contenta de la fixer avec une telle intensité qu'elle se sentit mal à l'aise.

— Quoi ? demanda-t-elle.

Au lieu de répondre, il referma les yeux.

— Vous êtes suffisamment ouverte pour deux, dit-il enfin. Et vous vous en sortez très bien toute seule.

Maintenant, il jouait avec elle !

Attention à vous, Jack Kenner. Ne me provoquez pas. Car, si sexy que vous soyez, il vaut mieux ne pas trop me défier.

Elle posa les vêtements qu'elle venait de porter sur son lit et se dirigea vers la porte.

— En ce cas, voici un exemple de ma réactivité, rétorqua-t-elle. Vos bottes, gardez-les donc sous votre lit, au lieu de les laisser traîner au milieu de la pièce. Et en règle générale, gardez tout ce qui est à vous de votre côté. Je n'aime pas le désordre.

— Et moi, je n'aime pas les camarades de chambre tatillons. Voilà qui n'est guère compatible, non ?

Au lieu de s'offusquer de sa réponse, elle sourit.

— Pas vraiment, car il existe une solution très simple.

Pivotant sur ses talons, elle alla ramasser les bottes et les balança dehors par la fenêtre ouverte.

La seule réaction de Jack consista à se redresser et à la fixer d'un regard dur qui s'attarda sur ses rondeurs. Puis il s'allongea de nouveau.

Soudain, elle prit conscience que son short blanc était peut-être un peu court, et sa chemise de la même couleur un peu trop moulante.

Comme Jack ne disait toujours rien, elle reprit la parole.

— Bon. Si vous changez d'avis pour le citron pressé…

Le temps de se verser un verre dans la cuisine, et elle fut reprise par l'atmosphère de l'hôpital. Néanmoins, le petit épisode de la cabane, cet échange mi-figue mi-raisin avec Jack et le mélange d'attirance et de frustration qu'elle en retirait, tout cela n'était pas vraiment elle. Les vêtements qu'elle portait non plus, d'ailleurs. Et pourtant, elle se sentait si bien, ici. Tout y était à sa place.

A l'exception de Jack K.

Décidément, comment faisait-il pour, à la fois, la faire frémir et la hérisser, lui donner la chair de poule et l'envie de le contredire ?

Le problème était là : elle savait qu'elle devait éviter Jack, mais elle ne savait pas si elle en était capable.

Et même si elle le pouvait, le ferait-elle ?

2

Jack s'efforça de jeter sur Amanda, assise en face de lui de l'autre côté de la table, un regard uniquement professionnel, ce qui n'était pas simple.

— Je sais que globalement le concept vous est connu, mais je vais vous brosser un tableau complet des maladies nosocomiales.

— Croyez-moi, j'ai lu énormément sur le sujet, répondit-elle. Et mon frère a passé beaucoup de temps à quatre pattes pour désinfecter la salle. Rien qu'à l'idée que quelqu'un puisse tomber malade en venant ici...

Elle secoua la tête.

— Il faut arrêter ça, Jack. Nous devons tout faire pour cela.

— Ce n'est peut-être pas vous qui êtes directement en cause. Quand cela arrive, tout le monde s'en veut, surtout dans les petits hôpitaux apparemment plus facilement gérables comme Caridad. Mais ces « microbes » — ainsi que je les qualifierai, faute de mieux — sont imprévisibles, et au moment même où vous croyez avoir trouvé quelque chose...

Il s'interrompit et haussa les épaules.

— Tout change. Comme la vie, de bien des façons.

Après avoir regardé attentivement Ben et Amanda, il ne parvenait pas à leur trouver la moindre ressemblance. Ben était blond, quant à Amanda, elle faisait très... Très argentine, en fait. Plus précisément de la région des pampas, d'où étaient originaires les Mapuches.

Ce qui, bien sûr, n'était pas possible.

Peut-être était-ce ce qu'il voulait voir en elle, parce que ses yeux étaient de la même couleur que ceux de Rosa, ainsi que son teint. Deux ans après, il était encore affecté par le passé, il avait l'impression de voir Rosa partout où il regardait.

Il se hâta de se ressaisir.

— Statistiquement, sur le plan international, les infections nosocomiales constituent près de neuf pour cent de l'ensemble des hospitalisations, poursuivit-il. Mais le taux est beaucoup plus élevé en pédiatrie. En Amérique du Sud, malheureusement, la plupart de ces infections évoluent de façon plus critique que dans le reste du monde. Je pense notamment au staphylocoque doré résistant à la méthicilline, et à diverses bactéries.

Amanda poussa une cannette de soda dans sa direction.

— Que pouvons-nous faire à Caridad pour empêcher ce genre de problème de se répandre ? Dans cette région, nous ne pouvons pas nous permettre de fermer, même pour peu de temps, car nous sommes le seul service médical à une demi-journée de trajet à la ronde.

Elle but une gorgée de soda avant de pousser un long soupir.

— Cette histoire affecte beaucoup mon frère. Il ne cesse de se faire des reproches.

— Mais ce n'est pas sa faute.

— En toute logique, il le sait. Pourtant, il se sent responsable. C'est sa façon d'être, il ne peut pas s'empêcher de prendre sur lui les problèmes de tout le monde. Dès notre première rencontre, il s'est investi dans son tout nouveau devoir de frère et m'a montré la maison, la cour et le voisinage. On aurait plutôt dit mon père que mon frère.

Ainsi donc, elle était adoptée ! Alors, il avait peut-être raison.

— C'est dans la nature humaine de se sentir responsable, surtout quand on est impliqué de la manière dont Ben l'est actuellement, répondit-il. Il voit son monde s'écrouler et se sent impuissant. Mais il a la chance d'avoir une sœur qui se soucie de lui.

— Vous, vous avez Cade...

— Lui et moi commençons seulement à nous connaître.

— J'espère que vous y parviendrez, parce que vous avez raison. Moi aussi, j'ai de la chance. A bien des égards, Ben et moi sommes aussi opposés qu'on peut l'être, mais un lien très fort s'est créé entre nous presque instantanément.

Elle se mit à rire.

— Une fois qu'il a eu renoncé à se débarrasser de moi, précisa-t-elle. Au début, il a même tenté de me vendre. Un jour, il m'a emmenée en bas de la rue, devant la maison des voisins, et il m'a laissée devant leur porte en m'ordonnant d'attendre leur retour et de leur dire que c'était à eux d'être mes parents.

— Et vous l'avez fait ?

Amanda hocha la tête, et son regard s'adoucit.

— Naturellement, et Ben a eu des ennuis. Mais au début, il avait eu très peur en voyant cette nouvelle sœur débarquer de nulle part. Peut-être que si mes parents m'avaient adoptée lorsque j'étais encore un bébé…

Elle n'acheva pas sa phrase, et son léger sourire s'effaça.

— Jack, je crois que vous êtes quelqu'un de très direct, et je doute que vous soyez du genre à arrondir les angles pour ménager qui que ce soit.

— Serait-ce un compliment ?

— Je vous ai entendu au Texas, lorsque vous parliez aux patients ou au personnel de l'hôpital.

— On m'accuse parfois d'être trop brusque.

— Eh bien, soyez-le avec moi. S'il vous plaît, dites-moi ce que vous voyez quand vous me regardez. Je sais que vous avez beaucoup voyagé et vécu dans différents endroits du globe, que ce soit en Amérique du Sud, en Afrique ou dans les pays méditerranéens. Alors, reconnaissez-vous en moi quelque chose que vous avez vu ailleurs ? Une nationalité, que sais-je ? J'ai conscience qu'une telle question n'est pas évidente à brûle-pourpoint, mais j'ai eu envie de vous la poser dès la première fois que je vous ai vu. Et en même temps, je dois admettre que j'ai un peu peur de la réponse.

— Vous n'avez trouvé aucune information à ce sujet dans vos papiers d'adoption ? s'enquit-il.

Elle secoua la tête.

— Je n'ai jamais eu aucun document sur lequel ma naissance aurait été enregistrée. Naturellement, j'ai cherché un peu partout, mais tout ce que j'ai pu savoir, c'est ce que l'agence d'adoption a dit à mes parents : ils pensaient que j'étais d'origine méditerranéenne. Sauf que...

— Sauf que vous n'y croyez pas, acheva-t-il.

— Lorsque je me regarde dans un miroir, l'image qu'il me renvoie ne me parle pas dans ce sens. Mais je suis sûre que vous avez une idée. L'observation fait partie de votre métier, et rien ne vous échappe. C'est ce qui fait de vous le meilleur au monde dans votre domaine.

— Hum. Les infections en milieu hospitalier et ce que vous me demandez constituent deux choses différentes, Amanda, répondit-il avec hésitation. Dans le cadre médical, je tire une conclusion logique de ce que j'observe, puis j'effectue les tests qui vont décider si j'ai raison ou tort.

— Et vous avez souvent eu tort ?

— Jamais.

— Alors, il vous suffit de tirer une conclusion logique sur ce que vous voyez en moi, insista Amanda.

— Pourquoi moi ?

Elle sourit.

— Vous vous rappelez la première fois que nous nous sommes rencontrés ? Vous avez demandé à voir mes références, alors que j'avais déjà travaillé avec votre neveu pendant plusieurs mois et que ses parents étaient satisfaits de ses progrès. Ensuite, j'ai appris que vous aviez téléphoné pour vérifier tous les documents que j'avais donnés. Et je trouve cela très bien, même si vous n'êtes que l'oncle de Michael et non son père. J'aimerais que tous les parents soient aussi scrupuleux quand il s'agit de choisir quelqu'un qui s'occupera de leur enfant. Je vous ai alors jugé comme un homme honnête, d'une franchise qui pouvait être brutale. Vous avez votre idée au sujet de mon hérédité, n'est-ce pas ?

— Comment pouvez-vous en être aussi sûre ?

— A cause de la façon pénétrante que vous avez de me regarder.

— Vous voulez dire, la façon dont un homme regarde une femme superbe ?

Elle fit un geste de dénégation.

— Ce n'est pas ça. Oui, bien sûr, j'ai observé le genre de regard dont vous parlez, encore plus ici qu'au Texas. Mais il y a un éclair spécial dans vos yeux, Jack. Je l'ai vu lorsque je vous ai interrogé, et même avant.

Elle avait probablement raison, songea-t-il. Son regard avait dû le trahir quand il avait cru voir Rosa en elle.

Les mêmes yeux, la même chevelure sauvage, la même ossature délicate. Ce physique, il ne pouvait le confondre avec aucun autre, car c'était celui de la personne qu'il avait le plus aimée au monde. La première fois, il était resté cloué sur place, s'efforçant de ne pas regarder Amanda. Mais il n'avait pas pu s'en empêcher. Il était comme un papillon de nuit attiré par la flamme.

— Peut-être devriez-vous discuter de ça avec votre famille, se contenta-t-il de répondre.

— C'est ce que j'ai fait, trop souvent. Et c'est pourquoi je me tourne vers vous. Je vous en prie, Jack, soyez honnête avec moi. Ayez suffisamment de respect pour moi pour me dire la vérité. Lorsque vous me regardez, qui voyez-vous ?

— Une très belle femme mapuche.

Il n'aurait pas dû dire ces mots, mais il s'y sentait obligé, car toute autre réponse aurait été un mensonge, comme ceux qui avaient coûté la vie à Rosa. Alors, il n'avait pas d'autre choix que d'être honnête. Pour Rosa.

— Mapuche ?

Il hocha la tête.

— Il y a longtemps, j'ai aimé quelqu'un qui était mapuche. Ce sont des indigènes de la pampa. J'ai vécu deux ans avec eux, travaillant comme médecin dans les villages.

— Et vous les reconnaissez en moi ?

— C'est exact.

— Merci de votre franchise.

— Amanda, je...

Amanda secoua la tête avec véhémence.

— Inutile, Jack. Je vous ai interrogé, vous m'avez répondu. C'est ce que je voulais.

Pour l'instant, elle ne savait que penser ni que faire de cette information. Mais ce que Jack venait de lui donner, personne ne l'avait fait auparavant, et elle lui en était reconnaissante.

— Je crois que je l'ai toujours su, murmura-t-elle.

— Quoi donc ?

— Que ce que mes parents m'avaient raconté ne collait pas, quelque part. Finalement, tout cela n'est pas bien grave...

Elle avait besoin de temps pour réfléchir à tout cela, pour digérer la nouvelle. Et se laisser gagner par l'émotion. Mais pas ici, pas maintenant.

— Il est toujours important de savoir qui nous sommes, observa Jack avec douceur.

— Et aussi ce que nous ne sommes pas. Quoi qu'il en soit, j'ai un rendez-vous important dans quelques minutes, aussi vaudrait-il mieux se concentrer sur le problème de Caridad. Quel est votre plan ? Dites-moi de quelle manière nous pouvons vous assister dans votre tâche.

— Vous êtes sûre ? Parce que...

— Je suis sûre, coupa-t-elle.

— Très bien. Mais chaque fois que vous aurez besoin de parler...

Le ton n'était pas très convaincu, mais elle savait qu'il comprenait.

— L'hôpital, Jack. C'est tout ce qui compte. Quelles sont les mesures à prendre ?

— Eh bien... Pour commencer, ne plus nettoyer. J'ai besoin avant toute chose de trouver la source de contamination, puis de faire une culture pour voir ce qui se développe. Je vais devoir aller dans tous les endroits habituels, puis me montrer imaginatif, car d'après mon expérience ces lieux révèlent rarement ce que je cherche.

— Ce que vous faites est une spécialité peu commune...

— Il faut bien que quelqu'un le fasse. Pour ma part, j'ai toujours voulu m'occuper de santé publique et me charger de gens dont personne ne veut.

— Comme Robbie ?

Un jour, Cade lui avait parlé de cet autre frère lourdement atteint d'autisme que leurs parents n'avaient pas voulu élever eux-mêmes.

— Vous êtes au courant pour mon frère ?

Elle hocha la tête.

— L'enfant dont personne ne voulait.

— Après sa mort, j'ai voulu trouver un moyen de m'occuper de personnes laissées de côté, comme il l'avait été. Il est mort parce que personne ne prenait vraiment soin de lui.

— Il s'était sauvé, n'est-ce pas ?

— Oui. Pendant un long moment, personne ne s'est aperçu qu'il manquait, et quand on l'a retrouvé, c'était trop tard. En devenant médecin, j'ai voulu justement porter une attention particulière à ces êtres que l'on ne remarque jamais, comme Robbie. Il s'est trouvé que les conditions d'hygiène n'étaient pas bonnes dans certains des endroits où j'ai travaillé, et cela m'a amené à ce que je fais actuellement. En soignant les patients, on s'apercevait que la cause de la maladie provenait souvent de bactéries, de puces, de tiques ou de vermine.

— Mais Cade m'a raconté que pendant quelque temps vous aviez cessé votre activité. Vous vous étiez retrouvé à Big Badger, où vous envisagiez de collaborer avec eux dans l'hôpital qu'ils venaient de créer.

— En effet, j'ai arrêté ce travail, et je n'ai pas encore décidé si je m'impliquerai dans cet hôpital ou non. Mais j'y réfléchis actuellement... Pour des raisons personnelles.

Des raisons qu'il n'avait pas l'intention de divulguer, elle le devina à son expression.

Jack lui avait donné ce qu'elle voulait, c'était à son tour de lui rendre la pareille. Comme elle avait abordé un sujet dont il ne voulait pas parler, elle ne se montrerait pas indiscrète. En tant que psychologue, c'était une seconde nature chez elle que de poser des questions, surtout lorsqu'elle pressentait une telle détresse. Cependant, pour Jack qu'elle savait réfractaire à ce procédé, elle saurait être patiente. C'était le moins qu'elle pouvait faire.

— De toute façon, vous avez carte blanche, déclara-t-elle. Agissez comme bon vous semble, et si je peux vous aider, faites-le moi savoir. Nous disposons d'un peu d'argent... Mais ce n'est pas grand-chose, et un minimum de dépenses serait apprécié.

Elle alla ouvrir le vieux réfrigérateur et saisit une cruche remplie d'un mélange de jus de pommes et de poires de Patagonie.

— A présent, je vais rejoindre une patiente et boire un jus de fruits dans le jardin avec elle. Maritza Costa souffre de défaut congénital d'un ventricule. Autrement dit, elle a un petit trou dans le cœur. Elle va mieux aujourd'hui, et je pense qu'une promenade à l'air libre lui fera du bien.

Pendant une seconde, Jack eut l'air pétrifié.

— Comment la soignez-vous ?

La réaction de Jack en entendant parler d'un enfant ayant un problème cardiaque n'avait pas échappé à Amanda, et cela aiguisa sa curiosité.

— Seulement avec des médicaments pour l'instant, expliqua-t-elle. Et par l'observation. Elle a sans doute pris froid et est tombée malade. Comme cela traînait, ses parents l'ont amenée ici, et c'est Ben qui a trouvé ce dont elle souffrait. Nous ne parvenons pas à convaincre ses parents de nous autoriser à l'envoyer dans un établissement plus sophistiqué, où elle pourrait éventuellement être opérée. Comme jusqu'à présent elle a toujours été une petite fille normale sans aucun problème au niveau du cœur, nous avons bon espoir de pouvoir la réguler avec un traitement classique.

— Pourquoi ne pas utiliser un cathéter cardiaque ? On s'en sert de plus en plus de nos jours pour colmater de petits trous, c'est un procédé sûr qui a fait ses preuves.

Elle soupira.

— Nous n'avons pas les moyens d'effectuer ce type d'opération. L'équipement nécessaire figure sur la liste du matériel que nous espérons pouvoir acheter d'ici un an.

— Alors, entre-temps… ?

— Entre-temps, nous surveillons Maritza de près et nous efforçons de la maintenir dans la meilleure condition possible.

— On pourrait aussi tenter de faire entendre raison à ses parents.

— Croyez-moi, Ben l'aurait fait depuis des mois, s'il avait pensé que cela pouvait marcher. Mais nous devons agir prudemment. Tout en nous demandant une aide médicale, les gens ici se méfient un peu des étrangers.

— Un peu ? répéta Jack d'un ton sarcastique. Et ils iraient

jusqu'à laisser une enfant mourir parce qu'ils sont « un peu » méfiants ?

— Nous faisons de notre mieux, assura-t-elle.

— Mais que se passe-t-il lorsque ce « mieux » se révèle insuffisant ?

C'était là la question, elle ne l'ignorait pas.

— Écoutez, moi aussi, cela me met en colère. Et mon frère se ronge les sangs et use le sol à force de faire les cent pas dans son bureau. Mais c'est ainsi que nous devons procéder ici, si nous voulons continuer à avancer pour le bien de tous. Les choses sont en train de changer, nous sommes mieux acceptés. Cependant, ces changements se font à leur propre rythme. Vous avez déjà vécu ici, Jack. Vous devez donc le savoir aussi, peut-être mieux que moi.

— Écoutez... Je suis désolé, dit-il après un bref silence. Vous avez créé un beau bâtiment à Caridad. Je ne me permettrais pas de le critiquer, pas plus que je ne critiquerais votre travail ou celui de Ben. Je n'aurais certainement pas accompli autant de choses avec aussi peu de moyens. Ce que vous avez construit fonctionne, et la façon dont vous soignez vos patients ne me regarde pas. Alors, s'il vous plaît, oubliez ce que j'ai dit.

Rassérénée, elle se rapprocha de Jack.

— J'apprécie vos paroles, même si les excuses n'étaient pas nécessaires. En tout cas, merci encore pour m'avoir dit la vérité.

Elle l'embrassa sur la joue, puis pivota sur ses talons. Au moment où elle sortait, Ben entrait. Elle lui fit un léger signe de la main avant de s'éloigner.

Jack suivit des yeux Amanda, impressionné par la passion qui animait la jeune femme.

— Il y a chez elle...

Il secoua la tête, incapable de trouver le mot juste.

— Une force, acheva Ben.

— Une force, oui, répéta-t-il.

Et elle l'exprimait si naturellement ! Dans sa vie à lui, ce genre d'émotion était tenu secret. Il n'était pas habitué à se trouver avec quelqu'un comme elle, qui montrait facilement tout ce qu'elle ressentait. C'était tout à fait à l'opposé de cette raideur qu'il avait en lui et qu'il s'efforçait d'entretenir. En même temps, et à sa grande surprise, il trouvait cela fascinant.

Avait-il bien fait de lui dire d'où elle pouvait venir ?

Cela le préoccupait. Mais, il commençait à s'en rendre compte, lui refuser ce qu'elle demandait risquait de se révéler difficile, voire impossible. Car il y avait cette force en elle, effectivement.

— Qu'en est-il de cette infection qui s'est déclarée dans votre hôpital ? s'enquit-il d'un ton professionnel.

— Sept cas ont été diagnostiqués, tous dans la salle des enfants. Les symptômes consistent en douleurs abdominales, nausées, vomissements, malaises.

— Ont-ils de la température ? Est-ce qu'ils toussent ?

— Pas encore. La bonne nouvelle, c'est que nous pouvons effectuer sur place un nombre limité de cultures. Mais la mauvaise, c'est que, comme nous ne sommes pas réellement équipés pour ça, je ne suis pas sûr que l'on puisse totalement se fier aux résultats — si nous en avons.

— Vous voulez dire que tout risque de se révéler négatif ?

— Nous n'avons obtenu aucun résultat positif pour tout ce que nous avons mis en culture jusqu'à présent. Nous avons pu nous équiper pour traiter les patients. Quant au laboratoire... Je doute que vous soyez impressionné en le voyant, dit Ben. Faisons d'abord un tour complet des installations, afin que vous vous fassiez une idée de ce que vous serez en mesure de réaliser avec les moyens existants.

Jack sourit.

— Ezequiel ne m'a donc pas tout montré ? Au fait, cet enfant est super. Et très intelligent.

— Nous l'aimons beaucoup.

— C'est bien de le laisser aller et venir ici à sa guise. Cela lui donne un but.

— Et un foyer, acheva Ben.

— Il vit à l'hôpital ?

— Depuis un peu plus d'un an. Sa mère l'a amené avec elle quand elle est venue se faire soigner, mais elle est morte d'un cancer. Nous n'avons trouvé personne qui connaisse Ezequiel ou qui veuille s'en charger. Pas de parents ni d'amis de la famille. Alors nous lui avons aménagé une chambre — plus exactement un grand placard de fournitures —, et nous gardons tous un œil sur lui, en nous assurant qu'il soit nourri et habillé.

— Il fait partie des chanceux, commenta Jack, songeant que cela avait aussi été le cas pour Amanda, mais pas pour Rosa.

— C'est vrai, dans un sens. Cependant, il ne reçoit pas une véritable éducation. Nous lui enseignons certaines choses à tour de rôle, mais ce n'est pas régulier. Il n'appartient pas à une famille et donc ne se nourrit pas de ce qu'elle devrait lui apporter. Ce qui est un réel problème, car tout enfant en a besoin pour se structurer. Et si nous nous tournions vers les autorités, ce serait l'abandonner pour de bon. Il est trop âgé pour être adopté et aurait sans doute du mal à s'adapter à une institution. Or, ce serait là qu'il finirait — s'il ne s'enfuit pas.

— Donc, vous le gardez en espérant que tout se passera bien, conclut Jack.

Ben fronça les sourcils.

— On dirait que vous n'approuvez pas...

— Non, ce n'est pas ça. Je me suis souvent trouvé confronté à des situations difficiles, et j'ai vu ces enfants perdus un peu partout. Ezequiel est très éveillé. C'est un véritable survivant. Vous lui donnez plus qu'il n'aurait reçu nulle part ailleurs, et il saura en tirer profit.

— Espérons-le, mais il mérite mieux, soupira Ben.

Il poussa une porte, révélant une pièce de la taille d'un cabinet de toilette, meublée d'une table portant deux antiques microscopes.

— Je vous l'ai déjà dit, n'espérez pas trop, poursuivit-il. J'ai trouvé ces deux appareils entreposés dans un hôpital public de Buenos Aires. Ils avaient renouvelé leurs équipements et m'ont proposé de me servir. Du coup, j'ai rempli notre Jeep communale de tout ce qui me semblait encore en état de fonctionner. Ce qui fait de nous, officiellement, un hôpital de seconde main, ajouta-t-il avec un large sourire.

Jack jeta un rapide coup d'œil et décida que cela pourrait

marcher. Pas très bien, mais suffisamment pour pratiquer des cultures basiques.

— Amanda m'a dit que j'avais carte blanche. J'aimerais commencer en examinant la salle dans laquelle les enfants ont été contaminés.

— Étant donné que la pédiatrie est sa spécialité, elle vous assistera après avoir vu Maritza. Oh ! Et j'ai pris la liberté de vous ajouter sur notre planning de consultations pendant que vous êtes ici — si vous n'y voyez pas d'inconvénient.

— C'est ce que l'on appelle profiter de la situation, observa Jack en riant.

Ben lui tapota le dos amicalement.

— Les occasions sont rares, assura-t-il. Croyez-moi, je suis content que vous soyez là. Vous êtes donc de service à partir de ce soir.

Il indiqua la porte au bout du couloir.

— Ma sœur se trouvera là, lorsque vous serez prêt.

Jack ne répondit pas.

Pouvait-on jamais être prêt à retrouver Amanda ?

Amanda se glissa dans un pantalon d'hôpital de couleur prune, attacha le cordon de la taille et se dirigea vers la salle de pédiatrie.

C'était une grande pièce pauvre en équipement médical. Mais elle contenait des lits, avec des enfants malades et un problème grandissant qui n'avait cessé de l'inquiéter ces derniers temps.

Mais, curieusement, la présence de Jack contribuait déjà à l'apaiser. Elle sentait cette paix s'insinuer en elle, autant dans le domaine professionnel que dans le domaine privé.

Décidément, mieux valait savoir qu'elle était peut-être mapuche. C'était douloureux parce que cela entraînait des questions dérangeantes, mais c'était préférable. Elle ne remercierait jamais assez Jack d'avoir ainsi accepté de s'impliquer — à son corps défendant — dans le désordre que constituait sa vie personnelle en lui répondant avec franchise.

Elle ne s'était pas attendue à une telle attitude de sa part. Apparemment, quelque chose avait changé en lui à ce moment-là.

Il avait eu beau se ressaisir rapidement, cela ne lui avait pas échappé.

Qui était cette personne mapuche qu'il avait aimée ? L'amour de sa vie ?

Avec cette douleur au fond de lui, il était revenu en Argentine, simplement parce qu'elle le lui avait demandé…

— Qui êtes-vous, Jack Kenner ? murmura-t-elle pour elle-même en enfilant le reste de sa tenue. Quel genre d'homme êtes-vous ?

Probablement le genre qui ferait tout pour l'empêcher de le cerner, se dit-elle en regagnant la salle où elle devait le retrouver. Il tenait à garder ses distances, et elle…

Elle ne savait pas trop ce qu'elle voulait. Peut-être seulement le comprendre. Après tout, leurs deux mondes se rencontraient en plusieurs points, alors pourquoi ne pas chercher à les approfondir ?

Voilà qui lui donnait une bonne raison d'avoir Jack à l'esprit presque constamment. Ce qui s'avérait être le cas. Toutes ses pensées la ramenaient à lui. Mais ce n'était pas gênant, puisqu'elle ne souhaitait rien d'autre que le comprendre.

Qui cherchait-elle à abuser ainsi ? En fait, il lui plaisait. Pour son abord un peu rude et sauvage, et même pour son côté distant.

C'était cela aussi, l'effet que l'Argentine produisait sur elle. Lorsqu'elle se trouvait ici, elle éprouvait une plus grande liberté, elle pouvait changer de perspective. Peut-être que, tout au fond d'elle-même, elle avait toujours senti qu'elle appartenait à ce pays.

Jack l'accueillit d'un signe de tête.

— Avez-vous autre chose à signaler que ce qui a été indiqué dans les dossiers ? s'enquit-il depuis le vieux bureau de bois derrière lequel il s'était assis, et qui avait été relégué dans un coin de la salle où il constituait l'unique mobilier, avec une chaise pivotante et un vieux meuble métallique rouillé servant à classer les dossiers.

Coincé dans cet endroit restreint, cet homme immense paraissait encore plus grand.

— Pas vraiment, répondit-elle. Les symptômes sont assez bénins, différents de ce à quoi l'on s'attendait. Aucun enfant n'est actuellement en danger, et encore moins dans un état critique.

— Et vous ne croyez pas qu'il puisse s'agir d'une infection nosocomiale classique, qui ne devrait pas créer de gros problèmes.

C'était une affirmation, et non une question.

— Ben a tendance à minimiser les faits, il n'est donc pas le mieux placé pour nous fournir une réponse objective, poursuivit Jack. En revanche, vous m'avez fait venir ici, ce qui signifie que vous êtes inquiète. Pouvez-vous m'expliquer pourquoi ?

— Justement, non, soupira-t-elle en s'asseyant sur le bord du bureau. Ben se bat contre cette infection depuis plusieurs semaines à présent, et on n'arrive nulle part. Cela n'empire pas mais ne s'améliore pas non plus. Quand on voit la vitesse à laquelle les diverses souches de bactéries et de virus peuvent muter… Souvent, nous avons cru que la contagion était enrayée, alors que le traitement était déjà devenu inefficace. Mon frère est plein de ressources, et il fera tout ce qui est en son pouvoir pour protéger l'hôpital. Mais je me sens également impliquée. C'est pourquoi j'ai fait appel à vous.

— A vrai dire, on trouve ces germes dans tous les hôpitaux, Amanda. Les symptômes que présentent ces gamins ressemblent à ceux d'une grippe gastro-intestinale. Rien de plus. D'après ce que je sais, ils ont tous été soignés rapidement.

— Cependant, un tiers d'entre eux rechute pendant que nous les traitons, et rien que cela devrait constituer un avertissement. Mais j'ignore de quoi nous devrions être avertis.

— Dans ce cas, vous avez bien fait de m'appeler. Les avertissements, c'est ma spécialité. Je crois qu'il est temps pour moi de voir la salle.

— Pas les enfants ?

— Non, pas au début. Parfois, je ne les vois pas du tout. Il semblerait que j'aie un meilleur rapport avec le microbe contaminateur qu'avec les patients.

— Vous avez une piètre opinion de vous, ironisa-t-elle.

— Cela dépend. En tout cas, au vu des symptômes qui se manifestent, l'éventail des causes d'infection devrait être assez réduit. Mais j'aimerais tout reconsidérer d'un œil neuf et tester des zones que l'on n'associe pas normalement à ce que l'on voit. On n'est jamais trop prudent.

— Avez-vous apporté le matériel pour tester ?

— J'ai tout ce qu'il faut, assura Jack. Je dois même avoir un ou deux tours supplémentaires dans ma manche.

Il retira sa blouse blanche du dossier de sa chaise pour l'enfiler, au grand dam d'Amanda, qui le préférait avec son pantalon cargo et son T-shirt d'un blanc immaculé.

Mais tout le monde n'avait-il pas quelque chose à dissimuler ? Jack cachait quelque chose de sombre et de désespéré. Ses parents à elle cachaient quelque chose qui l'effrayait. Et elle-même cachait en elle toutes sortes de choses.

Que se passerait-il si tout ce qui était dissimulé commençait à apparaître au grand jour ?

Elle ne pouvait pas répondre à cette question. Et elle n'était pas certaine de vouloir connaître la réponse.

3

Amanda se laissa tomber de tout son long sur son lit et regarda du côté de son voisin, apparemment très occupé à lire.

— Avez-vous déjà avancé, avec le premier prélèvement ? questionna-t-elle, une nuance d'espoir dans la voix.

Aucune réponse.

— Vous savez, Jack... Les enfants avec qui je travaille au Texas ne réagissent pas quand je m'adresse à eux pour toutes sortes de raisons. Ils ont du mal à traiter ma question ou ne savent pas comment y répondre. La plupart du temps ils sont distraits, ou bien ils ignorent que répondre à une question est le processus normal. Alors, lorsque je n'obtiens pas de réaction de leur part, je comprends que c'est parce que ces enfants sont souvent autistes, et je leur apprends comment réagir. Mais vous, en principe, vous n'avez pas besoin que l'on vous enseigne cela.

Jack tourna la tête vers elle, sans même retirer ses lunettes de vue qui glissèrent sur son nez.

— Où voulez-vous en venir ?

— Nous sommes camarades de chambre. A ce titre, nous sommes censés nous parler.

— Je ne nous considère pas comme tels, rétorqua-t-il. Et si c'était le cas, nous n'aurions pas grand-chose en commun à discuter.

— Oh ! je suis persuadée du contraire ! décréta-t-elle sans se démonter. Pour commencer, cela m'intéresserait de savoir pourquoi vous vous tenez toujours à l'écart de tout le monde. Les gens pensent que vous avez un caractère impossible, que vous êtes inamical, voire ronchon. Au Texas, j'ai toujours entendu dire cela de vous, que ce soit de la part de la réceptionniste ou du personnel hospitalier. Mais savez-vous ce que je crois ?

— Cela changerait-il quelque chose si je ne voulais pas le savoir ? demanda-t-il avec un demi-sourire. Faites donc ce qu'il vous plaît.

Elle se mit à rire franchement.

— C'est donc ainsi que vous voulez être !

Il était pour elle comme une bouffée d'air frais. Sans contraintes, il se moquait éperdument de ce que les autres pensaient de lui. Bref, c'était un homme qui obéissait à ses propres règles, et elle aimait ça.

— Non, c'est ainsi que je *suis*. J'ai appris il y a longtemps qu'il valait mieux laisser les gens faire ce qu'ils avaient envie de faire. Cela les rend heureux, et du coup ma vie devient beaucoup moins compliquée. Lorsque quelqu'un vous demande si vous voulez connaître sa pensée, il trouvera de toute façon le moyen de vous en faire part.

— Méfiez-vous, Jack. Si vous parlez trop, vous pourriez dévoiler un peu plus ce que vous êtes.

Il se contenta de lui tendre son journal.

— Il y a plusieurs articles sur les maladies nosocomiales. Les nouveautés, ce qui est tendance, ce qui revient au goût du jour… Cela devrait vous intéresser.

A cet instant, elle vit dans ses yeux une lueur de malice. Était-il en train de jouer avec elle ?

— On dirait que vous ne savez pas profiter, murmura-t-elle.

— Profiter de quoi ?

— De votre situation. Des gens avec qui vous êtes. Tirer le meilleur parti du moment que vous vivez. On est en Argentine, Jack. En Argentine ! Nous sommes vendredi soir, il fait presque nuit. C'est la saison des vacances, à présent. Les gens du village ont commencé leurs célébrations religieuses. Si vous saviez profiter de la vie, vous descendriez au village, vous vous installeriez dehors à la table d'un café, et vous discuteriez avec les gens tout en les écoutant. Et vous passeriez un bon moment.

— Vous croyez que je ne passe pas un bon moment en lisant ce journal médical ?

— Je crois que vous vous cachez derrière une pile de journaux parce que vous savez que vous vous amuseriez si vous sortiez.

— Serait-ce un défi ?

— Non. Je vous dis simplement ce que je pense.

— Vous voyez, j'avais raison. Vous avez profité d'un moment d'inattention de ma part pour me glisser le fond de votre pensée.

— Oh ! je doute qu'il y ait jamais un moment d'inattention dans votre vie, Jack ! ironisa-t-elle.

Ce type-là allait lui donner du fil à retordre. Mais elle n'abandonnerait pas, et ce n'était pas pour une question de camaraderie professionnelle. Elle voulait simplement voir Jack s'ouvrir, voir à quoi il ressemblerait lorsqu'il n'aurait plus à l'esprit toutes ces choses pesantes.

Évidemment, elle était aussi attirée par lui. Cela, elle ne pouvait pas le nier. Quand elle avait fait sa connaissance au Texas, elle l'avait senti aussitôt, mais elle ne s'y était pas attardée car il faisait partie de la famille d'un de ses patients. Ici, en Argentine, ils étaient sur un plan d'égalité, de médecin à médecin, et cette attirance était en train de se transformer d'une manière qu'elle n'avait pas prévue.

— Si, pour vous, s'amuser consiste à passer une morne soirée à lire des journaux, mon frère en a des cartons entiers, poursuivit-elle. Mais si vous voulez aller à la rencontre des gens, vous mêler un peu à eux, découvrir qui ils sont, je vous invite à vous joindre à moi, pour participer ou juste pour observer. Car c'est là que, moi, je vais m'amuser.

— L'ennui, c'est que je suis de garde.

— Moi aussi, mais cela ne durera pas longtemps. Nous avons suffisamment de personnel pour prendre en charge la routine.

Elle roula sur le côté pour mieux le voir.

— En marchant doucement, on peut y être dans dix minutes. En courant, moins de deux minutes suffisent. Avez-vous d'autres excuses ?

— Donnez-moi quelques secondes pour réfléchir...

Jack s'assit sur son lit et posa ses lunettes sur la table de chevet.

— Cela veut-il dire que vous venez au village avec moi ? s'enquit Amanda.

— Ou bien je vais aller explorer les cartons de journaux de votre frère... Je vois très bien où vous voulez en venir, ajouta-t-il. Vous tentez de me distraire, de me sortir de mes pensées.

— Peut-être aussi de vous montrer quelque chose de bénéfique...

— Comment cela ?

— Sortir la nuit, cela peut vous vider la tête, vous détendre...

Il la fixa un instant sans répondre puis referma son journal.

— J'ai eu ce genre de relation autrefois, quand j'étais étudiant en médecine. C'était une jolie femme, un de mes professeurs. A la fin de sa journée de travail, elle ôtait ses chaussures, lisait un roman, faisait la cuisine et trouvait le temps de s'amuser.

— Je suppose que c'est là que vous interveniez ?

Jack esquissa un sourire.

— Le problème, c'est qu'à la fin de la journée, moi, je devais travailler à mi-temps pour me payer mes études. Quand je ne livrais pas des pizzas, j'étudiais. Quand je n'étudiais pas, je dormais. Pour finir, j'arrivais péniblement à passer deux heures avec elle.

— Et vous me comparez à elle ?

— Non. Je dis seulement que je peux vous accorder deux heures, pas plus.

Elle éclata d'un rire incrédule.

— Quoi ?

— Si vous voulez que je descende au village avec vous, il vaudrait mieux y aller maintenant, car j'ai encore de la lecture à faire, poursuivit Jack, imperturbable.

D'un geste vif, elle saisit son oreiller et le lui jeta à la figure.

— Vous voulez savoir ce que je pense ?

Jack poussa un grognement et se leva en même temps qu'elle.

— Quand allez-vous cesser de me dire ce que je n'ai pas envie d'entendre ?

Elle balança sur lui un second oreiller qui l'atteignit en pleine face, avant de rire de nouveau.

— Eh bien, je pense que, malgré vous, vous allez bien vous amuser, Jack.

On était à quelques semaines de Noël, et le village était déjà tout illuminé.

Certaines décorations clignotaient, d'autres non. Il y avait des lampes suspendues dans les buissons et dans les arbres, sur le faîtge des maisons, les portails et même les bennes à ordures. Les voitures étaient illuminées sur les parkings, ainsi que les chaises que l'on sortait sur les trottoirs pour profiter de la fraîcheur de la nuit. Il y avait même un petit chien, trottant derrière un groupe de fêtards, dont le collier clignotait. En fait, la rue principale tout entière brillait d'une lumière rouge orangé du plus bel effet.

— Si je m'arrête, est-ce qu'on va venir suspendre des lampes sur moi ? demanda Jack d'un ton faussement inquiet.

— C'est beau, n'est-ce pas ? murmura Amanda d'une voix emplie d'émotion. Cette manifestation très simple unit tout le village et donne l'occasion aux gens de se rassembler et de participer à quelque chose de plus grand que le village lui-même.

— Oui, c'est beau, admit-il.

Ce qu'il trouvait beau, c'était surtout la réaction d'Amanda à tout ce qui l'entourait. Cette femme avait en elle une passion et une vitalité contagieuses. Même s'il résistait pour ne pas être contaminé, il ne pouvait s'empêcher d'être entraîné. Et il n'avait même pas envie de se débattre.

— Alors, cela vous plaît aussi ? Je savais que l'on pouvait trouver du sentiment en vous ! s'exclama-t-elle.

— C'est peut-être un grand mot. Disons que je peux apprécier les jolies choses que je vois. Quand j'étais gamin, je trouvais les Noëls très ennuyeux. Il y avait un sapin, toutes les lumières et les décorations étaient de la même couleur, et les paquets étaient alignés sous l'arbre selon leur taille. On n'avait pas le droit de les toucher, et encore moins de les secouer pour deviner ce qui était à l'intérieur.

— Il est donc temps pour vous de vous recréer de bons souvenirs de vacances, pour compenser.

— A supposer que j'en aie envie, objecta-t-il.

— Tout le monde ne souhaiterait-il pas remplacer un mauvais souvenir par quelque chose de plus agréable ?

Amanda lui désigna un homme installant des lumières

multicolores sur un buisson couvert de baies bleuâtres ressemblant aux myrtilles.

— Essayez de vous créer de nouveaux souvenirs, Jack, suggéra-t-elle. Cela ne vous semble pas important pour l'instant, ou même sans intérêt, mais d'ici quelque temps, lorsque vous y repenserez, vous ressentirez peut-être les choses différemment.

Elle se donnait bien du mal pour une cause perdue...

Oui, il était une cause perdue, mais pas au point d'avoir le courage de lui dire qu'elle perdait son temps. En fait, il aimait la compagnie de cette femme plus que d'autres, depuis bien longtemps. Ce serait de courte durée, car elle ne tarderait pas à découvrir qu'il ne valait pas tous ces efforts. Mais pour l'instant...

Qui sait ? Peut-être parviendrait-il au bout du compte à se forger un souvenir agréable ?

— Vous voyez ces baies ? reprit Amanda. Cela fait plusieurs semaines que la cueillette est terminée, mais à Aldea de Cascada les gens en laissent sur les buissons, dans leurs jardins, pour pouvoir participer à la « fête des myrtilles », celle que nous fêtons maintenant.

Au passage, elle s'empara d'une guirlande lumineuse et aida l'homme, qui s'appelait Alberto, à installer sa décoration.

— Cette culture est nouvelle dans la région, poursuivit-elle. Mais elle occupe déjà une part importante dans l'économie locale, et on lui rend hommage de cette façon. En participant aux réjouissances, vous contribuez à leur plaisir.

— Mais en restant chez moi et en m'instruisant par la lecture des journaux, je contribue à leur qualité de vie, rétorqua-t-il.

Amanda se mit à rire.

— A présent, vous vous entêtez pour le plaisir de vous entêter !

Sans répondre, il s'empara d'une guirlande lumineuse, la disposa sur un buisson et la brancha sur celle du buisson voisin. Puis il contempla les lumières colorées : rouge, jaune, vert, bleu.

Tout ça pour un buisson de myrtilles...

— Je ne suis pas entêté, seulement j'ai du bon sens, dit-il enfin.

— Ne passez-vous pas à côté de quelque chose avec cette attitude ? Vous vous permettez de toucher les autres, mais vous ne les autorisez pas à vous toucher. Voyez toute la beauté que nous pouvons créer autour de nous en tant qu'êtres humains !

— Ce sont juste des guirlandes sur des buissons de myrtilles, Amanda. Certains peuvent trouver ça beau, et d'autres, inutile.

— C'est une fête, Jack. Et c'est au moins aussi beau qu'inutile. Et vous savez quoi ? Jusqu'à la fin de votre vie, chaque fois que vous verrez une myrtille, vous vous souviendrez de ce soir. En dépit de tout ce que vous pouvez dire, ce sera un souvenir agréable, parce que vous êtes en train de passer un bon moment. N'ai-je pas raison ?

Il se mit à rire à son tour.

— J'en garderai le souvenir, c'est vrai, admit-il.

« Mais de quelque chose de beaucoup plus agréable qu'un buisson de myrtilles », ajouta-t-il pour lui-même.

— Bien. Dans ce cas, allons nous fabriquer d'autres souvenirs.

Pour les remercier de leur aide, Alberto leur présenta une corbeille remplie de baies. Amanda en porta aussitôt à sa bouche, mais Jack refusa.

— Vous allez me faire le plaisir de goûter ça, insista-t-elle.

— Comment allez-vous vous y prendre ? Vous allez me forcer, peut-être ? demanda-t-il, amusé par sa détermination.

— Oh ! j'en ai maté des plus costauds que vous !

Brièvement, il lui vint à l'esprit une image d'Amanda le « matant » qui alluma le feu dans son ventre.

— Et si je vous disais que je suis allergique aux myrtilles ?

Tout en parlant, il tentait désespérément de se concentrer sur autre chose. Il visualisa des arbres, des oiseaux, et même des instruments chirurgicaux. Mais rien n'y fit, d'un coup de reins, sa belle amazone envoya tout valser dans sa tête.

— Je vous répondrais que vous mentez et que je le vois dans vos yeux, assura-t-elle en se rapprochant de lui. Allez, Jack ! Une myrtille, et je vous laisse tranquille.

Mais avait-il vraiment envie qu'elle le laisse tranquille ?

— Le problème, c'est que, lorsque vous me défiez ainsi, je ne peux pas céder. Ce n'est pas dans ma nature.

— Ni dans la mienne.

— Nous sommes donc de nouveau dans une impasse ?

A présent, elle était si près de lui qu'en faisant un pas de plus, elle se retrouverait collée à lui et ne pourrait faire autrement que de constater la flambée de désir qui l'avait envahi.

— Pas du tout.

Elle tendit la main vers sa bouche.

D'un geste vif il lui saisit le poignet et bloqua son geste à quelques millimètres de ses lèvres. Pendant quelques secondes ils se regardèrent, immobiles, et brusquement l'air devint torride.

— Maintenant, qu'est-ce qu'on fait ? dit-il d'une voix rauque qui trahissait le désir qui l'avait envahi.

— Cela dépend, murmura-t-elle.

Il y eut un silence, puis ce fut lui qui guida sa main jusqu'à sa bouche. Elle glissa la baie entre ses lèvres, et son doigt resta peut-être une seconde de plus qu'il n'était nécessaire sur la pointe de sa langue.

Il dégusta la baie, qui était douce, sucrée...

De toute façon, il estimait que c'était lui qui avait gagné.

— Vous voyez, Jack, c'est ce qu'il vous faut. Quelque chose de doux et de sucré.

Il resta muet. Lâchant le poignet d'Amanda, il fit un pas en arrière et s'efforça de retrouver le contrôle de ses sens.

Il était temps qu'il redevienne Jack Kenner, et non cet imbécile qui se laissait entortiller par les arguments persuasifs d'Amanda Robinson.

— Quoi qu'il en soit, je crains que nous n'arrivions bientôt au bout de vos deux heures, grommela-t-il.

Elle se régala d'une autre baie sans prendre la peine de lui en proposer, puis elle s'accrocha à son bras.

— *Vos* deux heures, rectifia-t-elle. Alors, allons acheter des guirlandes pour décorer notre propre endroit.

A vrai dire, dans l'état où il était, il n'avait qu'une envie : s'éloigner d'ici et se calmer en fumant une cigarette, lui qui ne fumait même pas.

— Si ce sont *mes* deux heures, ne devrais-je pas pouvoir choisir quoi en faire ?

A cet instant surgirent dans son esprit des pensées peu

recommandables, dont aucune d'elles n'avait à voir avec les décorations de la fête.

— Dans des circonstances normales, sans doute. Mais comme c'est un cadeau que je vous fais, c'est à moi de le choisir, répliqua-t-elle.

Elle lui montra un marchand qui remontait la rue avec une charrette, suivi d'un groupe d'enfants qui cherchaient à voir ce qu'il transportait, tandis que des vieilles femmes tentaient de les rattraper, sans doute dans l'espoir de faire une bonne affaire.

A quelques pas de là, un orchestre de rue, composé d'un saxophone, d'un accordéon et d'un guitariste, jouait des chants de Noël. Un peu plus loin, un vieil homme vendait des chaussons à la viande.

— Le vendeur a des lumières, dit Amanda avec un grand sourire. C'est mon cadeau. A vous de décider où vous allez les mettre.

Elle choisit trois guirlandes multicolores et tendit au marchand un billet de cinq pesos, faisant un signe de dénégation quand il voulut lui rendre la monnaie.

— Cela vous semble-t-il un bon compromis ? demanda-t-elle à Jack, qui avait de plus en plus envie de s'éloigner à chaque seconde qui passait.

— Ai-je le choix ? cria-t-il, tentant d'éviter une parade de musiciens qui venait à sa rencontre avec des tambours et des kazoos faits maison.

Trop tard. Entouré par la procession, il se retrouva entraîné vers le bas de la rue.

Surprise, Amanda resta un moment immobile à regarder la vague festive emporter Jack.

Elle constata avec plaisir qu'il ne tentait pas de s'y soustraire par la force. Il se contentait de suivre le flot.

— Tu le trouves fascinant, n'est-ce pas ? demanda Ben en surgissant derrière elle.

— En effet, reconnut-elle. Je ne sais pas vraiment pourquoi.

Il lui tendit un verre de maté, la boisson nationale à base de plantes.

— C'est peut-être le fait qu'il t'apparaît comme un homme inaccessible. Tu veux peut-être ce que tu ne peux pas avoir, tenta-t-il de deviner.

— Et tu sais de quoi tu parles, puisque tu es l'homme le plus inaccessible que je connaisse, répliqua-t-elle en portant le verre à ses lèvres.

C'était une boisson stimulante, au goût étrange, un des petits plaisirs qu'elle recherchait quand elle venait ici.

— S'il te plaît tant que ça, tu n'as qu'à faire en sorte de l'obtenir, ajouta-t-il en souriant.

— A supposer que ce soit mon intention — ce qui n'est pas le cas —, comment suis-je censée m'y prendre si l'homme en question n'est pas d'accord ?

Ben se contenta de rire.

— Bien essayé, mais j'ai vu la façon dont tu le regardais.

— Et alors ? Quelque part je l'admire sur le plan professionnel. Après tout, nous sommes médecins tous les deux et avons des points communs, c'est tout. Qu'y a-t-il de mal à cela ?

— Encore une fois, je n'y crois pas. Tu avais déjà ce regard en arrivant. Donc, ce qu'il se passe entre vous existait déjà depuis un moment.

— Je t'assure que tu te trompes, Ben, protesta-t-elle. Mais après tout, crois ce que tu veux. Quant à moi, je vais au secours de Jack. J'ai l'impression qu'il n'apprécie pas beaucoup le poncho et le béret dont on l'a affublé.

— Décidément, tu as beaucoup de sollicitude envers lui, pour quelqu'un qui ne t'intéresse pas, railla Ben. Sur ce, le devoir m'appelle.

— C'est ça, sauve-toi au lieu d'affronter le fait que tu te trompes !

— Etiez-vous en train de vous disputer ? s'enquit Jack quand elle le rejoignit.

S'étant déjà débarrassé du poncho quelque part dans la foule, il lui tendit le béret, qu'elle mit aussitôt sur sa propre tête.

— Disons que nous n'étions pas d'accord, rectifia-t-elle. C'est une tradition entre nous. Il est persuadé de savoir ce qui est le mieux pour moi et je lui réponds à quel point il se trompe.

— Lui arrive-t-il d'avoir raison ?

— Quelquefois.

Jack sourit.

— Donc, vous êtes capable de céder. C'est bon à savoir.

— Seulement sur certaines choses. Mais pas sur les décorations de Noël ! Avez-vous réfléchi à ce que vous alliez en faire ?

— Vous pensez encore à ça ?

— Cela faisait partie de notre plan, rappelez-vous.

— Je ne fais jamais de « plan », objecta-t-il. Il y a toujours des complications, et on se retrouve entraîné dans une direction où on ne veut pas aller.

Elle était décidée à ne pas lâcher.

— Mais il est possible que cela prenne une direction où vous avez besoin d'aller, même si vous ne le savez pas au début ?

De l'autre côté de la rue, elle repéra à la terrasse d'un café deux chaises vides et une petite table carrelée. Saisissant Jack par le bras, elle traversa la foule avec lui et s'assit.

Seulement, il ne l'imita pas. Il resta debout à la regarder.

— Bon, admit-il enfin. J'ai réfléchi à un endroit pour les décorations.

Elle se doutait de ce que c'était : il allait s'en débarrasser dans la première poubelle venue ou les lancer en direction de la prochaine personne qui passerait près de lui. Elle avait beau vouloir de toutes ses forces qu'il participe à la fête, il freinait des quatre fers, ce qui remettait en question ses projets pour le soir.

A quoi s'était-elle attendue ? A ce que le simple fait de l'emmener à la fête opère sur lui une transformation miraculeuse ?

— Très bien, prenez-les, répondit-elle simplement, s'efforçant de cacher sa déception.

— Vous m'accompagnez ?

Pour se trouver confrontée à son échec ? Non, merci.

— Allez-y seul, je voudrais profiter encore un peu de la fête.

Même si elle se terminait sur une note mélancolique…

— Je peux revenir vous chercher plus tard, proposa Jack.

— Ne vous donnez pas cette peine.

Avant de s'éloigner, il agita son téléphone portable dans sa direction, pour qu'elle n'oublie pas de l'appeler si besoin. Un peu plus loin, il fut rattrapé par un petit garçon qui tenta de lui vendre son béret. Sans le prendre, Jack lui donna une grosse poignée de monnaie et lui ébouriffa les cheveux.

Elle ne savait plus que penser.

— Je ne pense pas me tromper sur votre compte, Jack Kenner, murmura-t-elle.

A sa surprise, elle remarqua, avant qu'il ne disparaisse dans l'obscurité, qu'il portait toujours les guirlandes.

La plupart des patients étaient sortis pour se rendre à la fête, constata Jack. L'hôpital était anormalement tranquille. Seul l'écho de ses propres pas résonnait sur le sol en ciment, et il eut une impression étrange : le silence en devenait presque inquiétant.

Pourtant, il avait l'habitude de la solitude. C'était son domaine, il s'y sentait à l'aise. Aurait-il dû rester à la fête pour faire plaisir à Amanda ? Elle avait vraiment fait des efforts pour le faire participer, et ses intentions étaient si désintéressées... En fait, il ne se rappelait pas avoir jamais connu quelqu'un d'aussi altruiste qu'elle.

Décidément, tout était agréable ici : le village, les gens, la fête. A une époque, il avait pensé élever Rosa au plus proche de la tradition à laquelle elle appartenait, et les fêtes en faisaient partie. Il l'avait imaginée en robe de fête, avec des fleurs dans les cheveux, chantant, dansant, s'amusant. Et plus tard, quand les petits garçons auraient commencé à faire attention à elle, même accrochée à la main de son papa. Et plus tard encore, quand les garçons auraient grandi et qu'il aurait serré plus fort la main de sa fille dans la sienne pour la retenir...

C'étaient des rêves inutiles qui ne s'étaient jamais concrétisés, un misérable rappel de ses échecs. Rosa n'était jamais allée dans des fêtes.

S'efforçant de se concentrer sur le bruit de ses pas, il se rapprocha de la chambre d'Ezequiel.

— Tu es là ? demanda-t-il en poussant la porte entrouverte.

Pas de réponse, et encore moins d'Ezequiel.

L'enfant était probablement au village, en train d'admirer les illuminations comme tout le monde. C'était le moment d'en profiter.

Il se glissa dans la chambre et referma la porte derrière lui.

Il n'y avait vraiment pas grand-chose. Quelques livres, quelques précieux vêtements, la gourde qui trônait sur une étagère, et la photo encadrée d'une femme jeune et pleine de vie, avec le sourire d'Ezequiel. Sa mère, probablement.

Un nœud se forma dans la gorge de Jack.

Le gamin possédait si peu ! Mais il ne le savait pas, et il était heureux. Et optimiste. Il était reconnaissant de ce qu'il avait plutôt que plein de rancœur pour ce qu'il n'avait pas.

Il y avait une leçon à tirer de cela, songea Jack en posant les boîtes de décorations sur le lit de camp d'Ezequiel, avant de se mettre au travail. Cet enfant méritait quelque chose d'agréable dans sa vie. Même si ces guirlandes ne servaient qu'à panser provisoirement une blessure très profonde, parfois, un bandage, cela aidait.

Il disposa les lumières sur le petit meuble à deux tiroirs, la tringle supportant les vêtements, l'étagère et la porte.

Quand il quitta la minuscule pièce quelques instants plus tard, laissant volontairement la lumière pour qu'Ezequiel voie l'effet instantanément en ouvrant la porte, il éprouvait un mélange de contentement et de mélancolie.

C'était presque rien, mais Ezequiel ne mesurait pas la valeur des choses. La prochaine fois qu'il irait au village, il lui achèterait une ou deux babioles qu'il envelopperait joliment pour Noël. Lui-même ne serait sans doute plus là, mais tous les enfants du monde avaient envie d'un cadeau.

En retraversant le bâtiment, il se rappela les matins de Noël passés avec Robbie et son excitation au moment d'ouvrir les cadeaux. Ce qui l'intéressait, c'était plus de défaire les paquets que ce qu'il y avait à l'intérieur. Peu lui importait que les emballages soient tous pareils et les décorations toutes de la même couleur. Ces Noëls que lui-même avait détestés, Robbie y avait trouvé de la joie et de l'émerveillement.

C'était cette innocence qui lui manquait le plus. Car dans sa vie, rien n'était ainsi. Il avait voyagé trop vite, vu trop de choses, éprouvé la douleur de l'échec ultime. Alors, pour lui, il n'y avait plus rien d'innocent.

Excepté Ezequiel.

Le jeune garçon possédait encore cette fraîcheur, cette croyance en la vie où tout finit par s'arranger. Et il lui souhaitait de tout son cœur d'y croire encore très, très longtemps, et de ressentir de la joie et de l'émerveillement grâce à une simple guirlande lumineuse.

Qu'allait-il faire à présent ? Lire d'autres journaux jusqu'à ce qu'il tombe de sommeil ? Contempler le plafond jusqu'à ce que sa tête se vide des pensées qui le maintenaient habituellement éveillé la moitié de la nuit ?

Ce soir, la musique de la fête pénétrait les murs de l'hôpital et il entendait des éclats de rire étouffés provenant du village. Parmi eux, il y avait sûrement ceux d'Amanda.

Amanda...

Il fallait qu'il cesse de se torturer. Quel bien cela pouvait-il lui faire de penser à elle, puisqu'ils n'iraient jamais plus loin ? Pendant une dizaine de minutes, il avait réussi à la chasser de son esprit, mais en montant les marches menant à la cabane en bois des invités, son prénom résonnait dans sa tête au rythme de ses pas.

A-man-da. A-man-da...

— Qu'est-ce que... ?

Une guirlande de lumières multicolores entourait son lit.

— Surprise ! s'écria l'objet de ses pensées.

— Je vois, marmonna-t-il. Vous voulez vous venger parce que je suis parti avant que mes deux heures ne soient écoulées, en m'électrocutant avec des guirlandes de Noël. C'est bien ça ?

— Tout à fait, Jack. C'est exactement ce que j'essaie de faire : vous électrocuter.

Elle lui tendit en riant deux *alfajores de maizena*— gâteaux à base de fécule de maïs — ainsi qu'un verre de jus de fruits épais.

— Orange et mangue. Comme vous ne restiez pas à la fête, j'ai amené la fête jusqu'à vous. C'est aussi pour vous remercier d'avoir été honnête avec moi. Savoir d'où je viens est très important pour moi, Jack. Cela ne répond pas à toutes les questions que je me pose, mais c'est un début. Car jusqu'à présent, je n'avais rien.

Se mettant sur la pointe des pieds, elle l'embrassa sur la joue.

— Merci !

Il hocha la tête, bourru.

En fait, cette « honnêteté » dont il avait fait preuve lui pesait déjà. Il espérait qu'elle n'allait pas se mettre à nourrir des espoirs qui risquaient de lui briser le cœur.

Il était pratiquement certain qu'elle était mapuche. Comment aurait-il pu lui mentir à ce sujet ? Cependant, le reste de la vérité risquait de ne pas être évident à découvrir, et c'était cela qu'il regrettait.

— Je craignais de devoir m'excuser pour m'être mêlé de ce qui ne me regardait pas.

— Vous n'en avez rien fait, c'est moi qui suis venue vous chercher. Et je ne vous aurais pas lâché tant que vous ne m'auriez pas répondu. Vos yeux ne mentent pas, Jack. J'ai un peu peur de la suite, mais je saurai faire face.

Seulement, songea-t-il, la vérité serait peut-être beaucoup plus douloureuse qu'elle ne s'y attendait. Il en avait fait l'expérience au plus profond de lui-même, et sa propre souffrance ne le quittait jamais.

Cependant, la naïveté d'Amanda pouvait lui servir de bouclier. Il n'y avait qu'à espérer qu'elle soit assez solide pour la protéger.

Il avala un des gâteaux en quelques bouchées.

— En tout cas, je vous présente tout de même mes excuses. Si ce n'est pas pour maintenant, c'est pour les difficultés que cela pourrait vous occasionner à l'avenir. Considérez ces excuses comme un acompte.

Amanda lui jeta un coup d'œil surpris, puis elle brisa un morceau du cookie qu'il ne mangeait pas et le croqua, la mine gourmande.

Son regard se fit songeur.

— Lorsque vous avez parlé de cette femme mapuche…

Il avait suffi d'un mot. Instantanément, il se trouva de nouveau projeté dans le passé.

De toutes ses forces, il s'efforça d'effacer les images qui lui revenaient.

Amanda n'avait pas besoin de connaître toute cette laideur.

— Comme je vous l'ai dit, j'ai vécu quelque temps dans la

région, expliqua-t-il à regret, en cherchant ses mots. J'étais venu faire des recherches sur une source de contamination dans un orphelinat, et j'ai décidé de rester parce que... Parce que j'aimais bien ce coin. J'avais appris à connaître les gens, je m'étais familiarisé avec les coutumes subtiles des Mapuches. Vous avez le même teint qu'eux, et la même forme de pommettes. C'est très caractéristique, très...

Fermant les yeux, il revit Rosa, et il lutta contre le nœud qui se formait dans sa gorge.

— Très joli, acheva-t-il. Lorsque l'on voyage aussi souvent que moi et que l'on recherche certaines choses bien précises, on devient habile à observer tout autour de soi.

— Etes-vous tombé amoureux là-bas, dans les villages de la pampa ? demanda-t-elle sans détours.

Il secoua la tête.

— Il y avait une femme... Elle a attiré mon attention quelque temps, mais cela n'a pas marché. Nous étions de deux mondes trop différents. Elle ne voulait pas quitter les siens, ni moi les miens. Non, je ne suis pas vraiment tombé amoureux. Seulement, j'ai peut-être appris à être un peu plus avisé.

Bon sang, qu'est-ce qu'il lui prenait, tout d'un coup, de raconter sa vie ? Et pourquoi était-ce si facile, avec Amanda, de se mettre à divaguer comme il le faisait, alors que cette partie de sa vie était désormais interdite d'accès à tout le monde ?

Cette femme devenait trop proche, voilà ce qu'il se passait. Et il ne devait pas la laisser faire. Bon sang, il avait intérêt à se secouer, et vite !

— En avez-vous parlé à Ben ? demanda-t-il pour ramener la conversation de son côté à elle.

— Du fait que je pense être mapuche ? En fait, je ne sais pas trop comment aborder le sujet sans impliquer nos parents. Mais je le ferai dès demain, c'est sûr. A ce propos, Jack, la journée a été longue pour tous les deux. Alors, je crois que c'est le moment de tirer le rideau et de vous souhaiter de faire de beaux rêves.

Elle se leva pour joindre la geste à la parole et lui sourit, de ce sourire qui lui évoquait beaucoup trop de choses pour leur bien à tous deux.

— Et encore une fois, merci, Jack. Merci, vraiment.

Même avec un rideau pour diviser la chambre, il n'était pas sûr de pouvoir s'endormir. Trop de choses l'avaient remué, aujourd'hui.

Amanda, Rosa, Robbie… Même Ezequiel.

— Je crois que je vais prendre une chaise et m'installer sous le porche pour lire un moment, annonça-t-il en se dirigeant vers la porte.

Une fois sur le seuil, il se retourna et vit Amanda au milieu de la pièce en train de le fixer, le rideau à demi tiré.

— Bonnes illuminations de Noël, Jack, murmura-t-elle.

Après les secondes les plus longues qu'il ait jamais vécues, elle ferma complètement le rideau, et seule sa silhouette se devina à travers le tissu.

4

— Je me suis dit qu'une tasse de thé vous ferait plaisir, chuchota Amanda pour ne pas troubler le silence de la pièce plongée dans l'obscurité.

Assis au bureau de la salle des enfants, immobile, Jack semblait fixer on ne sait quoi. Elle l'avait observé quelques instants depuis le couloir, à travers la porte vitrée, et il n'avait pas fait un geste. A part le mouvement imperceptible de sa poitrine qui se soulevait et s'abaissait régulièrement, on aurait pu le prendre pour une statue — celle d'un ange gardien surveillant les enfants.

— Il est nature, sans aucune épice locale, ajouta-t-elle.

— Merci, répondit-il, sans remuer le petit doigt pour lui prendre la tasse.

Elle la posa sur le bureau, prête à repartir.

Mais elle n'en fit rien.

— Que cherchez-vous ? demanda-t-elle.

La veille, elle l'avait longtemps guetté avant de succomber au sommeil, mais il n'était même pas revenu dans la cabane. Dans la nuit, lorsque le petit singe hurleur qui vivait dans la jungle s'était mis à lancer ses appels, probablement dans l'espoir de trouver une petite amie, elle s'était levée pour fermer la fenêtre, et Jack n'était toujours pas là.

— Je ne sais pas exactement.

— Alors, pourquoi êtes-vous ici ?

— Parfois, je trouve les réponses dont j'ai besoin dans la simple observation. Il est bon d'effectuer tous les tests nécessaires, mais souvent c'est l'élément humain qui échappe au diagnostic. Or, en tant que médecins, nous devons rester impliqués. Même si je ne traite pas toujours les patients directement, j'aime les observer.

Enfin, il se décida à bouger. Levant les yeux sur elle, il prit une profonde inspiration.

— Cette nuit, j'ai pu observer que la petite fille du troisième lit à droite avait une température élevée au toucher. Elle est également apathique. Quant au garçon du dernier lit, il est de plus en plus agité. Il a commencé à donner des coups de pied entre les draps il y a environ un quart d'heure, et il ne va pas tarder à avoir mal au ventre, car il se met en boule sur le côté.

Il avala une gorgée de thé.

— Et vous, pourquoi êtes-vous ici à cette heure matinale ?

— Un singe hurleur m'a réveillée.

— Je crois que ce sont les animaux les plus bruyants du monde, dit-il en riant.

— Surtout quand ils cherchent l'âme sœur. Donc, nous avons deux nouveaux enfants en train de tomber malades, commenta-t-elle avec accablement. Qu'allons-nous faire ?

Jack haussa les épaules.

— Bien que ce microbe ne se transmette sans doute pas par contact direct, nous allons les séparer du reste des enfants de la salle. Ce sera plus pratique pour observer les symptômes spécifiques.

— Mais pas évident, étant donné que nous ne disposons pas de beaucoup de pièces, objecta-t-elle. Je vais voir ce que je peux trouver. A propos, vous devez maintenant avoir une idée de ce à quoi nous sommes confrontés ?

— Peut-être bien. Mais je préfère ne rien dire tant que je n'en saurai pas plus. Les gens paniquent facilement, Amanda. A partir d'un mot, ils se font toutes sortes d'idées. L'expérience m'a appris que, tant que l'on n'en est qu'au stade des hypothèses, il vaut mieux se montrer prudent.

— Je comprends votre point de vue. Mais ces précautions ne sont peut-être pas nécessaires envers le copropriétaire de cet hôpital, c'est-à-dire moi. Et je suis impatiente de tout savoir, même s'il ne s'agit que d'hypothèses.

— Seriez-vous en train de faire valoir votre supériorité hiérarchique ?

Elle étouffa un petit rire.

— Est-ce que quiconque a jamais pu être votre patron, Jack ? Je voudrais juste avoir une idée de ce qu'il se trame ici, ou tout au moins un espoir.

— Généralement, l'espoir apparaît lorsque j'énonce le diagnostic, car je n'ai jamais été confronté à quoi que ce soit qui ne puisse être traité. Le problème qu'il y a ici doit pouvoir être résolu, parce que les symptômes semblent d'origine hydrique. Ils auraient donc un rapport avec l'eau. J'ignore encore comment, mais quelques hypothèses me sont déjà venues à l'esprit.

Elle fixa Jack avec intérêt, mais il secoua la tête.

— Je n'en dirai pas davantage, poursuivit-il. Si ce n'est que je ne déplacerai pas ces enfants tant que nous n'aurons pas la certitude que leur nouvelle chambre est aussi stérile que possible, même si je doute que le microbe puisse se développer en dehors d'une source d'eau. Toujours est-il qu'il vaut mieux être trop prudent qu'impatient et le regretter ensuite. Donc, une fois qu'on les aura changés d'endroit, il faudra effectuer des cultures de sang, d'urine, de crachats et de tous les autres liquides corporels, ainsi que des cicatrices et autres éraflures ou lésions. J'aimerais aussi avoir des échantillons de peau par grattage, juste pour voir ce qui se développe en surface.

Elle approuva du menton.

— Avec tout ça, les choses ne manqueront pas de se préciser.

— Oui, je crois que j'ai assez attendu. Tout en m'orientant dans une direction basée sur l'intuition, j'ai besoin de savoir de façon définitive si nous avons affaire à une bactérie, un virus ou un autre micro-organisme.

— Tout cela sans dormir ?

— J'ai dormi, assura Jack. J'ai somnolé sur la chaise sous le porche pendant une heure ou deux.

Au lieu de dormir dans son lit, de l'autre côté du rideau.

Elle ne pouvait s'empêcher de se sentir un peu vexée. Mais après tout, l'important, n'était-ce pas qu'il règle leur problème d'une façon ou d'une autre ?

Elle aurait pourtant aimé qu'il dorme dans la chambre. Elle se serait sentie moins vulnérable.

— D'après ce que vous m'avez dit, vous ne vous êtes encore jamais trompé...

— Au sujet de mes microbes, comme je les appelle ? En fait, ce sont les plus faciles à traiter. Ils suivent une certaine logique en opérant leurs ravages. J'ai plus de mal à appréhender la vie en général sur une base quotidienne, parce qu'elle n'a rien de logique et que l'on ne peut rien retirer de sensé des problèmes qu'elle crée.

— Peut-être que si vous n'envisagiez pas la vie comme une patiente qui a besoin d'être traitée, mais comme quelque chose que l'on peut apprécier, vous l'aborderiez plus facilement.

— Facile à dire, pour une optimiste.

— Je ne suis pas optimiste, mais pratique, Jack. Et j'ai remarqué que j'étais plus heureuse lorsque j'appréciais la vie. Du coup, je deviens quelqu'un de meilleur, et par conséquent un meilleur médecin. Tout s'enchaîne.

— Pour moi, le côté pratique de la vie concerne le travail, et c'est un moyen d'obtenir ce que je cherche, c'est-à-dire éradiquer les sources de contamination. Je n'ai pas besoin de l'apprécier, et je n'en retire aucune joie. Rien qui puisse faire de moi une meilleure personne.

— Vous ne tirez aucune satisfaction de vos bons résultats ?

— Si. Parfois, il y a de quoi satisfaire mon ego. Mais la fierté n'est pas comparable à la joie. Elle, elle vient d'ailleurs... d'un endroit auquel je n'ai pas besoin d'accéder.

— Dommage, soupira-t-elle. Vous ne savez pas ce que vous perdez.

— Comment pourrait-on perdre quelque chose que l'on n'a jamais eu ? Quoi qu'il en soit, une fois que j'aurai isolé la source du problème, je voudrais tester sa sensibilité à toute une série de médicaments, afin que chaque enfant puisse être soigné rapidement et efficacement. Et en attendant les résultats des tests, j'aimerais commencer un traitement préventif avec un antibiotique à large spectre comme la pénicilline. Ce n'est sans doute pas nécessaire, mais je préfère ne pas courir de risque.

— Pauvre Jack, qui ne pensez qu'à travailler sans jamais vous amuser, au risque de devenir un rouspéteur !

Mais un rouspéteur très sexy. Et elle avait envie d'être celle qui briserait sa carapace en apparence si solide, car elle devinait qu'en dessous elle trouverait quelque chose d'entièrement différent. C'était peut-être seulement en train de couver ou sur le point de faire éruption : un peu de joie qui ne demandait qu'à s'exprimer, mais ne savait pas comment faire.

— En travaillant, on sauve des vies, répondit simplement Jack en se levant de sa chaise. Maintenant, le rouspéteur va jeter un coup d'œil à la pharmacie et voir ce que nous avons comme antibiotiques pour un traitement prophylactique.

Elle lui sourit.

— Je crois que je comprends comment vous fonctionnez, à présent : d'abord vous prescrivez, ensuite vous croisez les doigts.

Jack s'esclaffa silencieusement.

— C'est à peu près ça.

Il se dirigea vers le couloir, où elle le suivit. Depuis la fenêtre donnant sur la salle des enfants, il jeta un coup d'œil circulaire à l'intérieur.

— La salle devra être désinfectée une fois que les malades auront été isolés. Je sais qu'elle a déjà été nettoyée, peut-être même plusieurs fois, mais il ne faut pas qu'il reste quoi que ce soit derrière eux.

— Ce que vous demandez nécessite beaucoup de moyens, Jack. Nous ferons de notre mieux, mais je ne peux rien vous promettre. Avez-vous bien regardé cet endroit ? Nous n'avons rien pour opérer. Nous soignons nos patients avec des médicaments périmés que nous donnent certaines pharmacies — encore bons, bien sûr, mais qui ne peuvent plus être vendus sur le marché habituel à cause de leur date de péremption. Nous avons de vieux lits, du matériel usagé et un espace limité. Le coût d'une simple radiographie nous met pratiquement sur la paille, et si les femmes du village n'avaient pas la gentillesse de laver chez elles nos draps et nos couvertures, je me demande comment nous ferions. On nous fait don de la nourriture, la plupart des employés sont bénévoles. Et les villageois, qui ont à peine de quoi faire vivre leur propre famille, déposent des pièces de monnaie sur notre seuil pour que nous puissions continuer à fonctionner.

Pendant qu'elle reprenait son souffle, Jack demeura silencieux.

— Donc, nous ferons notre possible pour vous donner ce que vous demandez, conclut-elle. Mais soyez patient avec nous. Cela prendra du temps. Peut-être même faudra-t-il insister.

— Il n'est pas dans mes habitudes de supplier, dit-il avec une amertume qu'il ne tenta même pas de dissimuler.

En son for intérieur, elle se mit soudain à douter. Le dévouement de Jack était certes appréciable, mais ne serait-il pas du genre à s'en aller s'il n'obtenait pas tout ce qu'il voulait ?

— A cause de ce que vous avez vécu dans votre enfance ? s'enquit-elle.

— A cause de toute ma vie, répliqua-t-il sèchement.

C'était tout Jack, ça : il pouvait se montrer amical un instant et désagréable l'instant d'après. C'était carrément frustrant, au point qu'elle se demandait si cela valait la peine de s'intéresser à lui. A l'évidence, il ne cherchait pas à être quelqu'un de sociable.

— Eh bien... Sur cette note aigre-douce, je vais prendre une douche et travailler sur ce que vous avez demandé, répondit-elle sur le même ton, à la fois irritée du brusque changement d'attitude de Jack et contre elle-même. Si vous pensez à autre chose, faites une note et déposez-la sur mon bureau.

Pivotant sur elle-même, elle commençait à s'éloigner, quand il la rattrapa et lui saisit le bras.

— Je ne voulais pas être désagréable...

Elle s'arrêta et le fixa droit dans les yeux.

— Écoutez, ce n'est pas moi qui en veux au monde entier. C'est votre affaire, Jack. Je ne vous demanderai pas ce qui ne va pas, parce que je refuse que nous ayons une relation d'analyste à patient. Pas avec vous. Mais laissez-moi vous donner un conseil amical. Vous ne pouvez pas continuer à vivre ainsi sans vous faire du mal. Cela va vous consumer à petit feu, jusqu'à ce qu'il ne reste plus rien. Cependant, je pense que cela vous est bien égal.

— Que voulez-vous que je vous dise ? Que mon rejet de toute manifestation de joie et de bonheur remonte à mon enfance ? Est-ce que vous vous sentirez mieux si je vous raconte que je n'ai pas grandi au sein d'une charmante famille adoptive comme vous ? Que la femme de mon père — la mère de Cade — m'a adopté pour sacrifier aux apparences, et que nous avons été une famille chaotique, pleine de rancœur et d'insatisfaction ? Sauf pour Robbie, qui a été la seule chose...

Jack s'interrompit et serra les mâchoires.

— Je ne me sentirais pas mieux, parce que ce n'est pas moi qui arbore une mine renfrognée en permanence, rétorqua-t-elle. Mais si cela *vous* aide à vous sentir mieux, n'hésitez pas.

— C'est encore la psy qui parle ?

— Non, c'est l'amie. Si vous ne faites pas la différence, j'en suis désolée.

Et elle le regrettait sincèrement, car il était terriblement fermé de l'intérieur. Pourtant, elle avait vu la manière dont il regardait les enfants.

Dommage que le Jack Kenner qui fronçait les sourcils en face d'elle ne puisse pas connaître ce Jack-là. S'il le pouvait, sans doute ne l'aimerait-il pas, mais il lui plaisait, à elle... Et, curieusement, le Jack rouspéteur aussi.

Allez comprendre !

— C'est un miracle ! s'exclama Ezequiel. J'ai ouvert la porte, et soudain, ma chambre était pleine de lumières !

— Quel genre de lumières ? demanda Amanda d'un ton soupçonneux.

— De toutes les couleurs, comme celles du village.

Ce n'était pas un miracle, comprit-elle aussitôt. Jack avait simplement décoré la chambre du petit garçon avec ses guirlandes lumineuses.

Elle sentit son cœur fondre.

Et voilà. Une minute auparavant elle était prête à oublier l'existence de Jack Kenner, et la minute d'après elle avait pratiquement la larme à l'œil parce qu'il s'était montré gentil envers Ezequiel.

— Tu es sûr qu'il n'y avait rien, quand tu es parti à la fête ?

L'enfant secoua la tête.

— Il n'y avait que la lumière du plafond.

— Alors, ce doit être un miracle, convint-elle en lui tendant un paquet de tampons de coton à emporter dans la salle. J'aimerais bien jeter un coup d'œil chez toi tout à l'heure, si tu veux bien. Hum... Tu n'en as pas parlé au Dr Kenner ?

— Tu veux dire Doc K ? Non. Au moins une centaine de personnes faisaient la queue pour le voir, ce matin. Il n'avait pas le temps.

Jack tenait une consultation externe ? Il était décidément plein de surprises !

— Donne ces tampons à l'infirmière Consuela, lui dit-elle. Quant à moi, je vais aller voir Doc K. Il a sûrement besoin d'aide, avec tous ces patients.

Une centaine, c'était un peu exagéré. Mais il y avait bien une douzaine de personnes, et elle fut accueillie avec joie, également par Jack qui venait juste de finir d'examiner Armando Juarez, un des plus gros fumeurs du village, un cas de toux sèche récurrente.

— Il pensait que j'aurais peut-être une solution à laquelle votre frère n'aurait pas pensé, lui expliqua-t-il quand elle entra dans le minuscule bureau où il était en train de se laver les mains avant de voir le patient suivant.

— Et alors ?

Jack se contenta de lui désigner la poubelle, dans laquelle un paquet presque entier de cigarillos avait été jeté.

— Avez-vous une idée de ce que ça lui a coûté ? s'exclama-t-elle, impressionnée qu'il ait eu le cran d'agir ainsi, quitte à ne pas se faire que des amis.

— Et vous, avez-vous une idée du temps qu'il fait perdre aux personnes qui le soignent en ne faisant pas l'effort d'arrêter ?

— M. Juarez fait partie du conseil municipal et n'est pas en très bons termes avec l'hôpital, expliqua-t-elle. Il n'aime pas que des étrangers viennent se mêler de la vie des gens d'ici. Mais c'est une relation que mon frère s'est efforcé de cultiver, aussi j'espère que vous n'avez rien fait qui...

— Considérez-la comme cultivée, l'interrompit Jack avec un sourire amusé. Et même mieux que cela : plus solide qu'un roc.

— Mais... Comment est-ce possible, alors que vous lui avez jeté ses cigarillos ? Il adore ça, au point qu'il préférerait renoncer à sa femme que s'arrêter de fumer. Et Dieu sait s'il a une femme charmante !

— Je lui ai parlé des sifflements qu'il avait dans la poitrine, et ça l'a intéressé.

— Il avait une respiration sifflante ?

— Rien de bien méchant. Mais je lui ai fait remarquer que ces sifflements pouvaient être les signes avant-coureurs d'une maladie des poumons. Je lui ai peut-être aussi laissé entendre qu'il risquait de passer le reste de sa vie sous oxygène avec un appareil respiratoire. Et que je ne pouvais pas faire de diagnostic correct parce que je n'avais pas le bon équipement.

— Et alors, ce fut la fin de l'histoire, parce que le *senor* Juarez s'est juré de faire fermer, l'hôpital ?

— Ayez un peu plus confiance, voyons !

— C'est que j'ai une certaine expérience de cet homme...

— Dans ce cas, vous allez vivre une nouvelle expérience, car le *senor* Juarez a promis de demander à tous les hôpitaux alentour qu'ils nous fournissent l'équipement nécessaire pour tester les fonctions pulmonaires.

— Sérieusement ? Il va nous aider ?

— Et vous qui pensiez du mal de moi, soupira Jack.

— A-t-il une maladie chronique des poumons ?

— Probablement pas. Je lui ai tout de même prescrit des antibiotiques pour une bronchite sans gravité. Et je lui ai promis qu'il serait le premier à tester notre nouveau matériel — une fois qu'il l'aurait trouvé.

— Vous êtes terrible, dit-elle avec un large sourire. Me voilà encore sur le point de pleurer. Vous arrive-t-il de rendre les choses faciles ?

Jack sentit la chaleur et la tension qui montaient entre Amanda et lui, et il dut prendre une profonde inspiration pour se calmer.

A une autre époque, dans un autre lieu, elle et lui auraient pu connaître une autre fin à « leur histoire ». Malheureusement, il avait sauté des pages, et il savait comment cela se terminait. Dommage, vraiment.

— Quoi qu'il en soit, je suis ici pour vous soulager afin que vous puissiez retourner à votre tâche, poursuivit Amanda. Nous avons transformé la salle d'attente en salle d'isolation et l'avons déplacée sous le porche principal. Et j'ai plusieurs personnes prêtes à commencer le nettoyage dès que vous en aurez donné l'ordre.

— Et qu'advient-il de mes patients ici ? Je ne peux pas les abandonner.

— Je m'assurerai qu'ils ont leur consultation. Oh ! Jack, quant à ces décorations lumineuses dans la chambre d'Ezequiel...

— Quelles décorations ? demanda-t-il d'un ton distrait, en rajoutant quelques mots dans le dossier d'un patient.

— Celles de Noël. Inutile de faire l'innocent. Il croit que c'est un miracle, Jack. D'une minute à l'autre, elles sont apparues.

— Il faut le laisser croire ce qu'il veut. Quelle importance ?

— C'est important, murmura Amanda. Parce que vous avez fait du bien à Ezequiel. D'une façon plus détournée, vous en avez fait aussi au *senor* Juarez. Et à l'hôpital, puisque nous allons avoir de nouveaux équipements.

Toutes ces amabilités le rendaient nerveux. Elles risquaient d'entraîner des obligations auxquelles il avait renoncé depuis des années.

— Vous n'allez pas encore m'embrasser ? s'inquiéta-t-il, la main déjà sur la poignée de la porte, alors qu'elle se rapprochait de lui et que, quelque part, il espérait ce qui était devenu pour Amanda sa façon habituelle de le remercier.

Elle se mit sur la pointe des pieds, souriante.

— Qui sait ? Peut-être que oui.

Cette fois, le baiser ne fut pas sur sa joue, mais en plein sur les lèvres. Et il n'avait rien d'un effleurement. C'était plutôt comme une promesse.

Une fois seul dans le couloir, il s'arrêta pour prendre une large inspiration.

Qu'est-ce qu'il était en train de fabriquer ? s'interrogea-t-il silencieusement, tout en étant conscient qu'il n'y avait pas de réponse rationnelle quand il s'agissait d'Amanda.

— Vous êtes en train d'installer une nouvelle salle ? questionna Ben depuis le milieu du couloir.

Il sortait de la chambre d'un patient, travaillant deux fois plus vite que quiconque dans l'hôpital, et il avait déjà l'air épuisé alors que la journée venait à peine de commencer.

Arrivait-il à cet homme de dormir ?

Mais après tout, chacun avait sa manière d'éviter ce qu'il ne voulait pas affronter. La vie, les gens, l'amour... Ou ce vide que l'on ressent lorsque quelqu'un à qui l'on tient plus que tout nous est arraché.

Lui-même avait mis au point plusieurs moyens de contourner ce qu'il ne voulait pas voir et était devenu maître dans l'art de pratiquer l'esquive. Non par plaisir, mais par nécessité. Et il était certain que Ben Robinson était capable de le comprendre sur ce point.

— Amanda vient d'aménager la salle d'attente sur ma demande, répondit-il en expliquant sa stratégie d'isolation.

Ben acquiesça.

— Comme vous l'avez sans doute remarqué, je n'ai pas de goût pour diriger. Aussi, j'apprécie que vous preniez des initiatives.

— Vous gérez les choses de façon plus subtile.

— D'après ce que j'ai entendu dire, vous aussi. Bravo pour avoir retourné Suarez en notre faveur. Si vous saviez combien de fois j'ai tenté de le faire arrêter de fumer... Et qu'en est-il de nos microbes ?

— J'ai passé quelques coups de fil. Si vous me trouvez un moyen de transport, je pourrai nous avoir tout le matériel nécessaire pour effectuer les tests.

— Puis-je vous demander de quelle façon ?

— Rien d'illégal, rassurez-vous. Ni même de détourné, contrairement à ce que votre sœur pourrait penser. Simplement, quand on voyage autant que je l'ai fait, on rencontre des gens à qui on rend parfois des services, et ils vous font des promesses en retour : « Si un jour tu as besoin de quelque chose... » Eh bien, le jour venu, ils ont répondu. A présent, il faut que je trouve le moyen d'amener le matériel par avion jusqu'ici.

Ben secoua la tête en souriant.

— Amanda avait drôlement raison quand elle prétendait que vous étiez quelqu'un de pas ordinaire.

— Lui avez-vous parlé depuis hier ?

— Brièvement.

— Vous a-t-elle rapporté ce que je lui avais dit ?

— A propos de son éventuelle origine mapuche ? Écoutez, je n'ai pas le temps d'en discuter maintenant, mais comment avez-vous pu faire ça, sans aucune preuve ? *Pourquoi* l'avoir fait ?

— Elle m'a questionné, j'ai répondu. Mais vous vous en doutiez déjà, n'est-ce pas, Ben ?

— Tout ce que je sais, c'est que nos parents ont jugé plus facile de ne pas rechercher l'origine de ma sœur.

— Mais vous saviez qu'elle s'interrogeait beaucoup à ce sujet, et pourtant vous ne lui avez rien dit.

— Qu'aurais-je pu lui dire ? On ne sait vraiment rien, pas même vous. Alors, pourquoi l'entraîner sur une voie où elle risque de se perdre ?

— Il arrive un moment où, à force de vouloir protéger quelqu'un, on l'étouffe. Tout le monde risque d'en pâtir. Ce n'était pas à moi de répondre à Amanda, mais elle est venue m'en parler, et il n'était pas question que je lui mente. Elle est forte, vous savez, ajouta Jack en tapotant l'épaule de Ben. Elle s'en remettra.

Que Ben soit en colère, il pouvait le comprendre. Mais pourquoi avoir gardé le silence ? Respecter le choix des parents, c'était une chose, mais à quoi bon continuer à laisser peser ce poids sur Amanda ?

En tout cas, c'était l'affaire de Ben et de sa sœur, à présent. Il espérait qu'ils pourraient la régler sans lui.

— Pour ce qui est de l'acheminement du matériel, je ferai appel à une relation pour trouver un avion, déclara Ben.

— Vous êtes sérieux ?

Le frère d'Amanda était décidément quelqu'un de brillant et plein de ressources. Dommage qu'ils aient une conception si différente du bien-être de celle-ci, sinon ils auraient pu devenir amis.

— Aussi sérieux que lorsque je protège ma sœur.

Était-ce une menace voilée ? C'était parfaitement inutile. Amanda n'avait rien à craindre de lui.

— Je ne ferai rien qui puisse la blesser, assura-t-il. Mais je ne chercherai pas non plus à la protéger à tout prix à son détriment.

Ben hocha la tête sans répondre. Puis il tourna les talons et s'éloigna sans se retourner.

Au même moment, Amanda surgit derrière Jack.

— Il n'a jamais cessé de prendre soin de moi, expliqua-t-elle. C'est ce qui fait de lui un si bon médecin : il se soucie vraiment des autres.

— Pourquoi a-t-il installé cet hôpital en Argentine ? Il aurait pu choisir le Pérou, le Brésil ou l'Afrique, mais il est venu ici, là où se trouve votre héritage familial.

— Coïncidence...

Jack haussa les épaules.

— Mmm. Peut-être. Vous devriez lui poser la question.

Il était normal qu'un frère et une sœur cherchent à se protéger mutuellement, mais il se demandait ce qu'il se passerait si l'on creusait plus profond. Il y avait peut-être une vague géante qui ne demandait qu'à surgir et à tout renverser sur son passage. Ben n'avait pas admis qu'il connaisse l'origine mapuche d'Amanda, mais il n'aurait pas été étonné d'apprendre qu'il avait les mêmes soupçons que lui.

Pourquoi s'en était-il mêlé ?

Parce qu'il savait Amanda tenace et persuasive, et qu'il lui avait été impossible de lui résister.

Soudain, il eut un frisson d'appréhension.

Curieuse comme elle l'était, elle voudrait sûrement connaître la réponse à la question qu'il avait posée : pourquoi l'Argentine ? Elle chercherait jusqu'à ce qu'elle trouve, jusqu'à ce que les pièces du puzzle — tels des morceaux d'elle-même — se mettent en place. En espérant qu'elle n'y laisserait pas de plumes...

A présent, il en venait presque à regretter qu'elle ne soit pas vraiment méditerranéenne. Peut-être s'était-il trompé sur toute la ligne ? Peut-être que la tragédie de Rosa avait si durement affecté sa vie qu'il avait perdu tout discernement, ne pouvant éprouver autre chose que la douleur d'un cœur brisé ?

Mais non. Tout au fond de lui, il savait qu'il avait raison.

— C'était le dernier lit, Doc, annonça Ezequiel une demi-heure plus tard. Il n'y a plus qu'à mettre les draps.

Il avait servi d'interprète durant tout le processus de nettoyage.

Sans véritable matériel pour effectuer les tests, Jack ne pouvait pas faire grand-chose. Il lui restait quelques tampons de coton, et quelques coupelles pour les cultures non encore contaminées. C'était loin d'être suffisant, mais il s'en contenterait pour le moment.

Le côté positif, c'était que la salle avait été nettoyée grâce aux généreux efforts d'un bataillon de bénévoles du village. Elle était aussi propre que possible étant donné les circonstances. Les dames arrivées avec seau et serpillère avaient mis tout leur cœur à l'ouvrage.

— Va leur dire qu'elles peuvent faire les lits, répondit-il. Oh ! Et une fois que le transfert aura été effectué, j'aimerais voir les décorations de ta chambre.

— C'est vrai ? s'écria Ezequiel.

Jack se força à sourire, même si le cœur n'y était pas vraiment, car il pensait toujours à Amanda et à ce qu'il avait mis en branle en répondant à sa question.

— Je voudrais voir comment elles sont posées, parce que j'ai envie d'en installer ici.

— Dans toutes les chambres ? Doc K., est-ce que je pourrai le faire ?

— Je croyais que tu n'avais pas le droit d'entrer dans la chambre des patients.

Le visage d'Ezequiel s'allongea.

— Non. Doc Ben ne me le permet pas.

Plongeant la main dans sa poche remplie de monnaie, Jack tendit les pièces à l'enfant.

— Je voudrais que tu descendes au villag, pour voir combien de guirlandes on peut acheter.

— Avec tout l'argent ? demanda Ezequiel, tout excité.

— Tout l'argent. Quant à moi, je vais acheter des chaussons à la viande — comment cela s'appelle-t-il... ? des *empanadas* — et du maté, en quantité suffisante pour tous les gens qui ont travaillé ce matin.

A mi-chemin vers le village, il fut rattrapé par Amanda.

— J'ai entendu dire que vous faisiez une petite fête cet-après-midi. C'est si gentil à vous, Jack ! J'adore ce genre de manifestation improvisée.

Il serra les dents en la voyant.

Oui, Amanda était forte. Si, en interrogeant son frère sur les raisons de son installation en Argentine, elle trouvait certaines portes difficiles à ouvrir, il l'aiderait à les forcer, voire à passer au travers. C'était bien le moins qu'il puisse faire, après avoir mis le nez dans cette histoire.

Selon toute probabilité, elle était une enfant d'Argentine. Mais n'avait-elle pas le droit d'en avoir la certitude ?

— Nous allons simplement donner à manger aux bénévoles qui ont travaillé dur.

— De la nourriture, des lumières, du thé. Pour certains, c'est une vraie fête. Et cela peut le devenir, c'est juste une question d'attitude. Vous avez du mal à cacher que vous avez un cœur, Jack.

Elle s'accrocha à son bras.

— Pour aller avec le salé, il faudrait acheter quelques petits gâteaux à la boulangerie, suggéra-t-elle. Les meilleurs sont fourrés à la crème pâtissière ou à la pâte de coing. Eh bien, bons achats et à tout à l'heure, je retourne à l'hôpital, ajouta-t-elle en le lâchant.

Il fut un peu déçu de ne plus la sentir peser sur son bras. C'était plutôt agréable.

— De mon côté, je vais aller examiner tous les enfants que nous déplaçons avant de les réinstaller. Je sais que vous les avez vus la nuit dernière, mais je voudrais m'assurer qu'il n'y a aucun changement.

— Vous voulez dire que vous m'avez couru après seulement parce que... ?

— Parce que j'adore les gâteaux. Et au cas où cela vous intéresserait, *dulce de leche* est ma pâtisserie favorite.

Avec un large sourire, elle pivota sur ses talons et le quitta.

Il ne put faire autrement que de la regarder s'éloigner.

Aujourd'hui, sa tenue était plutôt sobre, avec une chemise et un short en coton, et elle avait les cheveux attachés comme au Texas. Ce qui ne l'empêchait pas d'être terriblement sexy.

— J'ai acheté toutes les lumières, Doc K ! cria Ezequiel depuis l'autre côté de la rue.

Jack eut du mal à revenir à la réalité.

Le gamin avait les bras chargés de boîtes de guirlandes.

— On va pouvoir éclairer tout l'hôpital, ajouta-t-il, visiblement ravi.

Pour l'instant, les pensées de Jack étaient plutôt focalisées sur un lit séparé de son voisin par un fin rideau de tissu. Il savait déjà que ce soir il ne dormirait pas.

Les piqûres de moustique avaient dû lui faire perdre tout son bon sens. C'était la seule explication !

5

— Après-demain ? répéta Jack, déçu.

Le délai n'était la faute de personne, il pouvait le comprendre. Le matériel pour les tests était en route, mais le vol avait été reporté parce que l'avion était en service.

En attendant, tout ce qu'il pouvait faire, c'était se tourner les pouces tout en arborant un air calme et patient. Aucune de ces deux qualités n'était son fort, mais il ne voulait pas qu'Amanda le voie perdre son sang-froid, parce que...

Parce que c'était important.

Il ne savait pas pourquoi, étant donné qu'il n'avait jamais tenté de faire bonne impression sur quiconque auparavant. On l'acceptait tel qu'il était — ou pas. Dans les deux cas, peu lui importait, et sa vie lui convenait comme elle était. Aussi cette nouvelle disposition d'esprit était-elle un peu déroutante pour lui.

— Nous ferons notre possible d'ici là, ajouta-t-il, serrant les mâchoires.

Ben haussa les épaules avec fatalité.

— J'aurais aimé avoir de meilleures nouvelles à te donner.

Depuis le repas sans façon que Jack, Amanda et lui avaient partagé avec l'équipe de nettoyage, ils s'étaient mis au tutoiement.

Jack s'efforçait d'ignorer le parfum d'Amanda. L'endroit était si petit que tous trois étaient presque pressés les uns contre les autres.

Il n'aimait pas que quelqu'un empiète sur son espace, ni sur celui des autres. Il avait besoin d'espace, d'air pour respirer. Pour cela, il devait instaurer une distance de sécurité entre

Amanda et lui. Mais dans le cas présent, une certaine proximité était nécessaire pour qu'il soit sûr d'être bien compris. Un mot mal interprété pouvait donner lieu à une méprise, voire à un moment de panique. Cela s'était déjà produit, il avait vu des gens terrifiés perdre tout contrôle et faire n'importe quoi parce qu'ils n'avaient pas saisi correctement ce qu'il disait. C'était ce qu'il s'était passé pour Rosa, ce qui avait entraîné sa mort : une erreur d'interprétation suivie de panique. Ensuite, personne n'avait plus été capable d'écouter.

Alors, à présent, il préférait manquer de confort qu'être débordant de regrets. Et tant pis s'il avait envie d'enfouir son visage dans les cheveux d'Amanda.

— Moi aussi, reconnut-il. Ce matin, nous avons repéré les premiers symptômes sur un patient adulte, et je parie qu'il va y en avoir d'autres. Je suis presque certain que le problème est hydrique, mais le traitement peut être très différent selon la source.

— Protozoaire ? Virus ? Bactérie ? Parasite ?

— Choisis. Les symptômes sont tous semblables, avec quelques distinctions que je cherche à repérer.

— A part les antibiotiques que tu prescris de manière préventive, y a-t-il quelque chose que nous puissions faire ? questionna Amanda.

— Traiter les symptômes comme vous l'avez déjà fait en luttant contre la fièvre, et à l'aide d'un antiémétique et d'un régime strict. Aller plus loin risquerait de faire plus de mal que de bien, alors nous traitons ce que nous voyons...

Il commençait à faire vraiment très chaud : les rayons de soleil traversaient sans pitié la fenêtre. Une perle de sueur, qui s'était formée dans le décolleté d'Amanda, glissait vers une destination invisible.

Soudain, il se rendit compte que ses yeux étaient fixés dessus.

Il s'empressa de regarder ailleurs, souhaitant de toutes ses forces que personne n'ait rien remarqué.

— Jusqu'à ce que nous puissions émettre un diagnostic, ajouta-t-il d'une voix incertaine.

— Le microbe contaminateur pourrait-il se trouver dans

l'eau de boisson ? interrogea Ben. Je suppose que tu t'es déjà posé la question.

— Je ne crois pas que cela provienne d'une boisson quelconque, sinon tout le monde ou presque serait atteint. Néanmoins, afin d'en être tout à fait sûr, ce serait bien que l'eau potable de l'hôpital soit filtrée.

— Si nous faisons bouillir l'eau avant de la consommer, est-ce que cela nous débarrassera du microbe ?

— C'est possible dans la plupart des cas. Mais pour plus de sûreté, je préfère qu'elle soit également filtrée.

— Voilà qui nous pose un autre problème, soupira Ben. Comment obtenir un système de filtrage ? Cela ne faisait pas partie des choses que l'on nous enseignait à l'école de médecine.

Jack hocha la tête.

— Là-bas, on apprenait à être des médecins. La vraie vie nous montre comment être des médecins qui fonctionnent à l'intérieur du monde, observa-t-il.

Puis il ferma les yeux et se coupa mentalement de ce qui l'entourait, à la recherche d'une réflexion qui lui avait furtivement traversé l'esprit.

— Il doit être en train d'avoir une nouvelle idée, entendit-il murmurer Amanda.

Lorsqu'il rouvrit les yeux, Ben et elle l'observaient en silence, retenant leur respiration.

Il hocha la tête, et le frère et la sœur se remirent à respirer normalement.

— C'est seulement pour quelque temps, dit-il. A un moment ou un autre, quand nous aurons isolé le microbe, nous devrons faire des cultures. Mais en attendant, nous pouvons fabriquer un ou plusieurs filtres. Je l'ai déjà fait, je parie que nous trouverons tout ce qu'il nous faut au village. Nous allons charger Ezequiel de récupérer les différents composants, puis de mettre à profit son sens de la débrouillardise pour trouver des gens qui les assembleront. Nous allons filtrer l'eau puis la bouillir, que ce soit pour boire, nettoyer les éponges ou nous laver les mains.

Finalement, il réussit à se glisser entre Amanda et Ben pour ouvrir la porte, soulagé de pouvoir enfin s'enfuir.

— Je vais établir la liste des éléments qu'il nous faut et la donner à Ezequiel, en espérant que nous pourrons commencer le processus dans la journée.

— Pendant qu'il sera sorti, tu voudras bien venir faire une visite avec moi ? questionna Amanda en se dressant devant lui, barrant le passage. Il y a un chemin dangereux qui mène à un village voisin. Les gens qui habitent là sont charmants mais très isolés, et je n'ai pas envie d'y aller seule. Habituellement j'emmène Ezequiel, mais comme il va être occupé...

Pour finir, ce fut Ben qui s'éclipsa le premier, les laissant discuter seuls.

— Quelque chose me dit que tu n'as pas besoin de moi pour mes compétences de médecin, répondit-il, faisant un gros effort pour éviter de fixer le regard sur la zone humide qui s'étendait de plus en plus à l'avant du chemisier de la jeune femme.

Il crut voir une lueur de malice dans ses yeux.

— J'ai peut-être une autre raison, reconnut-elle, son sourire s'élargissant. Le véhicule que j'utilise est difficile à démarrer, et j'ai parfois besoin d'aide. Je te propose de nous retrouver dans une demi-heure. Prévois de bonnes chaussures, car la moitié du voyage se fera à pied.

Une marche à travers la jungle avec Amanda... Qu'est-ce qui était le plus terrifiant : les pumas, les sconses et les sangliers, ou Amanda elle-même ?

Il penchait nettement pour cette dernière.

— Décidément, c'est de mieux en mieux, marmonna-t-il. Bientôt, tu vas m'annoncer que nous devons traverser une rivière.

Elle esquissa un sourire désinvolte.

— Ce n'est qu'une toute petite rivière. Tu n'auras pas besoin de me porter, si c'est ce qui t'inquiète. Le courant n'est pas fort et l'eau peu profonde.

En fait, cela ne lui aurait pas déplu de la porter.

Un dernier passage par la salle d'isolement pour vérifier comment allaient les enfants, et il fut prêt à partir.

Le plus frustrant dans cette histoire, outre le fait qu'il n'avait même pas commencé, c'était qu'il savait ce qu'il trouverait : ce serait une simple bactérie. Facile à diagnostiquer dans des circonstances normales, facile à traiter. Mais c'était en train de se transformer en pagaille parce qu'ils ne pouvaient rien faire pour l'instant.

Ezequiel remonta l'allée vers lui en courant.

— Doc K., haleta-il, est-ce que c'est le bon moment pour venir voir mes lumières ?

— Je te suis.

L'enfant le conduisit jusqu'à sa petite chambre.

— Ta-da ! annonça-t-il en ouvrant la porte d'un geste large. N'est-ce pas magnifique ?

— C'est très beau.

Emu par la joie d'Ezequiel, Jack sentit sa gorge se nouer.

Une bouteille d'eau, quelques ampoules… Il suffisait d'y penser, et cela signifiait tant pour ce gamin.

— Maintenant, je voudrais que tu réfléchisses aux endroits où nous allons accrocher les autres guirlandes.

— Je ne sais pas, répondit Ezequiel, fronçant les sourcils. Peut-être la salle d'attente, l'accueil, l'extérieur du porche, et aussi le bureau de Doc Ben, poursuivit-il, les yeux brillant d'excitation.

— Sais-tu dessiner ?

— Un peu.

— Très bien. Je voudrais que tu traces les contours de chaque pièce, et que tu y indiques les endroits où tu aimerais que l'on suspende les lampions.

— Est-ce qu'on pourra installer les lampes ce soir ? demanda Ezequiel avec enthousiasme. Et tu m'aideras, s'il te plaît ?

Comment refuser une telle demande ? Ezequiel était un enfant terriblement attachant. Dommage qu'il n'ait pas de véritable foyer. Ici, personne ne se soucierait de lui en donner un, alors que s'il le ramenait au Texas avec lui…

Non ! C'était ce genre d'idée qui lui avait coûté Rosa. Elle lui avait paru toute simple et légitime mais s'était révélée mauvaise pour elle. Et elle serait mauvaise pour Ezequiel.

Ici, on s'occupait de l'enfant, il recevait une éducation, il était nourri et habillé. Il était heureux.

« Laisse-le tranquille ».

— Après dîner, si tu veux, répondit-il. Mais avant de commencer, je voudrais que tu fasses quelque chose de très important qui aidera les malades de l'hôpital à guérir. Et tu es le seul sur lequel je puisse compter pour ça.

Aussitôt, toute l'attention du garçon fut focalisée sur lui.

Jack lui expliqua ce qu'ils comptaient faire avec les filtres et lui donna la liste de fournitures qu'il avait préparée.

Entre ses deux tâches à accomplir, Ezequiel avait de quoi s'occuper pour quelques heures, et si tout se passait comme on pouvait l'espérer, cela lui donnerait confiance en ses capacités.

— Il t'idolâtre littéralement, commenta Amanda une fois que l'enfant eut filé en direction du village. En l'investissant d'une telle mission, je crois que tu t'en es fait un ami pour la vie.

— Je ne veux pas m'engager, grommela-t-il.

— Ce n'est pas ce que je vois. Chaque fois que tu regardes Ezequiel, il y a même davantage qu'un engagement.

— C'est que tu ne vois pas clair. Pour moi, les enfants sont très bien en tant que patients, rien de plus. Ils demandent beaucoup d'attention et d'affection, et... Ce n'est pas pour moi.

Amanda éclata de rire.

— Qui essayes-tu de convaincre ? Toi ou moi ? Parce que le besoin d'affection est là chaque fois qu'Ezequiel se trouve dans les parages, Jack. Et ce n'est pas chez lui que je le vois.

— Dans ce cas, tu devrais porter des lunettes.

Il voulut s'éloigner, mais elle courut derrière lui.

— Pourquoi est-ce si difficile pour toi d'admettre que tu t'es attaché à Ezequiel ?

— Parce que c'est faux. Je l'aime bien, point final.

C'était terminé. Il avait aimé une enfant autrefois, et elle était morte. Jamais plus il ne revivrait ça. Et il n'était pas question qu'Amanda se mette à lui tirer les vers du nez, sinon elle allait se montrer pleine de compassion, elle essaierait de dire les choses qu'il faut et chercherait à améliorer la situation. Il n'avait pas besoin de tout cela. Lui, ce qu'il voulait, c'était qu'on le laisse tranquille.

— Mais...

— Fin de la discussion, trancha-t-il. Allons chercher cette voiture qu'il faut pousser pour démarrer et partons, d'accord ?

Sinon, je suis certain que je pourrai trouver quelques patients qui voudraient me voir en consultation.

— Tu n'es pas une cause perdue, assura Amanda en s'efforçant de marcher à sa hauteur. Et je ne suis pas dupe. Mais si tu veux, je peux faire semblant de te croire. Même si c'est faux, ajouta-t-elle après avoir repris son souffle.

— Décidément, tu ne laisses personne avoir le dernier mot, pas vrai ?

— Pas si je peux l'éviter.

Ils étaient déjà sortis de l'ensemble hospitalier, et Jack était toujours en train de pousser le tas de tôle rouillée qui avait dû un jour ressembler à une voiture.

Celle-ci était toute petite, n'avait que deux sièges, pas de vitres aux portes latérales, et faisait un bruit terrible une fois qu'elle avait démarré.

Ce qui n'était pas encore le cas, et elle s'amusait en voyant Jack bander ses muscles sous l'effort.

Plus elle se trouvait en compagnie de cet homme, plus elle l'admirait. Il avait fallu que ce soit maintenant qu'elle rencontre quelqu'un comme lui. Certes, il ne réagissait guère de la façon dont la plupart des femmes souhaitent qu'un homme réagisse. Mais elle n'était pas « la plupart des femmes ». Et puis, depuis qu'ils s'étaient retrouvés ici, en Argentine, elle avait bien vu la manière dont il la regardait quand il baissait sa garde.

A n'en pas douter, il y avait une étincelle de désir dans les yeux de Jack quand il avait ce regard-là. Et cela déclenchait en elle un frisson d'excitation.

Bien sûr, cette Amanda-là n'était pas vraiment elle. Dans deux semaines, elle serait de retour au Texas et retrouverait sa personnalité habituelle.

Mais grâce à Jack, ces deux morceaux d'elle-même n'allaient peut-être pas tarder à se rejoindre ?

Il lui avait donné accès à la partie de sa vie dont personne n'avait jamais voulu lui parler. Ainsi, elle comprenait mieux pourquoi elle se sentait si bien en Argentine, pourquoi il y avait ce côté sauvage en elle qui ne voulait pas se laisser tempérer. Et pourquoi le Texas étouffait tout cela, en faisant d'elle la personne que ses parents avaient élevée, destinée à être convenable et réservée. Elle résidait au Texas mais « ressentait » l'Argentine.

Pour l'instant, l'affrontement entre Jack et le vieux tacot valait d'être vécu, songea-t-elle avec un coup d'œil dans le rétroviseur. Pas d'accès de colère ni de cris. Il tentait simplement de le persuader patiemment de démarrer.

— Peut-être que si tu poussais un tout petit peu plus fort ? lui cria-t-elle.

La réaction ne se fit pas attendre. Il remonta en courant depuis l'arrière de la voiture jusqu'au côté du conducteur, où il n'y avait plus de porte.

— Sors de là.

— Pour quoi faire ?

— Nous allons trouver un autre moyen de transport.

— Celui-ci est parfait, il finit toujours par démarrer.

— En attendant, on perd du temps. Alors, tu sors, ou bien...

— Ou bien quoi ? Que vas-tu faire, Jack ?

Il n'était ni renfrogné ni souriant, constata-t-elle. Plutôt... frémissant, prêt à s'enflammer. Mais de quelle façon ?

C'était toujours la question, avec Jack. Mais qu'il soit en colère ou de bonne humeur, elle le trouvait toujours aussi excitant, aussi sexy.

— Je vais te sortir de là moi-même, déclara-t-il.

Puis il se pencha et la prit dans ses bras.

Sans comprendre, elle se retrouva sur ses pieds, en train de plonger directement dans son beau regard sombre.

Ils étaient si proches que, encore étourdie par la soudaineté de son geste, elle pouvait pratiquement sentir le picotement de son ombre de barbe sur sa joue. Cela eut pour réaction quasi immédiate de lui donner des palpitations.

— J'espère que tu as une solution de rechange, lança-t-elle lorsqu'elle eut recouvré ses esprits.

En fait, Jack l'entraîna jusqu'au bout de la rue où attendait le seul taxi du village, et elle trouva la balade très agréable. La voiture devait les emmener jusqu'à la fin de la grande route, puis ils poursuivraient le chemin à pied.

— Avez-vous tenté de m'impressionner avec votre force brute, docteur Kenner ? demanda-t-elle en se glissant à l'arrière du taxi, prête à l'entendre répliquer de son ton sarcastique habituel.

Mais il ne dit rien pendant un moment qui lui sembla une éternité, se contentant de la fixer, si intensément qu'elle sentit le rouge lui monter aux joues.

— Est-ce que ça t'a impressionnée ? demanda-t-il enfin.

Elle aurait voulu lui répondre quelque chose de bien senti. Mais, assise à côté de lui à l'arrière, leurs épaules et leurs cuisses se touchant, elle était franchement troublée, et elle ne dit rien. Pendant le reste du trajet, elle garda la tête tournée vers la vitre et fixa le paysage.

Lorsque le taxi les laissa au milieu de nulle part, elle n'avait qu'une envie : s'écarter de Jack, et elle s'engagea sur le chemin pratiquement en courant.

— Que se passe-t-il ? s'enquit-il en rassemblant leurs deux sacs à dos.

— Trop de choses en même temps. La situation de l'hôpital, la recherche de mes origines... Je ne suis plus sûre de savoir ce que je dois faire.

— Tu fais ce que tu as à faire, répondit-il simplement.

— Donc, tu penses que j'ai raison d'effectuer cette recherche ?

— Je pense que ce ne sont pas mes affaires.

— Tu t'en es pourtant mêlé en me disant que j'étais peut-être mapuche.

— C'était ta demande, Amanda. Pas la mienne.

Il lui tendit la main pour l'aider à passer par-dessus une grosse bûche.

— De toute façon, cela changerait-il quelque chose si je te disais que ta recherche risque d'être plus frustrante que productive, et que cela équivaut à chercher une aiguille dans une botte de foin ? Je sais que tu iras jusqu'au bout, quoi que l'on te dise — ce que j'admire.

— Je t'écouterais tout de même, répondit-elle, appréciant au passage le contact de sa main rude, habituée aux durs travaux physiques.

Rien à voir avec la peau lisse de la plupart des médecins.

Poussant un long soupir, Jack continua à lui tenir la main tout en suivant le sentier.

— Laisse-moi le temps de traverser la crise de l'hôpital, et je passerai un ou deux coups de fil pour toi. Comprends-moi bien, je ne te promets rien.

— Tu viens de le faire, murmura-t-elle. On m'a menti, Jack. J'ignore pourquoi, mais mes parents m'ont menti.

Elle n'avait encore jamais prononcé ces paroles à voix haute, mais elle n'eut aucun mal à révéler à Jack ce sombre secret. Il lui avait rendu la tâche facile en choisissant, lui, de ne pas lui mentir.

— En as-tu discuté avec Ben ? demanda-t-il en lui lâchant la main.

Elle secoua la tête.

— Cela lui ferait de la peine. Mon frère a eu son lot de problèmes au fil des années, je ne tiens pas à en rajouter. Simplement, j'ai envie de savoir. Cela ne changera pas qui je suis ni ce que je fais, mais...

— Mais tu as le droit de savoir qui tu es, acheva Jack.

— Alors, même si tu ne m'approuves pas, tu comprends ?

— Je comprends. Tu as raison, je ne suis pas d'accord. Cependant, à ta place, je ferais probablement la même chose. Mais ne pourrais-tu pas simplement interroger vos parents ?

Elle aurait voulu que Jack lui reprenne la main, mais il passa en tête et ouvrit la marche — peut-être dans l'intention de la protéger ?

— Je n'ai jamais dit à mes parents que je recherchais l'origine de ma naissance, mais mon père l'a découvert au moment où ma mère venait de se faire dépister un cancer. Il m'a suppliée d'arrêter, m'assurant que cela la tuerait si elle le découvrait. Alors, j'ai arrêté. Ma mère a survécu au cancer, mais à présent elle est si frêle...

— Et ton père ?

— Il n'est plus là. Sur son lit de mort, il me suppliait encore de cesser mes recherches. Le plus difficile, Jack, c'est que mes parents n'étaient pas des monstres qui me maltraitaient. J'ai été très aimée, ils m'ont tout donné. Alors, en même temps que j'effectue ces démarches...

— Tu es partagée.

— Tu n'imagines pas à quel point. Je me dis que c'est peut-être égoïste de ma part, puisque le résultat ne changera rien à ma vie.

Jack s'arrêta pour lui faire face.

— Si ce n'est qu'il y a un trou dans ton âme qui a besoin d'être rempli. C'est terrible de se sentir incomplet, et je suis désolé que tu aies à en faire l'expérience.

Elle leva les yeux vers lui, et une larme glissa sur sa joue.

— Je ne pensais pas que quelqu'un pourrait me comprendre. On pourrait se dire que j'ai une belle vie et des tas d'avantages, quelle différence cela ferait-il ?

— Cela fait une différence.

Il essuya une autre larme avec son pouce.

— J'ignore si cela te fera progresser, mais, comme je te l'ai promis, je t'aiderai en appelant un vieil ami qui dirige un orphelinat dans la pampa. Il pourrait t'être d'un grand secours.

— Merci, murmura-t-elle d'une voix à peine audible. Cela signifie plus pour moi que tu ne peux l'imaginer.

D'un geste impulsif, elle se mit sur la pointe des pieds pour effleurer sa joue d'un baiser, mais en s'appuyant contre Jack, elle se retrouva beaucoup plus près que ne l'autorisait une simple effusion amicale.

Était-ce à cause de la chaleur de midi ? se demanda Jack. Le désir s'empara de lui si rapidement et si intensément qu'il ne put rien faire pour l'arrêter. Les battements de son cœur étaient devenus si forts et lourds dans sa poitrine qu'il craignait qu'Amanda ne l'entende.

Se rendrait-elle compte de l'effet qu'elle lui faisait et qu'il tentait désespérément de contrôler ?

Il avait trop envie d'y céder, de satisfaire sa curiosité, sa faim. Juste cette fois...

C'était le moment de faire un pas, soit en avant, soit en arrière. Mais il savait que rien ne le ferait plus reculer.

Un rapide baiser sur la joue, c'était la manière habituelle d'Amanda. Mais cette fois, ce fut différent. Ses yeux fixés sur lui... Avait-elle senti cette envie qui le submergeait d'aller plus loin, d'avoir plus d'elle ? Peut-être éprouvait-elle aussi cette sensation de chaleur, ce besoin convulsif ?

En tout cas, il ne recula pas.

Leurs regards s'étaient comme accrochés l'un à l'autre, et l'air était devenu plus dense, plus intense.

Sans se presser, il fit un pas vers elle et glissa la main autour de sa taille, dans le creux du dos. Dans ce moment d'incertitude, il se contenta de la caresser doucement, patiemment.

— C'est dangereux, murmura-t-elle, rapprochant son visage du sien, jusqu'à ce qu'ils soient proches à se toucher.

— *Tu* es dangereuse, proféra-t-il d'une voix rauque en l'attirant contre lui.

Amanda esquissa un sourire sensuel.

— Tu veux savoir à quel point ?

Le regard de Jack devint brûlant, et elle sentit un long frisson d'excitation lui parcourir le dos. Ce fut elle qui posa ses lèvres sur les siennes avec avidité.

La réaction de Jack ne se fit pas attendre. Sa bouche était chaude, à la fois douce et exigeante, sa langue audacieuse.

Avec un gémissement de volupté, elle entrouvrit les lèvres pour l'accueillir.

L'envie était si forte qu'ils ne prirent pas le temps d'explorer ni de découvrir. Elle noua ses doigts autour du cou de Jack, il pressa son ventre contre le sien, lui faisant sentir tout son désir pour elle. D'un seul coup, ils oublièrent le temps et le lieu où ils se trouvaient.

Tout naturellement, elle fit un geste qu'elle n'avait jamais fait, enroulant sa jambe autour de celle de Jack et remontant lentement le long de sa cuisse en un mouvement lent et sensuel. Et quand elle sentit sa main se glisser sous son chemisier, trouver la pointe de son sein, elle gémit de plaisir, prête à se débarrasser de ses vêtements.

Mais soudain, il se raidit et s'écarta d'elle.

— Quoi ? murmura-t-elle en rouvrant les yeux.

Dans ceux de Jack, elle vit du regret, et elle reprit soudain conscience de leur environnement en se redressant sur ses deux jambes.

— Jack, nous...

— Je sais. Le devoir nous appelle.

Elle rajusta rapidement ses vêtements, mais son cœur, cet entêté, refusait de se calmer. Elle fit un pas en arrière, ramassa son sac à dos et exhala un long soupir.

— Bien...

— Bien, répéta Jack.

Ils ne dirent plus rien, et tous deux s'éloignèrent en jetant un coup d'œil de regret sur l'herbe grasse qui s'étendait autour d'eux, accueillante, et qui avait failli devenir le cadre d'un beau souvenir.

6

A vol d'oiseau, Santa Maria del Rastro se trouvait à environ un kilomètre et demi à pied.

Durant tout le trajet, Jack ne cessa de se fustiger mentalement pour ce qui avait failli se passer, et aussi pour ce qui n'avait pas eu lieu.

Naturellement, il avait voulu ce baiser, et même plus. Il savait qu'il n'aurait pas dû, mais il avait été incapable de s'arrêter. Depuis qu'il était arrivé, Amanda avait flirté avec lui, et il avait aimé ça. Cela aurait dû en rester là s'il avait été clair dans sa tête, ou s'il avait eu une once de volonté. Mais cette femme le rendait fou, et son degré de résistance s'était révélé bien faible.

Mais elle méritait quelqu'un qui ne soit pas en miettes comme il l'était. Elle avait besoin d'un homme fort pour l'aider à traverser l'épreuve qui l'attendait. Et lui, sur le long terme…

Comment pouvait-il seulement employer ce mot ? C'était bien le signe qu'il devait garder ses distances — même et surtout s'il existait entre eux cette étonnante alchimie.

— Je verrai les femmes et les enfants dans l'église, annonça Amanda en montrant du doigt le bâtiment de bois blanc qui se dressait au milieu de la route, point central du village autour duquel s'articulaient les maisons, la poignée de boutiques et l'école.

— Et les hommes s'adresseront à toi ici.

Avec un sourire malicieux, elle lui indiqua une vieille station-service envahie par les herbes, au milieu desquelles paressait un vieux chien dont le maître somnolait sur une chaise rouillée.

Jack fronça les sourcils.

— Je croyais que nous devions faire une seule visite…

— C'est exact : un endroit pour toi, un pour moi. C'est ainsi que cela fonctionne habituellement. La rumeur se répand qu'il y a un médecin au village, et tout le monde se précipite. Et fais-toi régler tes services, les villageois y tiennent. Ce ne sera probablement pas de l'argent, mais ils te donneront des fruits, des légumes, des objets d'artisanat… Nous pouvons nous servir de la nourriture et vendre le reste au profit de l'hôpital. Mais nous n'acceptons pas d'animaux, parce que nous ne les tuons pas pour les manger. A moins que quelqu'un nous offre des poules pondeuses ou une chèvre, auquel cas j'enverrais Hector les chercher demain avec la Jeep, si elle est disponible. L'hôpital fait toujours bon usage d'œufs frais et de lait.

En écoutant Amanda, Jack sentait peu à peu la frustration le gagner : en dépit de tout ce qu'il s'était dit, il avait encore envie de l'embrasser.

— Bon. A présent, si on se mettait au travail ? grommela-t-il en se dirigeant vers la vieille station. Il faut que je retourne rapidement à Caridad. Allons-y ! lança-t-il à la file d'hommes qui attendaient.

Il les avertit de faire attention au chien, mais c'était inutile, car ce dernier ouvrit à peine un œil quand ils passèrent près de lui. Ne sentant aucune menace peser sur son domaine, il se remit aussitôt à ronfler, imité par son maître.

Sa vie ressemblerait-elle à cela dans le futur ? se demanda Jack, mal à l'aise. Une vie sans médecine, s'il en décidait ainsi. Ou sans Amanda.

Au bout de trois heures, Jack avait toujours des patients partout : sur des tabourets, assis par terre. Deux d'entre eux avaient entamé une partie d'échecs, un autre réparait un petit moteur dans un coin.

Jusque-là, il n'avait rien décelé qui vaille la peine d'être noté : de l'arthrite, un sinus infecté, des problèmes digestifs, une verrue. Puis ce fut le tour d'Alfonso Macias, et la journée bascula complètement.

L'homme aux cheveux gris était d'une pâleur mortelle, il avait le regard vide, ses mains tremblaient. Par moments il grimaçait de douleur. Visiblement, il souffrait beaucoup.

— Où avez-vous mal ? lui demanda Jack. *Donde duele ?*

— *Aqui mismo. En mi ventre*, répondit Alfonso.

En l'auscultant, Jack lui palpa le bas du ventre et obtint un grognement. Tant bien que mal, en s'aidant de son espagnol approximatif, il apprit que l'homme avait vomi pendant deux jours. Puis la douleur était apparue, et elle durait depuis trois jours.

Alfonso Macias devait avoir une forte constitution, car cela ne l'empêchait pas de rester debout. A sa place, avec une telle infection, beaucoup de gens seraient morts.

— Quelles options avons-nous ? demanda Jack à Amanda quelques minutes plus tard, tandis qu'ils se précipitaient tous les deux pour rejoindre la station d'essence.

— Pensez-vous qu'il soit perforé ?

— C'est difficile à dire. Il souffre beaucoup, mais comme il a beaucoup vomi, on ne peut pas savoir s'il est perforé ou s'il a un abcès, et même s'il ne fait pas une péritonite diffuse. Il veut seulement des cachets pour pouvoir continuer à travailler et ne veut pas en démordre.

— On peut les lui donner, mais seulement une fois qu'on l'aura emmené à l'hôpital se faire retirer son appendice. Ce n'est pas négociable.

Jack ne répondit pas.

C'était plus facile à dire qu'à faire, tous deux le savaient. Mais Amanda était une optimiste incorrigible, c'était ce qu'il appréciait chez elle, ainsi que son sens de l'à-propos.

Quoi qu'il en soit, plus le délai serait long avant que le patient soit opéré, plus les complications risquaient d'être sérieuses. Or, il y avait fort à craindre que l'homme refuse de se rendre à l'hôpital, et de toute façon il n'accepterait sûrement pas d'y séjourner.

De retour dans le garage, ils trouvèrent Alfonso Macias assis droit sur sa chaise, totalement inconscient.

— Quand est-ce arrivé ? demanda Jack à son voisin, qui lui avait prêté son épaule pour qu'il ne s'écroule pas.

— Juste après votre départ, répondit l'homme. Il a fermé les yeux, et il est tombé sur moi.

— Voilà qui règle peut-être une partie du problème, commenta Amanda en prenant le pouls d'Alfonso. Jack..., ajouta-t-elle d'un ton alarmé.

Il n'eut pas besoin qu'elle en dise plus pour comprendre qu'ils avaient un sérieux problème.

— Combien de temps cela prendra-t-il pour le faire transporter ? s'enquit-il.

— Nous n'avons que la Jeep. Avec de la chance, il faudra bien compter deux heures et demie — peut-être trois — pour qu'Hector arrive jusqu'ici et l'emmène salle d'opération.

Il s'empressa d'appeler sur son portable, priant pour qu'il ait une bonne réception.

Il n'obtint rien. Pas le moindre signal ou grésillement.

Bon sang ! Cet homme allait mourir, et ils ne pouvaient rien faire. Ils ne pouvaient pas l'opérer sans équipement, sans parler du risque d'infection.

Mais il était celui à qui l'on faisait appel, aux quatre coins du globe, pour résoudre les problèmes. Théoriquement, celui-ci était simple : il s'agissait d'emmener son patient du point A au point B...

Avec un soupir, il ferma les yeux un moment pour calmer son esprit. Il les rouvrit avec une nouvelle idée et se précipita vers les villageois qui allaient et venaient sur la route.

— Un camion ! cria-t-il de toutes ses forces. *Necesito un camion. Por favor, alguien. Necesito un camion.*

Plusieurs personnes le regardèrent puis continuèrent leur chemin. Quel était cet illuminé, étranger de surcroît, qui se tenait au milieu de la route en criant ? devaient-ils penser. Mais si l'on ne trouvait pas un moyen de sortir Alfonso Macias d'ici, il allait mourir. Même une fois évacué, ses chances de survie restaient faibles.

— *Necesito un...*

Quelqu'un lui tapa sur l'épaule.

Il se retourna et vit un vieil homme qui lui tendait un trousseau de clés.

— Derrière ma maison, dit celui-ci, dans un anglais laborieux, en lui montrant un bâtiment de bois non loin de là. Mon camion.

— *Gracias. Gracias tanto*, marmonna Jack.

Saisissant les clés, il se mit à courir comme il ne l'avait pas fait depuis longtemps.

La dernière fois, il avait couru à la recherche de Rosa, le jour où ils l'avaient enlevée. Il avait tout fait pour la retrouver, allant frénétiquement d'une maison à l'autre, cherchant partout. Une fois de plus, il revécut ce jour, ce moment terrible où ils l'avaient arrachée de ses bras et, formant un cercle autour de lui, l'avaient cloué au mur pour qu'il ne puisse pas la rattraper...

Mais il devait faire face à une autre réalité.

Il rejoignit Amanda pour lui annoncer la nouvelle. Elle n'avait pas quitté Alfonso et était en train de lui insérer une perfusion.

— Il a un peu de température, lui dit-elle. Il a pu me répondre et m'a assuré qu'il ne souffrait pas beaucoup. Comment avez-vous fait pour trouver ce camion ?

— J'ai demandé, quelqu'un a répondu.

— Ces gens sont étonnants, s'émerveilla-t-elle.

Ils allaient maintenant devoir transporter un patient dans un état critique sur une route cahoteuse, à l'arrière d'un vieux pick-up. L'amener vivant jusqu'à l'hôpital serait déjà un miracle.

— Quelqu'un peut-il nous conduire ? demanda Jack à la cantonade.

Un jeune qui ne semblait guère plus vieux qu'Ezequiel tendit la main.

Il lui confia les clés, puis il demanda aux hommes présents de porter Alfonso jusqu'au camion en le maintenant à plat et en faisant attention de ne pas le cogner.

Quand ils atteignirent le véhicule, celui-ci était tapissé d'une quinzaine d'oreillers et de couvertures. Personne ne se tenait autour. C'était comme si ces gens avaient fait un bon geste tout naturellement, comme une chose normale, avant de retourner vaquer à leurs occupations.

C'était ainsi que toutes les sociétés devraient être, songea Jack en montant à l'arrière du camion, une fois Alfonso installé.

— Je n'ai pas eu le temps de voir tous mes patients, dit-il à

Amanda tandis que le camion démarrait, avec au volant le garçon tout juste adolescent en charge du voyage. Il faudra probablement que je revienne.

Amanda sourit.

— On devient vite accro à cette manière de pratiquer la médecine, n'est-ce pas ? Être sur le terrain, à un niveau basique, c'est à la fois différent et excitant.

— Si on aime pratiquer la médecine, répondit-il en reprenant le pouls d'Alfonso.

— C'est ton cas, Jack.

Il secoua la tête.

— Dans une vie passée, peut-être. Mais je ne suis plus l'homme que j'étais lorsque j'ai obtenu mon diplôme.

— Nous changeons tous, bien sûr. Nos espoirs, nos rêves, nos buts évoluent lorsque nous affrontons la réalité du monde et devons assumer nos propres responsabilités. Je ne suis plus la même femme non plus, et j'espère être devenue meilleure. Plus compatissante et plus observatrice, attentive non seulement à l'état physique d'un patient, mais à sa globalité.

— Tant mieux si cela fonctionne pour toi, répondit-il, sincère.

— Mais pour toi aussi, assura-t-elle. Il suffit de te regarder travailler.

— Je m'occupe de maladies nosocomiales : j'isole un virus ou une bactérie. D'ailleurs, je ne le fais même plus, sauf quand on m'y force.

— Tu as beau dire, Jack, tu es impliqué dans ce que tu fais. Regarde-toi, à l'arrière de ce pick-up, en train de sauver la vie d'un homme sur une route pleine de trous. Comment pourrait-on être plus impliqué ?

— Évidemment, je ne laisserais pas souffrir quelqu'un. Mais je ne suis pas comme toi. Je n'éprouve pas le besoin de m'engager sur le plan personnel. Plus maintenant. Je me suis rendu compte que ce n'était pas pour moi. J'apprécie ce que tu essayes de faire pour moi, mais cela ne marchera pas, car j'ignore ce que je ferai après l'Argentine. Il se peut que j'arrête la médecine, ou peut-être que je resterai dans l'indécision jusqu'à la fin de mes jours. Je suis devenu impermanent, et je ne m'engage dans rien d'autre que le travail que je suis en train de faire. Bien sûr, je pourrai vous aider de temps en temps à Caridad, cependant je n'ai pas le sens de l'engagement que Ben ou toi pouvez avoir. Pour rien. Et je ne veux pas prétendre être ce que je ne suis pas, juste parce que toi et moi pourrions...

— Que pourrions-nous, Jack ?

— Toi et moi sommes deux adultes, Amanda. Nous voyons bien ce qu'il se passe entre nous : les regards, le flirt, le baiser échangé... Il n'en faudrait pas beaucoup pour que nous passions à l'étape suivante. Tu me rends fou, je le reconnais. Mais ne va pas te mettre romance en tête et croire que nous allons toujours rester ici ensemble à aider ton frère à Caridad. Pas avec moi.

Les yeux d'Amanda se mirent à lancer des flammes.

— Pour qui te prends-tu, espèce de... ?

Ce fut le moment qu'Alfonso choisit pour se réveiller et tenter d'arracher la perfusion de son bras.

Jack réagit aussitôt et le maîtrisa avant de l'aider à se remettre sur le dos. Puis il lui prit la tension et l'ausculta, pendant qu'Amanda réajustait la perfusion en lui expliquant où ils allaient et ce qu'ils faisaient pour le secourir.

Peu à peu, l'homme se calma. Il ferma les yeux et ne remua plus, excepté sa main gauche qui s'ouvrait et se fermait sporadiquement.

Jack laissa ses pensées reprendre leur cours.

Amanda lui plaisait beaucoup, c'était un fait. Au point même d'éprouver des sentiments pour elle. Mais il n'avait pas su prendre soin de la personne qu'il avait aimée le plus dans sa vie. Il ne pouvait pas recommencer, et surtout pas avec Amanda, qui méritait d'être heureuse alors qu'il n'avait que du chagrin à lui offrir.

Il esquissa un sourire triste.

Au moins, il connaissait ses limites. Cela pourrait être un nouveau point de départ, à supposer qu'il en ait envie un jour.

— Tu m'as l'air d'un homme qui fait tout pour se leurrer lui-même, décréta Amanda.

Croisant les bras sur sa poitrine, elle le regarda droit dans les yeux.

— Quoi qu'il en soit, j'ai mon opinion sur toi, et je sais que j'ai raison.

Amanda était une femme tenace et sûre d'elle. Il s'apercevait avec surprise que cela lui plaisait. Toutes les femmes qu'il avait connues dans le passé avaient été facilement manipulables, voire soumises. Mais elle n'était rien de tout cela, et elle valait la peine que l'on s'intéresse à elle… Ce qui était justement son principal souci.

— L'hôpital sera-t-il équipé pour une appendicectomie ? lui demanda-t-il.

— Pourras-tu te charger de l'infection ?

— Moi ?

— C'est bien ta spécialité, non ? Et s'il y a quelqu'un qui court le risque d'attraper une maladie nosocomiale, c'est bien notre patient. Lui retirer l'appendice sera la partie la plus simple.

Il se contenta de soupirer.

D'une manière ou d'une autre, Amanda continuerait à le faire participer tant qu'il serait là. Et le pire, c'était qu'il ne demandait pas mieux que de se laisser entraîner par elle !

— Le patient est stable, annonça Ben en retirant son masque chirurgical. Il est bien malade, mais cela aurait pu être pire. Son appendice était perforé, et l'infection avait commencé à se répandre, mais je crois que nous sommes intervenus à temps. Beau travail, d'avoir réussi à l'amener jusqu'ici, ajouta-t-il en adressant un chaud sourire à sa sœur.

Puis il se tourna vers Jack.

— Ton matériel arrivera demain matin. Tu devras aller le chercher sur la piste d'atterrissage. De son côté, Ezequiel a réussi à recruter quelques personnes pour aider à assembler les filtres. Alors, quand tu seras prêt à commencer…

Jack acquiesça silencieusement.

Lui qui avait cru pouvoir se détendre une heure ou deux et prendre le temps de contempler les étoiles dans le ciel argentin…

A peine arrivé, il avait fait le tour de ses patients et découvert deux nouveaux cas. En même temps, il devait continuer à lutter contre la pensée d'Amanda qui menaçait toujours de s'insinuer en lui.

Ensuite, il s'était rendu dans son minilaboratoire, espérant que des résultats seraient visibles sur les échantillons qu'il tentait de cultiver.

Mais il n'y avait rien. Ils devaient utiliser des récipients contaminés ou des tampons défectueux.

Se sentant impuissant, il fut pris d'un accès de rage et frappa du poing dans le mur.

— Désolé, marmonna-t-il avant de rejoindre la grande salle. Je vais m'occuper des filtres.

— Jack a eu une journée difficile, expliqua Amanda à voix haute à son frère. C'est ce qu'il arrive lorsque quelqu'un te force à regarder en toi ce que tu ne veux pas voir.

Ben s'empressa de battre en retraite.

— Oh ! ça, c'est un peu trop compliqué pour moi ! Je crois que je vais prendre une douche et aller me coucher en vous laissant le champ libre.

Amanda rattrapa Jack.

— Pour en revenir à notre conversation précédente, je voulais préciser que, quoi que tu en dises, tu te soucies bien de ce que les gens pensent et de ce qu'ils ressentent, Jack. Mais pas seulement. Tu prends aussi soin d'eux — peut-être un peu trop, mais je ne rentrerai pas dans le détail maintenant. La seule personne dont tu ne te soucies pas, c'est toi.

— La psychologue a parlé, lança-t-il d'un ton ironique.

Elle posa la main à plat sur son torse et le fixa.

— Tu te trompes. Je suis ton amie, que cela te plaise ou non.

Puis elle s'écarta et pivota sur ses talons.

— Amuse-toi bien avec Ezequiel et sa troupe !

Cette fois, il était trop las pour la regarder s'éloigner, de même qu'il était fatigué de lutter contre son désir pour elle.

Il avait la volonté d'un chien affamé devant un plat de savoureuses croquettes. Et Dieu sait si Amanda Robinson était appétissante.

7

Giardia.

Le diagnostic était enfin posé, et le résultat n'était pas surprenant pour Jack, étant donné les symptômes qu'il avait constatés. Le médicament était en route, et son travail s'achevait. Dans un jour ou deux, il repartirait au Texas.

Ensuite...

A vrai dire, il ne savait pas trop ce qui allait suivre. Il n'avait pas de vie là-bas. Ailleurs non plus. Et il n'était pas près de chercher à créer quelque chose qui y ressemble, car il avait suffi d'un seul baiser, cinq jours plus tôt, pour le mettre sens dessus dessous.

— Les filtres sont en place, résuma-t-il. Nos patients sont en voie de guérison, nous n'avons pas de nouveau cas, et vous saurez gérer la situation jusqu'à mon retour aux États-Unis, où je pourrai me procurer un système de filtre permanent. Je connais quelques sociétés prêtes à faire une donation pour une bonne cause, et j'en contrôlerai l'installation le moment venu. Pour l'instant, il n'y a plus de raison pour moi de rester.

— Je crains qu'il n'y en ait une, répondit Amanda d'un air préoccupé. Nous avons bien un nouveau cas, celui d'une petite fille de neuf ans, hospitalisée deux jours après avoir été opérée d'une fracture ouverte du tibia. Par chance, le Dr Clayton s'est porté bénévole cette semaine. Il est l'un des meilleurs chirurgiens orthopédiques que je connaisse et il a fait du très beau travail. La patiente a été mise sous antibiotiques étant donné les risques d'infection de sa blessure, car elle était tombée d'un arbre et s'était trouvée en contact avec de la terre.

Elle poussa un long soupir.

— Le problème, c'est qu'elle n'a été admise qu'avant-hier. Les filtres à eau ont été mis en place il y a trois jours, mais elle a montré les premiers symptômes d'infection la nuit dernière. Il y a donc encore quelque chose que les filtres sont impuissants à supprimer.

— Bon sang, grommela-t-il en tapant du poing sur le bureau.

Ils étaient de nouveau tous les trois dans le bureau de Ben, une proximité qui, d'habitude, était loin de lui déplaire quand il se retrouvait serré contre Amanda.

Pourtant, ces cinq derniers jours, il avait tout fait pour l'éviter. Sa résolution était prise : il passerait son coup de fil à Richard Hathaway comme il l'avait promis, puis il disparaîtrait. Ce n'était peut-être pas très courageux, mais il n'avait pas trouvé de meilleur moyen d'éviter des adieux compliqués.

— Tu es sûre que les symptômes correspondent ? demanda-t-il.

— Non seulement ça, mais son état est critique, Jack. Il a commencé à se dégrader sérieusement il y a environ deux heures. Nous devons organiser un transport dans un hôpital ayant un service d'urgences pédiatriques en raison de la giardiose, et signaler une blessure infectée que l'on ne parvient pas à traiter.

Amanda secoua la tête avec désespoir.

— Je crains qu'une chose n'exacerbe l'autre, et nous ne sommes pas équipés pour faire face. Renata est en train de mourir, Jack. Et nous ne pouvons pas la sauver.

Sans dire un mot, il pivota sur ses talons et faillit se cogner à Amanda dans sa hâte de rejoindre le service pédiatrique.

— Je me demande combien de temps cela va prendre pour la sortir d'ici, soupira Ben, le portable à la main. Je vais faire tout mon possible.

Amanda lui lança un regard angoissé.

— Je le sais bien. C'est toujours si difficile quand il s'agit d'un enfant...

Elle se tut un instant. Trop de pensées s'agitaient dans son esprit. Tournant le dos à son frère, elle fixa la fenêtre sans la voir.

— Depuis quelque temps, il y a une question qui me préoccupe,

Ben. Mais je ne trouvais jamais le bon moment pour te la poser. Aujourd'hui, je me décide enfin.

D'un mouvement brusque, elle lui fit face.

— Pourquoi as-tu choisi l'Argentine ?

— Pardon ?

— T'es-tu soudain réveillé un matin en te disant que c'était là que tu voulais passer le reste de ta vie ? Ou y a-t-il eu une autre raison ? Pourquoi *ce* pays, justement ? Comme je suis en train de découvrir qui je suis, cela m'intrigue. Était-ce une simple coïncidence ?

— J'ai lu des livres là-dessus, et cela m'a paru un bon endroit pour bâtir un hôpital. Il y avait une demande pour ça. Le gouvernement accueillait favorablement les soins médicaux. Et voilà, acheva-t-il en haussant les épaules.

— C'est tout ? Alors que moi, de Méditerranéenne, je me retrouve transformée en indigène d'Argentine, parce que, pour une fois dans ma vie, quelqu'un a consenti à me dire la vérité ?

Elle s'écarta de lui, partagée entre le désir de lui faire entendre raison et de s'en aller, et secoua la tête avec véhémence.

— Jusqu'à aujourd'hui, Ben, je n'aurais jamais cru que tu pourrais me mentir. Pourtant, c'est bien ce que tu es en train de faire, non ? J'ignore si c'est pour protéger les parents ou moi.

Ben était son frère, et elle l'aimait profondément. Mais il avait tort de lui cacher la vérité, quelles que soient ses motivations.

— Je veux savoir, et je saurai d'une manière ou d'une autre, je te le promets. Avec ou sans toi. Il s'agit de ma vie, c'est mon droit le plus légitime.

Elle s'appuya contre le mur et inspira profondément.

— Tu es mon frère et je t'aime, cela ne changera pas. J'espère qu'après avoir obtenu les réponses aux questions que je me suis toujours posées, cela ne changera pas notre relation. Tu es comme papa qui, même avant de mourir, me demandait d'abandonner mes recherches. Eh bien, non, je n'abandonnerai pas. Alors, je te pose la question encore une fois. Pourquoi l'Argentine ?

— Il y avait une demande, répéta Ben sans conviction, le visage décomposé.

Elle ferma les yeux.

Jack lui avait prédit qu'elle aurait le cœur brisé, mais elle ne s'attendait pas à ce que cela arrive si vite. Ni que ce soit à cause de Ben. Peut-être Jack avait-il raison jusqu'au bout, et il valait mieux ne pas insister.

Mais elle ne pouvait plus s'arrêter. Plus maintenant.

Elle rassembla tout son courage pour dire les paroles qui allaient suivre.

— Je regrette qu'il en soit ainsi, Ben. Tu étais le seul en qui j'avais confiance, le seul que j'ai toujours cru. A présent, c'est terminé.

Ben était l'image même de la consternation.

Essuyant une larme de dépit, elle se dirigea vers la porte.

— Je retourne auprès de ma patiente. Fais-moi savoir quand tu auras organisé son transfert vers un autre hôpital.

Son frère se retrouvait peut-être pris entre deux feux, et sa loyauté devait être mise à rude épreuve. Mais il avait fait son choix. Il ne restait plus qu'à espérer qu'un jour, elle serait capable de lui pardonner. En attendant, elle se sentait si seule...

Ce fut dans cet état d'esprit qu'elle retourna dans la minuscule chambre d'isolation où sa patiente était examinée par Jack.

Il était si absorbé par son travail qu'il ne remarqua pas son arrivée.

— Alors, est-ce qu'elle va mieux ? demanda-t-elle, notant le soin méticuleux avec lequel il changeait le pansement de Renata.

Il secoua la tête, l'air grave.

— Pourquoi ne pas m'avoir prévenu dès le début ?

Encore sous le coup de l'émotion, elle accusa le choc.

— Quelle différence cela aurait-il fait ? répondit-elle, sur la défensive. Tu ne me crois pas capable de m'occuper d'un patient sans ton intervention ? Toi et Ben, vous êtes pareils. Vous me regardez en pensant que je suis... Que je suis... Vous savez quoi ? Peu m'importe ce que vous pensez tous les deux. Je suis un bon médecin, et je...

— Pourrons-nous parler de tout ça lorsque j'en aurai terminé ici ? coupa Jack à voix basse.

Abaissant les yeux sur l'enfant, elle sentit son cœur se serrer, et sa colère se transforma en sollicitude.

— Son état a empiré ?

Jack hocha la tête et lui demanda de prendre sa tension.

— Mais Renata et moi avons eu une petite conversation, assura-t-il. Bien qu'elle ne puisse pas ouvrir les yeux et me regarder, nous sommes parvenus à un accord. N'est-ce pas, Renata ?

C'était dans un moment pareil que Jack se révélait dans toute son humanité, songea-t-elle. Naturellement, l'enfant ne comprenait pas un mot d'anglais. Mais Amanda était persuadée que beaucoup de gens dans le coma entendaient certaines choses, et qu'une voix pouvait être un lien qui les retenait à la vie.

— Je parie qu'il est question de crème glacée ou de palmerita.

— Elle aura droit aux deux si elle ouvre les yeux maintenant et me regarde, dit-il en terminant le bandage du genou.

— La tension est toujours la même, annonça-t-elle en desserrant le bandeau autour du bras de la fillette. Ni mieux ni pire, ce qui est plutôt bon signe. Elle se bat.

— Écoute... Je sais qu'elle est ta patiente et que tu l'as mise sous metronidazole, mais je te suggère d'ajouter de la quinacrine.

— Pourquoi ?

— L'infection de la jambe est le premier problème. Il s'agit apparemment d'un staphylocoque doré qui a dû s'installer dans la blessure avant qu'elle n'arrive ici. Malheureusement, nous n'avons pas les moyens d'effectuer les tests appropriés, je dois donc faire appel à mon raisonnement et à mon intuition. Étant donné l'aspect de la blessure et la façon dont l'infection s'est développée, je peux affirmer qu'il s'agit, parmi d'autres facteurs, d'un staphylo.

— Parce que la giardia ne se développerait pas dans une blessure cutanée ?

— Exactement.

Elle adorait l'entendre parler quand il était ainsi dans son élément.

— Et quel est le deuxième problème ?

— Je pense que Renata est aussi diabétique. Cela perturbe le système immunitaire, et même après une nuit de traitement intensif, elle ne réagit pas. Le staphylocoque doré et le diabète agissent en tandem pour résister aux antibiotiques.

A présent, Jack était sa seule bouée de sauvetage dans la

tempête, songea-t-elle. Et la seule qu'elle acceptait. Lorsqu'il était là, il semblait que les difficultés s'aplanissaient.

C'était une sensation très rassurante, à laquelle elle n'était pas habituée.

— En résumé, tu dis qu'un problème ne crée pas l'autre, mais que les deux causes s'assistent mutuellement.

— C'est exact. Le facteur de risque est plus important chez Renata à cause de son diabète de type un dû à son hérédité. Je lui ai pris une goutte de sang, et le taux de sucre est caractéristique, ajouta-t-il. Plus de deux cents.

Amanda poussa un soupir exaspéré.

— Mais il était normal la nuit dernière... Elle est donc une des rares personnes dont le taux de sucre monte plutôt qu'il ne retombe, quand elle ne mange pas. Et je suis totalement passée à côté !

— Parce que ce n'était pas ce que tu cherchais. Tu as traité les problèmes visibles : l'infection, la fracture. Mais dans ce métier, j'ai pour habitude d'explorer toutes les possibilités. Tu n'as pas commis d'erreur.

— Alors pourquoi ai-je exactement l'impression contraire ? J'aurais *dû* le voir !

— Amanda... On se retrouve dans le couloir, d'accord ?

— Parfait, proféra-t-elle en sortant de la pièce.

Jack avait raison de la mettre dehors, car elle n'était plus objective. Elle n'était pas le médecin dont Renata avait besoin.

Tout ce qu'il lui restait à faire, c'était attendre Jack, appuyée sur le mur du couloir.

— Elle va s'en remettre, annonça-t-il en la rejoignant. En attendant son transfert, j'ai prescrit...

— De l'insuline, et de la pénicilline pour traiter le staphylocoque, acheva-t-elle. Sans oublier la quinacrine. Jack, je...

Il l'interrompit en posant la main sur son bras.

— Je n'ai fait que mon job, ce n'est pas grand-chose.

— Pas grand-chose ? s'exclama-t-elle. Va dire ça aux parents de Renata ! Je parie qu'ils ne seront pas d'accord. Comment oses-tu encore prétendre que tu n'appartiens plus à ce métier ? Sans toi, il y a des gens qui mourront, Jack. Quelque part, il y aura une autre épidémie que personne ne pourra identifier, ou un autre enfant comme Renata qui... Comment ne le vois-tu pas ?

Elle avait besoin de sortir d'ici, de prendre l'air.

Lui tournant brusquement le dos, elle s'éloigna, courant presque.

Jack la rattrapa dans la cour et la prit par le bras, la forçant à s'arrêter.

— Qu'est-ce qui ne va pas ? lui demanda-t-il avec douceur.

Elle ne voulait pas qu'il voie sa colère, sa frustration, ses larmes.

Elle demeura tendue, immobile, regardant devant elle. Puis elle secoua lentement la tête, avant de fondre en larmes.

— J'ai posé la question à Ben, Jack. Je lui ai demandé pourquoi il avait choisi de pratiquer la médecine ici, et il ne m'a pas répondu. Pire que ça : je pense qu'il m'a raconté des histoires.

Sa voix se brisa.

— Il sait quelque chose, et il préfère me mentir.

Les larmes se mirent à couler silencieusement sur son visage.

Sans un mot, Jack lui entoura la taille d'un bras réconfortant et l'entraîna jusqu'à leur chambre avant de refermer la porte derrière eux.

— Raconte-moi, murmura-t-il.

Ce qu'elle fit en regardant dehors pour tenter de se calmer, appuyée contre la fenêtre.

Se glissant derrière elle, Jack l'entoura de ses bras, et elle se détendit contre sa poitrine, heureuse de sentir son soutien, sa force.

— Ce qui me peine par-dessus tout, c'est que Ben a préféré courir le risque de voir notre famille éclater plutôt que de me répondre franchement, résuma-t-elle. Nous avons toujours été si proches, et maintenant je me sens...

— Trahie.

— Oui. Je ne m'attendais vraiment pas à ce qu'il réagisse ainsi, surtout après ce qu'il s'est passé il y a quelques années... Ben avait eu un accident, et il voulait mourir. Il n'avait pas la force de lutter. Je suis restée auprès de lui jour et nuit à l'hôpital. Je me suis battue pour lui, en lui promettant que, quoi qu'il arrive, je serais toujours à ses côtés et prendrais soin de lui. J'ai raté un semestre entier à l'école parce que je refusais de quitter le chevet de mon frère. Quand il ne voulait pas prendre ses médicaments, j'étais la seule à pouvoir le convaincre de les avaler.

Elle esquissa un sourire nostalgique.

— C'est de là que date ma vocation de médecin. J'ai vu que j'étais douée, non seulement sur le plan médical, mais aussi psychologique. J'ai compris l'importance de cet aspect dans le processus de guérison, et je suis devenue à la fois médecin et psychologue. Un jour que Ben et moi évoquions cette période difficile, il m'a promis de me rendre la pareille et d'être toujours là pour moi. C'était une de ces promesses que l'on fait dans un moment de gratitude, mais j'y ai toujours cru, et j'ai toujours compté sur lui. Mais en fait, il fait partie du complot mis au point par mes parents, ajouta-t-elle avec amertume.

— Peut-être tente-t-il simplement de t'épargner ?

— M'épargner ? répéta-t-elle, incrédule. Il me fait souffrir, et il le sait !

Elle se décida enfin à faire face à Jack, les yeux encore brillant de larmes.

— Je risque de tout perdre... Et j'ai peut-être déjà tout perdu. Mais je ne peux pas abandonner. Tu m'as mise sur la voie, et il faut que je découvre le reste de ce que je suis. Parce que... Parce que j'ai toujours été différente : une petite fille à la peau sombre dans une famille à la peau claire. Celle sur laquelle on se retournait en murmurant, dont les enfants se moquaient. Cela n'a pas l'air bien grave, mais lorsque tu grandis avec des regards accusateurs qui te suivent, cela fait mal. Les gens peuvent être cruels...

— Je sais, murmura Jack, pensant à Robbie.

— Le problème, c'est que j'éprouve des sentiments mélangés envers mes parents, reprit Amanda. J'adorais mon père, j'aime maman et Ben, et je ne voudrais pas que cela change. Mais c'est déjà le cas. Je voudrais toujours pouvoir penser à papa comme à celui qui m'appelait « sa princesse ». Dis-moi ce que tu en penses, Jack. Est-ce que j'ai raison de poursuivre mes recherches ?

Il hésita, craignant qu'elle n'ait pas fini de souffrir.

— Si tu en as besoin pour te construire, alors tu as raison, répondit-il à regret.

Mais lui qui avait aussi été adopté, il savait ce que c'était que de ne pas se connaître soi-même, avec cette impression de se trouver seul au milieu d'une foule. C'est là qu'avait été sa place, durant la plus grande partie de sa vie.

— Je peux déjà te parler un peu des Mapuches, si tu veux, proposa-t-il. Comme tu le sais sans doute, ce n'est pas une civilisation qui prévaut en Argentine, mais plutôt au Chili. A propos, Mapuche signifie « peuple indigène », ou « peuple de la terre ».

— Peuple de la terre, répéta Amanda en reniflant. Cela me plaît.

Il se mit à rire.

— A moi aussi. Ça te va bien, parce que c'est un peuple très concret. Ils ne craignent pas d'embrasser la vie et savent faire partie intégrante de leur environnement de façon subtile.

— Tu appartiens à la terre toi aussi, Jack. Et aux gens que tu soignes, de façon subtile.

— Autrefois, peut-être.

— Encore maintenant, assura Amanda, se retournant dans ses bras pour lui faire face. J'en ai la certitude, et je veux t'aider à le retrouver.

— Il n'y a rien à retrouver.

Penchant la tête, il s'arrêta à quelques centimètres de ses lèvres.

— Si tu veux, dès que j'aurai résolu le nouveau cas de giardiose, nous partirons vers le sud.

Ainsi, elle n'aurait pas à tout affronter seule.

— Tu m'emmèneras ?

— Oui, je t'emmènerai.

Le baiser qu'ils échangèrent ensuite fut doux et tendre, familier et réconfortant.

Il s'écarta juste avant d'être submergé par le désir.

Il venait de faire une promesse qui l'effrayait. Mais c'était lui qui était à l'origine de ce qu'Amanda allait sûrement découvrir, et il était de son devoir de la protéger.

Seulement, peu à peu, ses sentiments pour elle étaient en train de changer, de se transformer en une irrémédiable tendresse. Et cela l'effrayait.

— L'orphelinat dont je t'ai parlé se trouve dans la pampa, au sud-ouest de Buenos Aires. Leurs archives remontent à plus de trente ans. Même si ta recherche s'apparente à vouloir trouver une aiguille dans une botte de foin, tu pourras toujours commencer par cette botte-là.

— Jack ! s'écria Amanda, hésitant entre le rire et les larmes. Je ne sais pas quoi dire, si ce n'est… Merci ! Je ne m'étais encore jamais senti soutenue dans ma démarche, et tu fais tant pour moi !

— Mais je ne resterai pas, l'avertit-il. Je t'aiderai à prendre tes repères, je m'assurerai que tu n'as besoin de rien, et ensuite je partirai. Il faut que tu le saches.

Amanda hocha la tête, lentement.

— Je n'ai jamais pensé que tu resterais, répondit-elle, presque avec tristesse. De toute façon, je te suis infiniment reconnaissante. Tu n'as pas idée de ce que cela signifie pour moi.

Après cela, il ne sut pas trop comment, ils se retrouvèrent en train d'échanger un baiser passionné, et d'un seul coup, plus rien d'autre n'eut d'importance. Lorsque leurs langues se mêlèrent, il crut qu'il allait exploser de désir. Il sentait les battements de son cœur affolé résonner à l'intérieur de sa poitrine.

Il la voulait, maintenant. Et elle le voulait avec la même force, pressant son ventre contre le sien.

C'était maintenant ou jamais.

La soulevant dans ses bras, il la porta sur le lit.

Il ne pensait plus, il n'avait plus de regrets. Seul importait le moment que tous deux attendaient.

Et quand il contempla dans sa nudité la femme magnifique qui lui tendait les bras, il sut que la nuit ne serait jamais trop longue.

8

Jack fit une boulette des résultats des tests, qu'il balança d'un geste rageur contre le mur.

— C'est impossible ! explosa-t-il. L'eau est à présent filtrée et bouillie, la giardia n'a donc aucun moyen de continuer à se développer !

Excepté que deux nouveaux cas avaient été diagnostiqués dans les dernières heures, transformant l'un des meilleurs jours de sa vie en un véritable cauchemar.

Ben poussa un long soupir de frustration.

— Ce n'est pas ta faute, Jack. Mais si nous ne réglons pas très vite ce problème, on sera forcés de fermer l'hôpital pendant quelque temps. Je ne peux pas me permettre de faire courir des risques à mes patients. La giardiose en elle-même peut être traitée et ne fait pas courir de danger mortel, mais si quelqu'un arrive avec un autre problème sous-jacent...

Il pensait à Renata, bien sûr. Les médecins qui la suivaient à présent étaient optimistes, mais Ben avait raison, se dit Jack : il pouvait y avoir une autre Renata, voire plusieurs, et ce n'était pas acceptable. Pas plus que son échec dans la localisation du problème.

— Il y a donc une autre source, conclut-il avec accablement. Et je ne sais même pas où commencer à chercher... Combien de temps avons-nous ?

— Vingt-quatre heures maximum, si nous ne repérons pas d'autres cas, répondit Ben. Sinon, il faudra fermer aussitôt les portes et envoyer les patients vers des hôpitaux disposant de lits pour les accueillir, ce qui risque de se traduire par de grandes difficultés de transport. C'est tout ce que je peux faire. Je commence déjà à renvoyer chez eux des patients que j'aurais voulu garder un peu plus longtemps, et je n'accepte plus de nouvelles admissions, excepté les cas d'extrême urgence.

Il secoua la tête avec dépit.

— J'aurais dû écouter Amanda et te faire venir plus tôt, avant que les choses n'empirent.

Amanda l'avait demandé plus tôt ? s'étonna en silence Jack, ravi de l'apprendre.

— Je pensais qu'elle exagérait, poursuivit Ben. Mais c'était moi qui n'avais pas pris pleinement conscience de la situation. En tout cas, tu n'y es pour rien.

— Je me sens pourtant responsable, répondit Jack avec irritation. Et les résultats des recherches dépendent de moi.

Il ferma les yeux, essayant de visualiser intérieurement ce qui avait pu lui échapper. Il fit le tour de toutes les sources d'eau courante habituelles et de toutes les eaux stagnantes.

Il les avait toutes analysées.

— On ne pense pas toujours à tout, marmonna-t-il. Cela me rappelle un cas d'épidémie d'Escherichia coli que j'ai connu à Big Badger, au Texas...

Ben le regarda, manifestant un intérêt poli.

— J'ai fini par trouver l'origine du problème dans un innocent pot de confiture, semblable à ceux que la moitié de la ville achetait à une dame du coin. Or, cette personne utilisait des fraises contaminées qu'elle congelait, et elle préparait ses confitures à froid, si bien que les microbes ne disparaissaient pas pendant la cuisson.

— Quel rapport avec notre situation ? demanda Ben.

— Je ne le sais pas encore, mais je te donnerai la réponse d'ici vingt-quatre heures. Et ensuite, je te poserai une question pour laquelle j'attends également une réponse. Cette fois, je suis suffisamment impliqué pour le faire.

Il n'eut pas besoin d'en dire plus, Ben se raidit brusquement.

— Je veux juste la protéger, assura-t-il.

Jack le regarda droit dans les yeux.

— Moi aussi, il y a quelques années, j'ai voulu protéger quelqu'un, que j'aimais tout autant que tu aimes Amanda. Je comprends ce que tu essaies de faire. Mais elle croit — et elle n'est pas la seule — que tu sais quelque chose qu'elle est en droit de connaître. J'estime pour ma part que tu ne devrais pas le lui cacher. Quant à Amanda, elle pense que tu l'as trahie, et je ne suis pas loin d'être de son avis.

Fermant les yeux, Ben se frotta les tempes du bout des doigts.

— Il paraît que tu iras dans la pampa avec elle ?

Jack acquiesça, résigné.

Ce n'était pas un endroit où il avait envie de retourner, mais pour Amanda, il le ferait.

— En effet. Je ne peux pas la laisser s'y rendre toute seule.

— Si tu l'aimes, tu sauras faire ce qu'il faut.

— Mais tu l'aimes aussi, toi, et pourtant tu ne le fais pas, rétorqua Jack, luttant contre la colère qui montait en lui.

Cette situation n'était bonne pour personne. Il ne pouvait pas blâmer Ben, et en même temps il ne l'approuvait pas.

— Je n'ai rien contre toi, assura-t-il. Mais je veux aider Amanda à trouver ce qui lui manque. Je te souhaite de pouvoir assumer ton choix, parce que si ta sœur ne devait plus faire partie de ta vie...

Il n'acheva pas sa phrase.

La simple idée qu'Amanda ne soit plus là dans la sienne même l'ébranlait au plus au point.

— Je peux t'aider, Doc K ? demanda Ezequiel, tandis que Jack se tenait debout, immobile, devant l'évier, le regard perdu dans le vague. Moi aussi, je sais regarder les choses, comme tu le fais.

Jack se mit à rire.

La nuit dernière, avec Amanda, le désir d'être père l'avait de nouveau effleuré. C'était la première fois depuis que la mère de Rosa avait donné naissance à leur fille avant de mourir, le laissant en charge du précieux bébé.

Jusque-là, il n'avait pas eu de contrainte dans sa vie, ni de projet d'avenir autre que continuer à faire ce qu'il faisait. Et l'instant d'après, tout avait changé : d'un seul coup, il était devenu père.

Les beaux yeux sombres de Rosa, la façon dont elle les avait posés sur lui, trop petite encore pour fixer son regard…

A présent, il fallait qu'il cesse d'envisager la possibilité d'avoir un enfant avec Amanda. Il fallait qu'il cesse de penser que, peut-être, il avait un avenir avec elle. Certes, le désir était là, mais il en fallait beaucoup plus pour bâtir une vie, et il avait jeté tous ses outils lorsque Rosa était morte.

Et puis, il ne lui restait plus qu'une nuit à passer dans cet hôpital.

— J'aimerais que tu m'emmènes faire le tour de l'hôpital et des bâtiments environnants, dit-il au garçon. Comme ça, nous pourrons regarder ensemble.

Qu'arriverait-il à Ezequiel si l'endroit fermait ? s'inquiéta-t-il soudain. Est-ce que quelqu'un l'hébergerait, ou se retrouverait-il à la rue ?

Voilà qu'il recommençait.

Il *ne pouvait pas* emmener Ezequiel chez lui, ni rester ici pour prendre soin de lui ! Pourquoi faisait-il toujours ça ?

— Allons-y.

Il pensa à Amanda qu'il avait quittée au lever du jour, et il prit brusquement conscience de ce qu'il avait fait.

Elle était vulnérable et attendait beaucoup de choses de lui. L'aimait-elle ?

Grands dieux, il espérait que non…

Et lui, l'aimait-il ?

— Va chercher du matériel pour les tests, Ezequiel. On se retrouve devant le hangar de stockage, à l'extérieur de l'hôpital. D'accord ?

L'enfant s'empressa de s'exécuter, mais lui-même resta devant la fenêtre de la cuisine, songeur.

— A quoi penses-tu ? demanda Amanda derrière lui, en lui glissant ses bras autour de la taille.

Il se raidit, parce que ce simple contact le troublait déjà.

— A la giardia, et à l'endroit où elle se cache, répondit-il. Ben envisage de fermer provisoirement l'hôpital si je ne trouve rien. Et je ne dispose pas de beaucoup de temps.

— Tu es sérieux ? s'écria-t-elle, horrifiée. Il veut fermer ?

— C'est probablement la meilleure chose à faire. Écoute, je

regrette, mais je suis préoccupé et frustré, et j'ai besoin d'espace pour...

Sous l'impact de ces mots, Amanda tressaillit.

— Mais *tu as* ton espace, Jack ! dit-elle en faisant un pas en arrière.

— Amanda, nous avons commencé quelque chose que je ne pourrai pas finir. Je suis désolé.

— Ce n'est pas comme si tu ne m'avais pas prévenue, murmura-t-elle, s'efforçant de rester digne. C'est ainsi. Tu sais quoi, Jack ? Tu regrettes peut-être ce qu'il s'est passé entre nous, mais moi pas du tout. Tu es un homme étonnant et qui n'a pas conscience de l'être.

— Je n'ai pas de regrets à ton sujet, assura-t-il.

Il voulut l'attirer vers lui, mais elle fit un autre bond en arrière, comme si elle s'était trop approchée d'une flamme.

— S'il te plaît, non. Nous avons eu notre nuit, et je ne m'attendais pas à davantage, bien que j'aie été surprise de me réveiller seule. Mais je suppose que j'aurais dû m'y attendre.

— Je n'ai pas le temps d'en discuter maintenant, mais plus tard, nous parlerons. D'accord ? proposa-t-il, partagé entre son devoir et elle.

Elle fit un autre pas en arrière.

— J'ai un coup de fil à passer, prétendit-elle. Et Ezequiel doit t'attendre.

— A plus tard, répéta Jack, qui regrettait visiblement de devoir partir. Mais je t'en prie, Amanda, ne crois surtout pas que j'aie des regrets.

Par la fenêtre, elle le regarda rejoindre Ezequiel au hangar.

Il était tel qu'il avait toujours dit qu'il serait : un homme sans attaches, qui ne restait pas. Dommage qu'elle ne l'ait pas écouté avant de tomber amoureuse.

— Tu es donc si attachée à lui ? questionna son frère à l'autre bout de la pièce.

— Qu'est-ce que cela peut te faire ?

— Tu n'es pas juste, Amanda. Tu sais bien que je me suis toujours soucié de toi.

— Alors, dis-moi ce que j'ai besoin de savoir, marmonna-t-elle, au bord des larmes.

Mais elle ne craquerait pas devant Ben, ni devant Jack. Elle était Amanda Robinson — une femme forte, un bon médecin, une enfant adoptée totalement dédiée aux causes humanitaires.

Plus déterminée que jamais, elle se tourna vers son frère.

— Explique-moi, Ben. Dis-moi pourquoi tu as construit cet hôpital en Argentine, ou bien je prends le premier avion et vais poser la question à maman.

— Tu ne ferais pas ça ! s'exclama-t-il.

— Elle est fragile, mais elle a l'esprit clair, et je suis sûre qu'elle connaît la réponse.

— Ce serait moche de ta part, Amanda.

— Non, désespéré. Tous les gens que j'aime ont des secrets sur moi. Tu n'imagines pas ce que je ressens. C'est comme si tout ce sur quoi je comptais avait disparu, alors que je ne désire que le retrouver.

— Commence par répondre à une question, lui dit son frère.

— Laquelle ?

— Es-tu amoureuse de Jack Kenner ?

— Je ne vois pas le rapport.

— Parce que, une fois que tout ceci sera fini, je voudrais que tu aies quelqu'un près de toi, et je doute que ce soit moi.

— Non, assura-t-elle, de nouveau proche des larmes. Je vous aurai toujours, toi et maman.

— Est-ce que tu l'aimes ? insista Ben.

Elle hocha la tête en silence.

— Peu importe, lui ne m'aime pas. Je pense qu'il a essayé, mais je ne suis pas sûre qu'il le puisse.

Ben secoua la tête, dubitatif.

— Donnez-vous de l'espace et du temps, et vous y verrez plus clair. A présent, je vais tâcher de te dire ce que je sais, en espérant que tu n'en souffriras pas.

— J'ai les reins solides, assura-t-elle.

— Je ne sais pas grand-chose de la fascination de nos parents pour l'Argentine, commença-t-il. Comme à toi, on m'a dit de ne pas poser de questions.

— Nos parents nous ont menti, n'est-ce pas ?

Il acquiesça en silence.

— Lorsque nous étions présents, la conversation roulait sur des sujets ordinaires — la famille, l'école, le travail — mais la nuit, quand nous étions couchés, je les entendais parler des premiers temps de leur mariage...

Ben fit une pause et leva les yeux sur elle.

— Pour commencer, ils faisaient partie d'une organisation humanitaire qui se rendait dans les régions pauvres du monde. Papa enseignait les techniques de l'agriculture, et maman était institutrice.

— Quoi ? s'exclama-t-elle, ahurie. Si je m'attendais... Mais pourquoi ne nous ont-ils rien dit ?

Pour elle, la profession de ses parents avait toujours été la même : ils possédaient un ranch dans lequel ils élevaient des moutons pour leur laine, et ils avaient très bien réussi dans cette entreprise.

— J'ai également découvert qu'ils avaient vécu deux ans en Argentine, poursuivit Ben, et ils ne nous en ont rien dit non plus. Au grenier, j'ai trouvé des photos, des vêtements comme des ponchos, des *fajas*. Mais quand je leur en ai parlé, ils ont tout simplement nié y avoir jamais été. Et ensuite, les vêtements et les photos ont disparu du grenier. Pourtant, je sais bien ce que j'ai vu, notamment leurs passeports.

Elle secoua la tête, incrédule.

— Mais pourquoi avoir effacé tout ce pan de vie ? Leur travail était pourtant louable. Moi qui croyais que nous étions une famille unie !

— En tout cas, j'ai fini par ne plus poser de questions, mais l'Argentine était pour moi un mystère. Je me demandais toujours ce que nos parents avaient à cacher, cela tournait à l'obsession. Je me suis documenté sur le pays, et c'est finalement devenu ma passion.

— Et tu n'as jamais résolu le mystère ?

— Non.

— Pourquoi ne m'en avoir jamais parlé ?

— Papa m'avait demandé de ne pas le faire pour ne pas

perturber maman. Puis elle a eu son cancer... Avant tout, j'ai voulu te protéger, que tu ne saches pas qu'ils nous mentaient par omission.

— Mais toi, personne ne t'a protégé, soupira-t-elle.

— Alors, tout va bien de nouveau entre nous ? s'enquit Ben avec espoir.

— Plus que jamais, répondit-elle.

D'ailleurs, elle-même se sentait mieux. Elle était réconciliée avec son frère, et cela comptait beaucoup pour elle.

Pourtant, le récit de Ben soulevait davantage de questions qu'il n'offrait de réponses. Il restait d'autant plus de choses à éclaircir.

— Je vais continuer à chercher, l'avertit-elle. Je n'y mêlerai pas maman, mais c'est ma vie.

— Je ne pensais pas que tu agirais autrement.

— Mais je crois que je dois le faire seule, sans Jack. C'est un homme de parole, et je sais qu'il veut m'aider, cependant...

— Même s'il t'aime ?

— Non. Parce que moi, je l'aime. Je sais qu'il préfère ne pas s'impliquer, et je respecterai son choix. Tu comprends, je veux me réveiller le matin auprès de quelqu'un que j'aime et qui m'aime, fonder un foyer avec lui, avoir des enfants et vieillir à ses côtés. Je ne veux pas être avec un homme qui soit obligé de se forcer.

Elle essuya discrètement une larme.

— Peut-être que Jack voudrait m'aimer, mais il n'y arrive pas. Et ça fait mal. C'est pourquoi je préfère aller seule dans la pampa. Je l'aime, mais si je ne peux pas l'avoir, il faut que je l'accepte. Alors s'il te plaît, Ben, j'aimerais que tu fasses quelque chose pour moi.

— Quoi ?

— Que tu le retiennes. Ne lui dit pas tout de suite que je suis partie, occupe-le. J'ai besoin de vingt-quatre heures d'avance.

— Et s'il te suit quand même ?

— Jack voit des choses que personne d'autre ne voit. Il comprendra.

— En fait, tu tournes le dos à l'homme que tu aimes, tu t'enfuies ?

— Non. Je le laisse partir, c'est différent. Si nous étions ensemble, il ne pourrait plus le faire. Il voudrait honorer ses obligations.

Elle baissa les yeux, retenant ses larmes.

— Parce que, au bout du compte, c'est ça que je suis pour lui : une obligation.

Une heure plus tard, le sac de voyage d'Amanda était prêt, et Hector l'attendait pour l'emmener jusqu'à la piste d'atterrissage.

De loin, elle observa Jack, immergé dans son processus de réflexion. Il était debout devant le hangar, raide, visiblement furieux contre lui-même.

Leurs chemins se croiseraient sans doute de nouveau au Texas. D'ici là, une certaine distance se serait installée entre eux. La prochaine fois qu'elle le verrait, elle l'espérait, elle n'aurait plus besoin de lutter contre les larmes comme elle le faisait en ce moment.

— Du nouveau ? questionna-t-elle en le rejoignant, la lèvre tremblante.

Jack secoua la tête, maussade.

— Je pense que ma vision est trop étroite. Il doit y avoir autre chose que les sources d'eau habituelles.

Elle se rapprocha de lui et dut se retenir de le toucher.

— Peut-être que cela se trouve juste devant tes yeux, et que tu ne le vois pas parce que quelque chose te gêne, suggéra-t-elle.

— De quoi parles-tu, Amanda ?

— De toi et moi, Jack. Cela n'a aucun sens. Je doute que tu aies jamais vu en moi quelqu'un d'autre que le médecin de ton neveu.

Jack esquissa un sourire espiègle.

— Crois-moi, chaque fois que je te regardais, ce n'était pas le médecin de mon neveu que je voyais.

— Vraiment ?

— Je te revois encore, les cheveux tirés en arrière, portant ta blouse blanche...

Il s'interrompit, les sourcils froncés.

— Ta blouse blanche, répéta-t-il dans un souffle, comme tétanisé.

Le mécanisme s'était mis en place, constata-t-elle. Les yeux clos, la respiration à peine perceptible, Jack s'était coupé du monde.

C'était si excitant de le voir fonctionner ainsi, que fascinée, elle en oublia sa peine, osant à peine bouger de crainte d'interrompre son processus de pensée.

Alors elle attendit.

Peu à peu, le froncement de sourcils se dissipa, la respiration devint plus profonde et les épaules se détendirent.

Puis Jack ouvrit les yeux et lui sourit.

— Je sais d'où vient la giardia.

— Dis-moi ce que tu sais, supplia-t-elle.

— Les draps.

— Pardon ?

— Tu as dit que c'étaient les femmes du village qui les lavaient, n'est-ce pas ?

— Mais pour rester viable, le parasite doit se trouver dans un environnement humide, non ?

— A moins qu'il ne sèche et demeure à l'état latent dans un sac membraneux microscopique.

— Qu'est-ce qui pourrait le ramener à la vie ?

— Tout simplement le fait de respirer entre les draps. Avec l'humidité du souffle, les parasites sont réactivés, puis ils envahissent la personne.

— Et qu'est-ce qui t'a fait penser aux draps ?

Le sourire de Jack s'élargit.

— Toi, dans ta blouse de médecin. Mentalement, je te la retirais, et dans mon imagination, tu étais nue en dessous. Puis nous étions au lit, et une fois endormie, tu te blottissais contre moi...

Elle ne voulait pas penser à de telles images, cela faisait trop mal.

— Si je comprends bien, tu as du pain sur la planche, l'interrompit-elle avec effort.

Dans un accès de gaieté, Jack la fit pivoter sur elle-même et l'embrassa à pleine bouche.

— Nous avons à parler plus tard, toi et moi, lui rappela-t-il.

Puis il s'élança en direction de son laboratoire de fortune.

Elle s'éloigna de son côté, le goût de ses lèvres encore sur les siennes, soulagée.

Tout occupé qu'il était à concrétiser le résultat de ses efforts de déduction, Jack ne la verrait même pas monter en voiture.

Sans plus attendre, elle rejoignit Hector qui l'attendait près de la Jeep.

En quittant Caridad, elle refusa de regarder derrière elle.

Des chemins différents pouvaient parfois converger. Pendant quelque temps, elle avait cru que c'était possible pour Jack Kenner et elle. Mais elle s'était trompée.

9

— Bon sang, Ben, quand est-elle partie ?

— Hier soir. J'étais censé lui laisser vingt-quatre heures d'avance avant de te le dire.

— Tu aurais dû me prévenir tout de suite, avant qu'elle ait une chance de prendre un avion ! Je l'aurais empêchée de partir seule.

— Comment, Jack ? N'oublie pas que c'est d'Amanda que nous parlons. Rien n'a jamais pu l'empêcher de faire ce qu'elle voulait.

— Il ne me reste plus qu'à la rattraper, maintenant.

— Je l'espère, car il vaut mieux qu'elle ne soit pas seule si elle apprend la vérité.

Ben avait l'air inquiet, et soudain, Jack eut la confirmation de ce qu'il soupçonnait.

— Ben, tu as une idée de ce qu'elle va trouver si elle continue à chercher, n'est-ce pas ?

— Qu'est-ce que je sais ? se défendit-il. Que mes parents ne l'ont pas adoptée ? Qu'ils se sont contentés d'entrer dans un village et de l'enlever ? Je ne sais rien de précis. Comment le pourrais-je, alors qu'ils ne nous ont raconté que des...

— Que des mensonges ? acheva Jack.

Beaucoup de gens avaient fait cela : des personnes aisées, le plus souvent stériles, venaient choisir des orphelins abandonnés comme s'il s'agissait d'une marchandise dans une boutique. Des milliers d'enfants avaient ainsi disparu. On pouvait espérer qu'ils avaient atterri dans de bons foyers, néanmoins...

Se mettre en colère n'aurait servi à rien. Et à moins d'attacher Amanda, ni son frère ni lui n'auraient pu l'arrêter, il le savait.

— Est-elle au courant des conditions déplorables de l'adoption en Argentine ? s'enquit-il.

— Non, elle ne sait rien. Sinon, elle serait partie en croisade pour s'occuper de la question. Tu sais, Jack, Amanda adore nos parents. Ce ne sera pas facile pour elle d'accepter ce qu'ils ont pu faire, et que, même après lui avoir promis la vérité, je ne lui aie dit que la moitié de ce que je supposais.

— Si je pars maintenant, as-tu la situation en main ? s'inquiéta Jack.

— Tout va bien, et nous avons beaucoup de médicaments, assura Ben. A présent que nous savons que Mme Ortiz lavait nos draps dans une crique pour économiser l'eau courante, nous n'allons pas manquer de bénévoles pour faire la lessive. Avec de l'eau filtrée.

Jack jeta un coup d'œil circulaire sur le petit aérodrome assoupi sous le soleil écrasant.

Paso Alto. Il se retrouvait là où il n'aurait jamais voulu remettre les pieds de sa vie.

La première fois qu'il était venu, il y a deux ans, il avait pour mission d'éradiquer la malaria qui s'était répandue partout. Il était un étranger, et tout le monde se méfiait de lui.

— Pas facile de revenir, n'est-ce pas ? fit observer Richard Hathaway avec un léger sourire. Je n'étais pas certain de vous revoir un jour.

Il était le seul ami qu'il ait eu ici, le seul qui l'avait aidé à retrouver Rosa. Et le seul qui était resté près de lui devant la petite tombe, le jour où son monde s'était écroulé.

Septuagénaire dynamique, Richard dirigeait l'orphelinat local et l'école. Il était arrivé trente ans plus tôt en tant que missionnaire, il avait rencontré l'amour de sa vie en la personne d'une autre missionnaire et avait trouvé là sa place. Heureux homme.

— C'est une bonne chose que vous soyez là, ajouta-t-il. Nous avons tous à affronter nos démons, un jour.

— Amanda a-t-elle réussi à vous trouver ?

— Elle est arrivée à l'orphelinat hier soir et a demandé à

consulter les archives. Depuis, elle poursuit ses recherches. Il est vrai que je n'ai jamais été très doué pour le classement.

— Après mon coup de téléphone, lui avez-vous dit que je venais ?

Richard secoua la tête.

— Au fil des années, des centaines de personnes sont venues parcourir mes dossiers, poursuivit-il. Des gens comme Amanda, qui essayent de découvrir qui ils sont et comment ils ont été adoptés — s'ils l'ont été. Beaucoup repartent désespérés parce que ce qu'ils cherchent n'est pas ici. La plupart des enfants perdus n'ont jamais été enregistrés. Moi, je ne peux qu'observer tous ces gens. Et je sais qu'Amanda cherche un soutien que je ne suis pas capable de lui donner. Je peux seulement lui proposer un endroit où dormir, et Martha lui cuisiner quelques plats. Mais faites d'abord ce que vous avez à faire, Jack. Vous la retrouverez ensuite.

— Pouvez-vous imaginer combien c'est difficile pour moi, simplement de traverser le village ?

— Je crois que vous avez fait le plus dur : descendre de l'avion. Le reste sera plus facile.

Pourtant, une fois qu'ils se furent séparés, la nervosité s'empara de Jack tandis qu'il traversait la place du marché et passait devant le petit café où il avait coutume de s'arrêter pratiquement chaque jour. Plus loin, il y avait sa petite maison, avec son bureau et la fenêtre de la chambre de Rosa, et il hésita.

Mais il fallait qu'il continue. Il devait mettre de côté le passé pour aider Amanda à construire son futur. Parce que, d'une façon ou d'une autre, il était déterminé à être près d'elle. Il le devait à Rosa, l'enfant de son cœur. Et aussi à Amanda, qui avait réussi à se frayer son chemin jusqu'à son cœur, alors qu'il avait cru ne plus jamais avoir de place pour quelqu'un d'autre que sa fille. A sa manière, Amanda était aussi une enfant perdue.

Lentement, il traversa la rue, contourna la petite église et se dirigea vers le cimetière.

Amanda cligna des yeux pour mieux voir et regarda une deuxième fois la silhouette qui s'éloignait de l'autre côté de la rue.

— Mais c'est...

Martha Hathaway tourna la tête à son tour et sourit.

— Toujours aussi séduisant, commenta-t-elle. Je suis contente qu'il soit de retour. C'était un médecin fantastique, bon, généreux et compatissant envers les locaux. J'avais toujours espéré qu'il reviendrait, mais j'ignorais ce qui pourrait le ramener ici.

— Pourquoi ne voulait-il pas revenir ?

— Ce sera à lui de vous en parler.

Amanda sentit son cœur se serrer.

Elle avait toujours vu ce chagrin et cette distance dans les yeux de Jack, quand il oubliait de se contrôler. Il essayait de le dissimuler derrière une façade renfrognée, mais cela ne fonctionnait pas avec elle, qui observait les émotions à la manière dont il observait ses microbes.

Et à présent, elle savait qu'il était lié à cet endroit.

— Quand vous le verrez, proposez-lui donc de venir dîner ce soir. Je ferai du ragoût aux saucisses, il adore ça.

Sur ces mots, Martha la quitta pour aller rendre visite à une famille du village.

Amanda assista à la lente progression de Jack, à son hésitation devant la petite maison du coin de la rue. Elle pouvait presque sentir physiquement le combat qui se livrait en lui.

— Que t'est-il arrivé ici, Jack ? murmura-t-elle.

Tout d'abord, quand elle était partie, elle avait espéré qu'il la suivrait parce qu'elle se sentait peu sûre d'elle-même. Puis, elle s'était dit qu'il avait choisi d'être un solitaire et que, quelle que soit la force de ses propres sentiments, aimer Jack Kenner signifierait pour elle une existence de solitude. Elle se retrouverait seule dans une vie à deux, tout cela était sans espoir. Pourtant, en même temps que sa raison lui donnait tous les motifs d'éviter Jack, son cœur demeurait sourd, et elle avait envie de courir vers lui.

Elle le vit avec surprise se diriger vers le cimetière.

Au fait, pourquoi ne s'était-il pas rendu directement à l'orphelinat ? Martha avait dit qu'il avait été un médecin fantastique...

Et soudain, elle comprit.

C'était ici que sa vie avait basculé, qu'il avait décidé de se tenir à l'écart du monde et de la médecine, après y avoir affronté son enfer personnel.

Pourtant, il y était revenu. Pour elle... Cela voulait dire qu'il l'aimait ?

Jack Kenner l'aimait ! Il était capable d'amour, il le lui prouvait en affrontant ses démons personnels pour la retrouver !

Mais pour l'instant, c'était lui qui avait besoin d'elle. Elle ne savait pas encore comment l'aider, mais il était temps pour elle de lui prouver qu'elle aussi l'aimait.

Jack avançait mécaniquement, les dents serrées.

C'était le trajet tant redouté. Cela faisait deux ans qu'il pensait à ce jour. Car il avait toujours su qu'il finirait par revenir. Pour dire adieu à Rosa, et pour faire installer une stèle digne de ce nom. Il était temps aussi de pardonner, même si c'était le plus difficile.

Néanmoins, maintenant, il avait une raison pour avancer, et il le voulait de tout son cœur. Il allait donc commencer par le pardon, sinon il continuerait à rester figé. Sans Amanda.

Il s'arrêta devant l'entrée du cimetière, ne pouvant se résoudre à s'approcher de la petite tombe.

Pourtant, il le fallait. La dernière fois, il avait été aveuglé par trop d'émotions conflictuelles — chagrin, colère, sentiment de perte, haine... Tout cela suite à un regard sur un monticule de terre assemblé à la hâte, et surmonté d'une croix de bois sur laquelle on avait écrit simplement « Rosa ».

Il y a deux ans, il n'avait pas pu se recueillir comme il le souhaitait, et il l'avait regretté depuis. Il voulait dire à Rosa son profond regret de ne pas avoir été là pour elle. Lui murmurer une dernière fois combien il l'aimait. Et lui demander de lui garder une place auprès d'elle.

Non, il n'avait pas pu lui dire tout ça, parce qu'il y avait tous ces gens qui criaient et qui menaçaient de le jeter hors du village. Mais aujourd'hui, le moment était venu. Il devait trouver la force d'avancer.

Il en avait besoin, pour Amanda et pour lui. Il était temps aussi pour le souvenir de Rosa de reposer paisiblement dans son cœur. L'amour devait prendre le pas sur la laideur. Ensuite, il pourrait être disponible pour Amanda.

— Une chose à la fois, se dit-il pour s'encourager.

Le vieux portail rouillé grinça quand il l'ouvrit. Arrivé devant la petite tombe, il s'arrêta et se laissa tomber à genoux sur le sol.

Sa fille. Sa chair et son sang. Un si beau bébé... Elle aurait dû être en train de le tirer par la main pour qu'il lui achète une glace, ou de jouer dans le parc. C'était la vie qu'il aurait dû mener, au lieu de cette existence vide qui ne signifiait rien.

— Rosa... J'ai essayé, murmura-t-il d'une voix brisée. Mais ce n'était pas assez. Je n'ai pas été à la hauteur.

Il pouvait éradiquer des épidémies, diagnostiquer des cas inconnus, résoudre l'impossible. Mais quand il s'était agi de sa fille...

— Rosa, je suis si désolé ! Je regrette tellement, tellement, sanglota-t-il doucement.

Curieusement, il ne ressentait plus d'angoisse. Il songea à toute la joie que sa fille lui avait donnée en si peu de temps, et à toute celle qu'Amanda lui donnait maintenant, malgré lui. Il y avait eu Rosa, il y avait Amanda.

Soudain, comme en écho à ses pensées, il entendit murmurer derrière lui la voix de cette dernière.

— Jack... Je suis là.

— Parfois, on a l'impression que l'on n'en fait jamais assez, ajouta doucement Amanda en demeurant à distance. On donne tout ce qu'on a, mais cela ne suffit pas, et l'on s'en veut terriblement. Cela finit par nous consumer, et nous devenons quelqu'un que nous n'aurions jamais pensé être. Quant à la douleur...

Elle s'avança et posa la main sur l'épaule de Jack.

— Elle ne s'en va pas, mais elle se transforme.

— Parfois, il est plus facile de vivre à l'intérieur de cette douleur...

— Jusqu'au jour où on trouve une raison d'en sortir. Jack, lorsque mon père est mort, nous étions en conflit depuis trop longtemps. Je lui en voulais de ne rien me dire, et de son côté il ne cherchait qu'à protéger ma mère. Nous n'aurions jamais dû terminer sur un tel désaccord, mais c'est ce qu'il s'est passé. Il ne faut jamais oublier que c'est l'amour qui doit prévaloir.

Elle chercha son regard.

— J'ignore ce que tu as traversé, et je ne sais pas qui est Rosa, mais je t'aime et je veux t'aider à affronter ton épreuve. Tu n'es plus seul.

— Il n'y a pas une période de ma vie où je n'aie pas été seul, dit Jack, le regard lointain. Excepté ces quelques semaines avec Rosa. J'ai alors compris le bonheur d'avoir quelqu'un à aimer, à protéger. Cela me manque. Elle me manque tellement que, parfois encore, j'espère pouvoir me réveiller comme d'un long cauchemar.

Il se tourna vers Amanda et, lentement, lui raconta son histoire.

— Rosa était ma fille. Je ne voulais pas d'enfant, n'avais jamais envisagé d'être père, et puis un jour, elle est entrée dans ma vie, dans mon cœur. Carla, sa mère, était mapuche. Nous nous sommes rapidement rendu compte qu'il n'y avait rien de sérieux entre nous, et la séparation s'est faite sans douleur. J'ignorais qu'elle était enceinte, jusqu'au jour où j'ai été appelé par une sage-femme pour l'assister lors d'un accouchement difficile.

— C'était Carla ?

— Oui. Avant de mourir, elle a eu le temps de me dire que le bébé était de moi. Mais c'était inutile, je l'ai su dès que j'ai tenu Rosa entre mes mains. Il y a eu ce sentiment indescriptible. En un clin d'œil, ma vie tout entière a changé. Mais rapidement, tout s'est compliqué. Pendant sa grossesse, Carla avait menti au sujet du père, elle avait sans doute jugé plus pratique de dire qu'il s'agissait d'un garçon du coin.

— Tu étais donc le seul à savoir que Rosa était de toi ?

— Le seul. Au début, je n'ai pas pensé que ce serait un problème. Comme elle avait un problème cardiaque congénital et qu'il n'y avait pas l'équipement nécessaire pour l'opérer, j'ai pris mes dispositions pour l'emmener rapidement aux États-Unis. Je me rendais à l'aéroport avec elle, quand ils m'ont arrêté.

— Qui ?

— Les gens du village. Ils m'ont empêché de monter dans le taxi et l'ont enlevée.

Elle étouffa une exclamation.

— Comment est-ce possible ? Pourtant, ils te connaissaient...

— Ils connaissaient le médecin et avaient besoin de lui pour combattre l'épidémie. Mais il y avait eu tous ces gens qui étaient venus prendre des enfants dans les villages… Alors ils l'ont cachée, de maison en maison, de famille en famille. Le corps fragile de Rosa ne l'a pas supporté. J'ai reçu un mot du prêtre du village m'informant du lieu, du jour et de l'heure de son enterrement. Je n'ai même pas pu pénétrer dans le cimetière avant qu'elle ne soit sous terre.

— C'est terrible, Jack. Je n'arrive même pas à imaginer…

— Tout ça, parce qu'ils pensaient la protéger de moi. Ils n'ont pas voulu croire que j'étais son père, et elle est morte. Personne ne peut savoir ce que l'on éprouve quand on est médecin et que l'on n'a pas pu être là pour son propre enfant.

Amanda s'appuya contre Jack et l'entoura de ses bras, faisant sienne sa douleur. Il y eut un long silence.

— Pourquoi, Jack ? demanda Amanda. Pourquoi prend-on les enfants dans les villages ? Je ne comprends pas.

Ils étaient maintenant assis sur un banc, à l'ombre d'un arbre, et elle avait l'air courageuse et déterminée.

Jack poussa un long soupir.

Pour Amanda aussi, il était temps d'avancer.

— Tout d'abord, laisse-moi te dire que je ne voulais surtout pas revenir ici, affronter le passé. Vivre isolé dans mon petit monde était ce que je pensais avoir mérité. Et puis, j'ai fait la connaissance d'une superbe jeune femme un peu folle, qui m'a fait revenir en Argentine, m'a gavé de myrtilles et a entouré mon lit de guirlandes de Noël.

— Cela n'a rien à voir avec Rosa, je suppose ?

— Cela à tout à voir avec elle, avec toi, et probablement avec Ezequiel.

— Alors raconte-moi, Jack. Dis-moi ce que vous soupçonnez, Ben et toi.

— Durant tous mes voyages, j'ai vu de nombreux enfants orphelins de par le monde, commença-t-il. On estime leur nombre à plus de cent quarante millions. Rien qu'en Amérique du Sud, ils sont plus de huit millions. D'autre part, il y a des gens qui voudraient adopter des enfants, et on a créé des lois pour que les orphelins ne risquent pas d'être exploités. Malheureusement, ces lois ne sont pas toujours respectées. Beaucoup d'enfants sont emmenés sans que la procédure légale soit suivie, et parfois même kidnappés. C'est ce que les villageois ont cru lorsque j'ai voulu ramener Rosa aux États-Unis.

Amanda avait pâli.

— Je pense que dans la plupart des cas, les personnes qui enlèvent ces enfants sont animées des meilleures intentions et veulent leur procurer un vrai foyer, poursuivit-il. Je comprends ce sentiment, je l'ai même éprouvé pour Ezequiel. Ce serait facile de l'emmener avec moi. Mais on ne peut pas décider de la vie d'un enfant en un claquement de doigt. Et naturellement, il y a eu des abus. Des enfants ont été enlevés alors qu'ils n'étaient pas orphelins. Des pères et des mères ont perdu ainsi leurs fils et leurs filles. Rien ne peut excuser cela, quelle que soit l'intention dont les kidnappeurs étaient animés.

Il lui caressa la joue.

— Les enfants d'Amérique du Sud sont particulièrement attirants, observa-t-il. Ils ont une belle peau, de beaux yeux...

— Crois-tu que j'aie été l'un de ces enfants volés ? questionna Amanda d'une voix sans timbre.

— Je regrette, mais c'est tout à fait probable.

— Et Ben, qu'en pense-t-il ?

— Ce sera à vous deux d'en discuter, mais il est déchiré entre les sentiments qu'il a pour vos parents et la pensée de ce qu'ils ont pu faire. Il a tenté de protéger tout le monde.

— Je sais que mes parents m'aimaient, mais comment ont-ils pu... ?

Elle s'interrompit, comme frappée par une évidence.

— S'ils ne m'avaient pas volée, ils m'auraient répondu sans problème. Alors, s'ils ne m'ont rien dit...

— Il sera difficile de connaître la vérité. Tes parents travaillaient dans une organisation humanitaire, ce qui a pu leur faciliter les choses.

— Je ne sais pas quoi dire, murmura-t-elle, comme pétrifiée. S'ils ont agi ainsi, mes parents sont en partie responsables de ton malheur, en entraînant la réaction excessive des locaux.

Il plongea le regard dans le sien.

— Parfois, on fait du mal en étant animé des meilleures intentions. Maintenant, je peux accepter l'idée que les villageois aient cru protéger Rosa. Ma fille est morte, et j'ai failli me perdre en chemin. J'ai toujours du chagrin, mais je ne veux plus vivre constamment avec la douleur. Parce que... Parce que je t'ai rencontrée et que je t'aime.

Ils se sourirent, les yeux dans les yeux.

— Je voudrais rester en Argentine, à Caridad, reprit-il. Et venir de temps en temps ici pour fleurir la tombe de Rosa et examiner les enfants de l'orphelinat. Mais je ne veux pas rester sans toi, Amanda. Je ne veux plus être seul. Seulement, je risque d'être encore renfrogné quelquefois. Crois-tu que tu le supporteras ?

— Et moi, je risque d'être encore obsédée par mes recherches, tant que j'aurai l'espoir de trouver quelque chose. Est-ce que tu le supporteras ? répondit Amanda sur le même ton.

— Je devrai m'absenter quand il y aura une épidémie quelque part.

— Quant à moi, je devrai retourner au Texas une ou deux fois par mois pour voir mes patients.

— Mais je ne mangerai plus jamais de myrtilles.

— Non ?

— J'y suis vraiment allergique, tu sais. Cela me donne de l'urticaire.

— Tu les as pourtant avalées.

— Parce que tu m'y as forcé.

— Je voulais que tu cesses de ronchonner...

— Et tu voulais me faire apprécier la vie.

Ils se turent et échangèrent un long regard. Puis Amanda lui posa la main sur la poitrine en un geste de tendre possession.

— C'est mieux ensemble, déclara-t-elle. Quoi que nous fassions, où que nous allions, nous serons mieux tous les deux.

Ezequiel avait dessiné la forme d'un arbre de Noël uniquement avec des guirlandes lumineuses accrochées au mur. C'était très ingénieux, admira Jack.

Il ne doutait pas qu'il avait encore à découvrir de nombreux talents chez son futur fils. Un garçon adorable à la recherche d'un foyer, et deux parents imparfaits à la recherche d'un enfant : c'était plutôt un bon départ, pour fonder une famille.

Il le savait, adopter Ezequiel ne serait pas une tâche facile, car ni Amanda ni lui n'étaient citoyens argentins. Mais avec une forte recommandation de Richard Hathaway et une lettre du prêtre de Paso Alto, ils avaient bon espoir que ce soit réglé rapidement.

— Regardez tous ces cadeaux ! s'exclama Ezequiel, assis par terre au milieu des paquets, un sourire jusqu'aux oreilles.

— Ils sont tous pour toi, assura Jack. Sauf un ou deux pour Amanda.

— Et un pour Jack, intervint cette dernière avec un sourire mystérieux.

— Et moi ? demanda Ben en faisant un clin d'œil à Ezequiel. Est-ce qu'il y a quelque chose pour moi sous cet arbre ?

— Ton cadeau de Noël, répondit Amanda en lui tendant une enveloppe, ce sont des vacances. Tu n'es pas sorti de cet hôpital depuis des siècles, sans compter tout le stress que tu viens de subir. Jack et moi, nous allons donc te remplacer pendant deux semaines, et toi, tu iras où tu voudras. A l'intérieur, il y a un billet d'avion pour l'Italie, puisque tu as souvent dit que tu rêvais de découvrir la Toscane. Mais tu as le droit de le changer pour une autre destination.

— Ensuite, nous rentrerons au Texas afin que je puisse rassembler des affaires et acheter une bague digne de ce nom à ma fiancée, enchaîna Jack. Peut-être pourrions-nous aller voir ta mère, si tu es d'accord ?

Amanda jeta un coup d'œil à son frère.

— Elle me dira peut-être ce que je veux savoir, peut-être pas. Quoi qu'il en soit, je ne la presserai pas de questions. Et je veux qu'elle sache que, quoi qu'elle ait fait, je l'aime et je lui pardonne. Je me rends compte qu'elle et papa ont dû vivre avec cette culpabilité en eux. Ce sont mes parents, quoi qu'il arrive. Et toi, Ben, tu es le meilleur frère que je pouvais avoir.

Jack s'éclaircit la gorge.

— J'ai une nouvelle qui devrait t'intéresser, Amanda. Nous allons bientôt avoir un nouvel ordinateur pour l'hôpital, avec un logiciel spécialement consacré à la fondation que je vais créer. Il sera géré en commun avec l'aide de Richard et de Maria, et même du père Garcia.

— Une fondation ? s'étonna-t-elle.

— Lorsque Richard m'a parlé de tous ces gens qui passaient par son orphelinat, recherchant l'enregistrement de leur naissance, j'ai commencé à réfléchir au moyen de les aider. Ce logiciel va permettre, entre autres, d'accomplir tout le classement en souffrance pour faciliter le travail de recherche.

— Je... Je suis sans voix, murmura Amanda.

Jack éclata de rire.

— Toi ? Impossible ! Se pourrait-il que j'aie le dernier mot ?

Ezequiel était aux anges.

— Et moi, je vais pouvoir apprendre à travailler sur l'ordinateur ! dit-il fièrement.

Amanda, qui s'était accroupie à côté de l'enfant pour admirer les cadeaux avec lui, lui jeta un coup d'œil soupçonneux.

— Je parie que tu étais au courant et que tu n'as rien dit ?

— Doc K. m'avait promis un jeu vidéo, alors...

— Et moi ? réclama Jack.

Amanda se leva, se dirigea vers la fenêtre et, du bout de l'index, lui fit signe de la rejoindre à l'écart. Quand il se fut approché, elle déposa un tendre baiser sur ses lèvres.

— Merci pour tout ce que tu as fait, murmura-t-elle. C'est si important d'aider les gens à se trouver... Cela vaut même plus qu'un baiser.

Lui prenant la main, elle la guida vers son ventre.

— Il est encore tout petit, mais pour Noël prochain, nous serons quatre. C'est ça, mon cadeau.

Ce fut au tour de Jack d'en perdre ses mots. Pendant un instant, il la contempla, incrédule.

— On a fait ça ?

Elle hocha la tête.

— On a fait ça.

Radieux, il souleva sa chemise et, avec précaution, déposa un baiser sur son ventre.

— C'est le plus beau cadeau que tu pouvais me faire.